다시, 시로 읽는 세상

서른 편의 시로 읽는 삶과 문학 이야기

다시, 시로 읽는 세상

김용찬 지음

책을 펴내며

특별히 시 읽는 것을 좋아하는 사람이 아니라면, 대체로 비유와 상징의 언어로 점철된 시 작품을 읽고 제대로 이해하는 일은 쉽지 않다. 이러한 인식에는 학창 시절 출제된 시험 문제의 정답을 찾기 위해 시를 읽고, 그 속에 담긴 주제나 수사법 등을 찾아서 작품의 특징을 정리했던 지루한 경험도 한몫했을 것이다. 교과서에 수록되었고 문학사에서 주요 작품으로 거론되었다는 이유만으로, 때로는 공감하기 힘들고 내용조차 잘 이해되지 않는 수많은 시들을 읽어야했던 경험. 바로 이런 이유로, 적지 않은 사람들이 고등학교를 졸업하면서 자연스레 시와는 거리가 멀어지게 된다.

이 책은 시를 좋아하는 독자로서, 오랫동안 시를 읽고 또 가르치면서 고민했던 흔적의 기록이라고 할 수 있다. 그동안 고전 시가를 전공하면서, 대학 강단에서 현대시를 읽고 가르칠 기회가 적지 않았다. 이미 출간된 다양한 현대시 해설서들을 적지 않게 접해보았으나, 전공자가 아니라면 쉽게 이해할 수 없게끔 서술된 것들이 많았다. 그래서 오랜 고민 끝에 이미 출간된 기존의 해설서와는 다른 방식으로 조금은 쉽게 시를 이해할 수 있는 내용의 책을 써보리라 마음먹었다.

무릇 시를 읽을 때에는 시인의 의도를 헤아려 그 내용을 이해하는 것이 필요하다. 하지만 자신만의 방식으로 시를 읽어내는 독자들도 적지 않고, 그런 과정에서 시를 창작한 시인도 생각하지 못한 탁월한 해석이 나오기도 한다.

이 책에 수록된 원고들은 단순히 시의 해석이나 해설에 멈추지 않고, 시 구절구절을 음미하며 독자로서 느끼고 이해할 수 있는 다양한 관점을 제시하면서 내용을 채웠다. 우선 각각의 시 한 편을 읽으면서 떠올랐던 내 생각을 논의의 출발점으로 삼아, 이 책의 독자들이 공감할 수 있도록 작품을 읽고 설명하고자 노력했다. 그렇기에 이 책의 내용은 시를 읽는 다양한 방법 가운데 하나의 독법(讀法)을 제시한 것이라 할 수 있다. 여기에 수록된 작품에 대한 설명은 일단 독자로서 시를 읽어내는 나의 관점이 중심에 놓여 있으며, 때로는 기존의 해설서와는 다른 설명이 쓰여 있기도 할 것이다.

이 책은 시 한 편을 선정하여 작품과 연관된 주제를 제시하고, 시와 시인 그리고 관련 주제를 자유로운 형식으로 서술하는 방식을 취하고 있다. 이 과정에서 시의 내용에 따른 주제 및 시대적 배경 등을 고려하여, 특정 주제에 지나치게 편중되지 않도록 작품을 선정했다. 그리고 정확히 일치하지는 않겠지만, 대상으로 삼은 작품들은 가급적 현대 문학사의 흐름을 고려하여 시대순으로 배열하고자 했다. 이 책을 읽는 독자들로 하여금 현대시에 대한 관심과 흥미를 불러일으키도록 유의하면서, 시 자체에 대해서는 풍부한 해석을, 해당 주제와 연결해서는 평이한 형식으로 기술하였다. 그리하여 시를 좋아하는 일반 독자들에게도 쉽게 다가설 수 있는 내용이 되도록 노력했다. 그 과정에서 어떤 작품들은 나의 주관적인 관점이 지나치게 강조된 면이 있겠으나, 이 역시 시를 읽어내는 독법의 하나로 보아주었으면 한다.

사실 이 책에 수록된 글들 가운데 상당수는 이미 20여 년 전에 한 차례 세상에 선보였던 원고들이다. 새롭게 책을 출간하기로 마음을 먹으면서, 기존의 내용에 새로운 원고들을 보태어 보다 풍부한 체제를 갖추게 되었다. 이미 완성된 원고들을 다시 검토하면서 내용 가운데 일부를 새롭게 고치기도 했으나, 시에 대한 해석은 거의 바뀌지 않았다. 오랜 시차를 두고 작성된 원고들이지만, 시를 바라보는 생각은 크게 바뀌지 않았음을 새삼 확인할 수 있었다. 책의 제목에서 '다시(多詩)' 즉 '많은 시'라는 수식어는 비단 이 책에 수록된 작품들뿐만이 아니라, 다양한 시 작품들을 통해서 세상을 읽어낼 수 있다는 의미를 담았다. 또한 20여 년 만에 '다시' 시를 읽으면서, 여전히 문학을 통해 세상을 들여다볼 수 있음을 확인한다는 의미도 아울러 담고 있다. 그래서 책의 제목을 《다시, 시로 읽는 세상》이라고 정했다. 독자들 가운데 일부라도 나의 이러한 생각에 공감할 수 있다면, 이 책을 출간한 소기의 목적을 이뤘다는 위안으로 여기고자 한다.

이번에 책을 출간하면서 시의 독법에 관한 하나의 방향을 제시한 '프롤로그'를 덧붙이고, 몇몇 작가들의 작품들도 추가로 소개했다. 그 과정에서 저작권을 해결할 수 없어 끝내 이 책에 수록되지 못하고, 새롭게 작성한 원고들로 대체된 글도 있다. 수록된 작품들의 저작권을 해결하기 위해 노심초사했던 편집자의 노고에 감사의 마음을 전한다. 원고를 검토하고 출간을 결정한 출판사에도 감사를 드리며, 특히 윤문과 교정을 담당했던 편집자의 조언과 도움이 없었다면 출간의 과정이 한껏 더디게 진행되었을 것이다. 오래 묵혀두었던 원고에 새로운 호흡을 불어넣고, 편집과 윤문을 담당했던 편집자들에게 거듭 감사의 인사를 드린다.

대학에 자리를 잡고 학생들을 가르치면서, 책을 읽고 글을 쓰는 것이 천직임을 새삼 자각하게 된다. 그동안 학자로서 안정된 생활을 할 수 있었던 것은 언제나 옆에서 나를 격려해 준 아내 심명선의 역할이 절대적이었다. 올해 초, 순천의 죽도봉 아래에 작업실을 마련해, 활기찬 생활을 즐기고 있는 아내에게 이 책이 좋은 선물이 될 수 있기를 바란다. 대학생이 된 아들 가은이의 군 입대가 잠시 미뤄졌지만, 언제나 몸과 마음이 건강하기를 기도한다. 팔십 대 후반의 나이에도 건강을 유지하시는 어머님이 오랫동안 우리 곁에서 함께할 수 있기를 간절히 기원한다. 앞으로도 여전히 시를 사랑하는 독자의 자리를 굳건하게 지키겠다는 다짐을 하면서 글을 마친다.

2021년 5월 순천 죽도봉 근처의 여중재(與衆齋)에서

김용찬

목차

프롤로그

시를 어떻게 읽을 것인가

:시 읽기의 '맛'과 '멋'

문학이란 무엇인가?

문학이란 무엇인가? 평소 문학에 관심이 있는 사람이라면 누구나 한 번쯤은 맞닥뜨렸을 법한 질문이다. 답하기에 쉽지 않은 문제라는 것은 틀림이 없지만, 우리는 딱히 그 질문에 진지하게 대답하지 않더라도 '무엇이 문학인가'를 느끼고 또 알고 있다. 아주 간단한 예로 기구한 삶을 살아온 어느 한 많은 노인의 사연을 들으면서, 우리는 "드라마 같은 삶" 혹은 "소설 한 권으로는 부족할 이야기"라고 말하기도 한다. 또한 여행 중에 혹은 산책 중에 접한 아름다운 경치를 보고서, 사람들은 "시 한 수가 절로 나올 것 같다."고 생각하기도 한다. '소설 같은 사연' 혹은 '절로 떠오를 것 같은 시'라는 표현에서, 우리는 문학이란 인간의 마음을 울리는 것이라는 사실을 확인할 수 있다.

이것이 바로 문학의 본질을 쉽게 설명해주는 하나의 훌륭한 예가 아닐까? 문학이란 독자들에게 감동을 전해주는 것을 목적으로 하고 있으며, 그 대표적인 양식이 바로 시와 소설이라고 할 수 있다. 그 가운데 소설은 등장인물이 자신을 둘러싼 세상, 주변 사람들과 겪은 사연을 이야기의 양식으로 풀어내고, 시는 비유적인 언어와 자연스러운 리듬을 통해서 인간의 정서에 호소하는 방법을 취하고 있다. 따라서 다른 어떤 양식보다 문학은 우리의 삶과 깊은 관련을 맺고 있는 양식이다. 다시 말하자면 소설이나 연극(희곡)은 사람들이 살아가면서 겪게 되는 다양한 '이야기'를 형상화한 것이며, 시는 자신이 느낀 바의 '감동'을 언어로 표현한 것이다. 또한 자신이 살아가면서 느낀 바를 잔잔하게 풀어나가면 그것이 바로 수필이 되기도 한다. 이처럼 문학이란 사람들의 삶과 유리되어 존재할 수 없는 것이다.

하지만 보통 사람은 자신이 들은 '이야기'나 느낀 '감동'에 대해서 말로는 쉽게 표현하지만, 그것을 글로 옮기는 일은 어렵게 생각하는 경향이 있다. 그리고 글을 쓰는 행위(창작)는 소설가나 시인만이 할 수 있는 것이라 지레짐작하기도 한다. 물론 문학 작품을 창작하는 것은 보통 사람보다 그것을 업(業)으로 하는 문인들이 전문적일 수밖에 없다. 하지만 문인이 아니더라도 시나 소설은 누구나 쓸 수 있다. 전문 작가보다 더 뛰어난 작품을 발표하는 아마추어 작가들을 우리는 적지 않게 만나고 있지 않은가. 최근에는 기성 작가가 아니더라도 인터넷 매체를 통해서 작품을 창작하고 발표하는 이들을 적지 않게 만날 수 있다. 오늘날 글을 쓴 사람이 어떤 자격을 가졌는지는 더 이상 중요하지 않다. '창작 과정의 고통'을 거쳐 이루어진 모든 작품은 그 나름의 의미를 지니며 존중받아 마땅하다.

작품을 직접 창작하지는 못하더라도, 문학에 관심이 있는 사람이라면 작품을 자기 나름의 방식대로 잘 이해할 수 있다. 좋은 독자가 되는 것은 문학에 대한 최소한의 관심만으로도 가능하다. 일반적으로 사람들은, 문학이란 그에 대한 소질이 있는 사람들에게나 유용한 것이라는 생각을 지니고 있다. 아마도 많은 사람이 문학에 대한 일종의 두려움이나 혹은 '경외감'을 갖고 있기 때문일 것이다. 그 이유 가운데 하나는 사람들이 중고등학교 시절 학교에서 교육을 받으면서, 시나 소설과 같은 문학 작품을 단지 시험을 치르기 위한 수단으로 배웠던 탓이 크다. 시험 대상으로서의 문학 작품은 정답을 찾기 위한 분석의 대상일 뿐이다. 작품의 내용과 의미를 느끼지 못하고, 단지 시험을 치르기 위해 배우는 문학 작품이 학생들에게 무슨 감동을 줄 수 있을 것인가. 그리하여 학교를 졸업하면 '지긋지긋한'(!) 시와 소설들을 보지 않아도 된다고 생각하는 이들이 적지 않다.

이제 우리는 무조건 문학을 신비화하고, 때로는 두려워하는 '엄숙주의'로부터 벗어나야 한다. 어떤 일이든 내가 그것을 필요로 하지 않거나 즐겁다고 느끼지 못한다면, 그것들은 세상의 평가와는 상관없이 나에게는 '쓸모없는' 것일 뿐이다. 문학 작품 역시 마찬가지이다. 내가 읽어서 재미를 느끼고 공감할 수 있다면, 적어도 그것은 나에게 '의미 있는' 작품이 되는 것이다. 그렇다면 더 많은 이들에게 공감을 받을 수 있는 문학 작품이 우선 좋은 작품이 될 가능성이 크다고 하겠다. 특히 오랜 세월에 걸쳐 많은 이들에게 꾸준히 사랑을 받는 작품이 있다면, 그것은 비로소 '고전(古典)'으로서의 위치를 획득할 수 있을 것이다.

시를 어떻게 읽을 것인가?

그렇다면 우리는 시를 어떻게 읽어야 할까? 이 질문에는 '정답'이 있을 수 없다. 무수히 많은 '모범 답안'만이 존재할 뿐이다. 나의 경우,

시를 좋아하게 된 것은 바로 학창 시절의 연애편지를 쓰던 경험이 결정적이었다. 직접 말로 하지 못하고 좋아하는 사람에게 편지를 써서 자신의 마음을 표현해야 했던 경험이 누구에게나 한 번쯤은 있을 것이다. 요즘은 직접 전화를 걸거나 SNS 혹은 이메일을 통해서 곧바로 상대에게 말을 전하는 것이 자연스럽지만, 전화도 없고 인터넷도 발달하지 않았던 시절에는 편지를 쓰는 것이 일반적이었다. 때로는 밤을 새워 썼다 지웠다 하면서, 편지지를 빽빽이 채워나갔던 기억이 떠오른다. 나는 내용의 유치함을 대신하기 위해, 내 마음을 잘 표현했다고 여겨지는 시들을 마지막 장에 항상 따로 베껴서 편지와 함께 보냈다. 간혹 시인들이 쓴 시의 몇 구절을 흉내 내어 자작시로 둔갑시키고는 내가 쓴 양 보낸 적도 있다.

물론 내가 창작에 소질이 없다는 것을 확인한 이후부터는, 시를 짓겠다는 생각을 일찌감치 포기하게 되었다. 하지만 당시의 경험은 나에게 시를 좋아하고, 내 나름의 방식으로 시를 읽어내는 요령을 터득하게 해주었다. 그때그때의 상황에 적합한 시를 찾기 위해 수많은 시집을 뒤적여야 했고, 힘들게 찾은 시의 내용이 과연 내가 전달하려는 뜻을 지니고 있는지 거듭해서 읽어보기도 했다. 그러다 보니 자연스럽게 많은 시를 접하게 되었고, 오랫동안 그러한 과정을 반복하다 보니 시를 읽고 이해하는 훈련이 절로 되었다. 어떤 시를 선택할 것인지의 문제는 곧바로 '이 시의 내용이 무엇인가'를 진지하게 따지는 작업이 되었던 셈이다.

아마도 시를 좋아하는 사람이라면, 시를 접하고 좋아하는 과정은 사람 수만큼이나 다양할 것이다. 나의 경우, 순수하지 못했던 동기에서 시작한 '시 읽기'의 과정이 끝내는 문학 연구를 업(業)으로 삼도록 이끌었다. 시를 읽는 것을 즐기면서 자연스럽게 대학도 국문과를 지원하게 되었다. 그렇다면 시를 '제대로' 읽기 위해서 우리는 무엇을 할 수 있을까? 먼저 시와 친해져 보려 할 수 있을 것이다. 우선 자신이 읽어서 쉽게 이해되는 시부터 읽기 시작하는 것도 하나의 방법이다. 그렇게 차츰차츰 시를 읽는 범위를 넓혀나가다 보면, 자신의 취향을 발견할 수 있을 것이다. 그다음에는 그 시에 대해서 자신만의 방식으로 이해하려고 노력해야 한다. 가능하다면 시를 읽은 느낌을 정리하기 위해서, 그 시에 대한 감상을 기록으로 남겨둘 수도 있을 것이다. 때로는 시 텍스트로부터 약간 비켜서서, 시를 읽고 연상된 다양한 관점들을 자신의 경험이나 생각과 연결지어 풀어내려는 노력도 필요하다.

시의 '맛'을 음미하기 위해서는 가능하면 처음에는 시 해설서를 읽지 않는 것이 좋다. 고등학교 시절 수업 시간에 아주 절실하게 경험했듯이, 시와 함께 비평가들의 해설서를 먼저 접하게 되면 그 시에 대한 일종의 선입견이 생겨버린다. 흔히들 소설이 다양한 색깔로 가득 채워진 채색화(彩色畵)라면, 시는 풍부한 여백이 정결한 그림 주위를 감싸고 있는 수묵화(水墨畵)와 같다고 표현된다. 수묵화를 감상할 때는 그림의 내용도 중요하지만, 그 여백이 차지하는 비중도 그에 못지않게 중요하다. 수묵화의 여백이란, 그림 이상의 의미를 지니고 있다. 시의 내용을 이해하는 것도 중요하지만 텍스트를 감싸고 있는 독자의 '상상력'도 큰 부분을 차지한다. 달리 말하자면, 시인의 의도야 어떻든 독자들은 자신의 관점에서 작품을 바라볼 수 있어야 한다.

"산문 쓰기는 불을 때서 밥을 짓는 것에 비유되고, 시 쓰기는 발효시켜 술을 빚는 것에 비유된다." 중국 청나라의 시인인 오교(吳喬)는 시와 산문을 구분해 위와 같이 설명한다. 여기에서 '산문'을 '소설'로 바꾸면, 그대로 시와 소설의 창작 방법에 대한 이론이 될 수 있다. 밥을 짓기 위해서는 쌀을 씻고 물을 맞추고 불을 때는 과정을 거쳐야 한다. 하지만 똑같은 재료인 쌀로 술을 빚기 위해서는 좋은 물을 구해서 정성껏 씻고, 오랜 기간의 발효 과정을 거쳐야 한다. 밥에는 그 재료인 쌀의 모양이 그대로 남지만, 술로 빚으면 쌀의 형체는 사라지고 새로운 맛의 액체가 되는 것이다. 따라서 소설은 등장인물과 작품의 줄거리를 좇아가면 그 내용과 의미를 이해하는 것이 어렵지 않지만, 시는 단어의 본래 뜻과는 전혀 다른 의미를 빚어내기도 한다. 그래서 많은 사람들이 시를 읽고 이해하는 것이 소설을 읽는 것보다 훨씬 더 어렵다고 주장하기도 한다.

이제 구체적인 예를 통해, 시를 이해하는 다양한 방법에 대해서 생각해 보려 한다. '이별의 정한(情恨)'을 표출하고 있는 작품으로 가장 유명한 김소월의 시 〈진달래꽃〉을 살펴보자. 나 역시 이 작품을 읽고 가르치면서 기존의 해석에 공감하고 있었지만, '마야'라는 가수가 부른 대중가요 '진달래꽃'을 접하면서 조금은 생각을 달리하게 되었다. 물론 대중가요에는 김소월의 원작에는 없는 내용이 더해지면서, 떠나간 이에 대한 원망 섞인 감정이 격정적으로 표출되고 있다. 격렬하고 거친 창법으로 가사(시)의 내용을 적절히 표현하고 있기에, 기존의 관습적인 해석에 젖어 있던 나에게 적잖은 충격으로 다가왔다. 비록 노래의 형식을 빌리고 있지만, 가요 '진달래꽃'은 김소월의 〈진달래꽃〉에 대한 새로운 '해석'으로 자리매김할 수 있다고 생각한다. 만약 이 노래를 만든 작사가나 작곡가가 이 시에 대한 기존의 해석에 얽매여 있었다면, 이 노래는 결코 탄생하지 못했을 것이다.

시에 대한 자신의 관점을 아직 정립하지 못한 사람들이 비평가들의 해설서를 먼저 접하게 되면, 마치 그것이 하나의 '정답'인 것처럼 받아들여지기 쉽다. 그러나 전문가의 작품 해설도 시 읽기의 다양한 방법 가운데 하나일 뿐이다. 그렇다고 오랫동안 시를 연구하면서 쌓았던 전문가들의 해석을 전적으로 무시할 필요는 없다. 단지 자신의 관점에서 시를 이해하려고 노력할 때, 비로소 좋은 독자가 될 자격을 갖추게 된다는 이야기를 하려는 것이다. 이 말은 즉, 김소월의 시 〈진달래꽃〉의 해석은 교과서의 해설과 가요 '진달래꽃' 사이의 간극 속에서, 아니 어쩌면 그 간극을 뛰어넘어 새롭게 읽어낼 필요가 있다는 말이다. 그것이 바로 우리가 시를 읽는 본질적인 이유라고 하겠다.

어떤 시를 읽을 것인가?

그렇다면 우리는 어떤 시를 읽어야 할까? 유감스럽게도 이 질문에 대해서 모든 사람에게 만족스러운 답을 내놓기는 어려울 듯싶다. 우리는 모두 저마다 다른 경험을 하고 다른 정서를 가지고 살아간다. 그러므로 각자 좋다고 느끼는 시의 경향도 차이가 날 수밖에 없다. 그러나 윤동주(1917~1945)의 작품인 〈서시(序詩)〉는 설문 조사를 할 때마다 매번 '한국인이 좋아하는 시'의 앞 순위를 차지하곤 한다. 아무래도 〈서시〉에는 '죽는 날까지 하늘을 우러러 / 한 점 부끄럼이 없'이 살기를 소망했던 시인의 삶의 자세가 너무도 절실히 드러나고 있기 때문일 것이다. 이 작품은 누구나 이해하기 쉬운 평이한 시어로 이루어져 있으며, 오늘날의 독자들이 읽어도 공감할 수 있는 내용으로 채워져 있다. 시인의 창작 의도와는 상관없이 작품의 의미를 저마다의 관점에서 음미할 수 있도록 한다는 점이 많은 이들에게 사랑을 받을 수 있는 요인이라고 생각된다. 그렇다면 누구나가 공감할 수 있는 '보편성'을 획득하고 있는 시가 바로 좋은 작품의 전제 조건이라고 할 수 있다.

윤동주가 남긴 시 작품들이 많은 이들에게 높이 평가되고 있는 또 다른 이유는, 그의 삶이 시의 내용과 여실히 부합하기 때문이다. 잘 알려져 있듯 윤동주는 일본에서 유학 생활을 하던 중, 독립운동 혐의로 체포되어 고문을 받다가 후쿠오카의 감옥에서 해방의 기쁨을 맛보지 못하고 세상을 떠났다. 그의 시에는 특히 '부끄러움'이라는 시어가 빈번히 사용되고 있는데, 자신의 양심에 거리낌 없이 살고자 노력했던 그의 삶은 결코 부끄러운 것이라고 할 수 없다. 하지만 윤동주는 〈쉽게 씌어진 시〉라는 작품에서 '인생은 살기 어렵다는데 / 시가 이렇게 쉽게 씌어지는 것은 / 부끄러운 일이'라며 괴로워하기도 한다. 그의 작품들에서 보이는 이러한 삶의 자세는, 쉽고 편안한 삶만을 추구하는 오늘날의 독자들에게 한없는 '부끄러움'을 안겨준다.

그렇다면 여전히 '옹호론'과 '비판론'의 극단적인 평가가 내려지고 있는 서정주(1915~1999)의 경우는 어떠한가. 대학 시절, '애비는 종이었다'로 시작하는 그의 시 〈자화상〉을 처음 접하고서 충격을 받았던 기억이 있다. 같은 제목의 작품들에서 쉽게 확인할 수 있듯이, 대체로 〈자화상〉이란 제목의 작품들은 시적 화자의 내면적인 자기반성을 주된 내용으로 한다. 하지만 화자 스스로 '종의 자식'임을 분명하게 선언하며 시작하는 이 시의 첫 구절은, 내가 가지고 있던 기존의 상식과는 명백히 다른 것이었다. 더욱이 '스물세 해 동안 나를 키운 건 팔할이 바람이'라는 구절은 가족의 보살핌을 제대로 받지 못하고 살아왔던, 화자의 거친 삶의 모습을 보는 듯했다.

이후 나는 서정주의 시집을 직접 사서 읽어보기도 하고, 도서관에서 빌려보기도 하며 한때 그의 작품에 푹 빠졌던 적이 있다. 그러나 당시 막 발굴되어 소개되기 시작한 그의 친일 작품들을 접하게 되면서, 나는 적잖은 당혹감을 느껴야만 했다. 물론 이는 일제강점기에 활동했던 적지 않은 문인들의 친일 행적과 그것이 반영된 작품들을 읽을 때도 마찬가지였다. 그리고 그가 죽은 이후에 다시 불거진, 친일 시들과 독재 정권에 아부하며 살았던 그의 행적은 지금까지도 논란의 대상이 되고 있다. 식민지 조선의 젊은이들을 전쟁터로 내몰았던 〈마쓰이오장 송가〉나 광주의 피를 딛고 정권을 찬탈했던 독재자 전두환의 생일을 축하하며 쓴 〈처음으로〉를 직접 읽은 독자는 그리 많지 않을 것이다. 서정주가 지닌 시적 재능을 폄하하고 싶은 의도는 전혀 없지만, 문학이란 작가의 삶과 결코 분리될 수 없는 것이다. 따라서 서정주가 쓴 '부끄러운' 작품들을 뒤로 감추고, 문학적 성과가 보장된 시들만을 내세워 그를 평가하자는 주장에 대해서는 결코 동의할 수 없다.

언젠가 교양 수업의 강의를 하면서, 학생들에게 곽재구(1954~)의 시 〈사평역에서〉를 읽고 감상을 써 오라는 과제를 내줬다. 조그만 시골의 간이역에서 막차를 기다리는 사람들의 모습을 그리고 있는 이 작품은 개인적으로 가장 좋아하는 시 중의 하나이다. '막차는 좀처럼 오지 않았다'로 시작하는 이 작품은 서정적인 내용 속에 너무도 많은 '이야기'를 담고 있다. 소설가 임철우(1954~)는 이 시를 읽고, 〈사평역〉이라는 제목의 소설을 발표하기도 했다. 실상 작품 속에서 '사평역'이란 공간은 실재하지 않는 '가상의 공간'이다.

과제를 내준 이후, 수업 시간에 학생들과 자연스럽게 이 시를 읽은 감상을 나눠보았다. 한 학생이 들려준 이야기는 나에게 이 시에 대해 다시 생각하도록 만들었다. 그 학생은 이웃 아주머니에게 이 시를 보여주었다고 한다. 고등학교 교육을 받지 못한 것은 물론이고 문학에 대해 문외한이었던 이웃의 아주머니는 시를 읽고는 대뜸, 이 작품의 배경이 바로 그분이 어린 시절 자랐던 강원도의 '미로역'이라고 했다고 한다. 아주머니는 과거의 기억을 더듬으며, 한참 동안 이 시를 통해서 떠올린 자신의 이야기를 들려주었다는 것이다. 그 학생의 발표는 그동안 작품성을 위주로 시를 이해하고자 했던 나에게 아주 새로운 해석의 가능성을 열어주었다. 이처럼 어떤 작품은 문학을 전혀 모르는 사람들에게도 공감을 받을 수 있다. 실재하지 않지만, 또한 어디에나 존재할 수 있는 사평역처럼 말이다.

이처럼 좋은 시란 일반 독자들에게 쉽게 다가설 수 있는 언어로 기록되어야 한다. 또한 윤동주의 경우에서 보듯, 머리로만 창작하는 시가 아니라 그 사람의 삶이 체화되어 녹아 있을 때 그 감동의 폭은 더욱 커진다. 독자들이 천상병(1930~1994)의 〈귀천〉에 대해 높이 평가하는 이유도 마찬가지이다. 작품에 사용된 뛰어난 형상화의 수법도 그 원인의 하나라 할 수 있겠지만, 천상병의 작품들이 순수한 마음을 지니고 살면서 죽음마저 기꺼이 받아들였던 그의 삶과 일체화되어 있다고 여겼기 때문일 것이다. 대체로 어떤 작품을 보면, 그것이 '머리'로만 쓰였는지 아니면 '가슴'으로 쓰였는지를 느낄 수 있다. 이는 바꿔 말하자면, 머리로만 읽어내는 게 아닌, 가슴으로 받아들일 수 있는 작품에 독자들은 더 많이, 더 깊게 감동한다는 말이기도 하겠다.

1. 추억으로의 여행

김소월
<나는 세상 모르고 살았노라>

자신이 살아온 길을 돌아보았을 때, 만족스러운 삶을 살았다고 자부할 수 있는 사람이 과연 얼마나 될까? 아마도 많은 이들은 자신의 과거에서 아쉬운 순간들이 가장 먼저 머릿속에 떠오를 것이다. 지나간 시절을 돌이켜 볼 때면 누구나 하나쯤 아련한 아쉬움으로 남는 기억을 가지고 있을 것이다. 그것은 때론 잔잔한 웃음을 짓게 하는 추억일 수도, 생각만 해도 얼굴이 화끈거리는 부끄러운 기억일 수도 있다. 그렇지만 추억 속으로의 여행은 사람들에게 항상 막연한 그리움과 잔잔한 미소를 남기곤 한다.

후회와 안타까움으로 점철된 기억 속에서, 문득문득 묻어나는 아쉬움과 그리움의 순간들. 그러한 추억 중에서 자신이 사랑했던 사람에 관한 기억이라면, 많은 경우 '그때는 왜 그랬을까?' 하는 반성과 아쉬움이 여전히 마음 한편에 자리를 차지하곤 한다. 헤어진 사람과의 추억은 늘 행복했던 시간보다 아쉬웠던 순간들을 떠올리게 한다. 불가피한 사정 때문에 약속을 지키지 못해 상대를 속상하게 했던 일이나, 끝내 들어주지 못했던 약속에 대한 아쉬움은 오랫동안 가슴속에 지워지지 않는 생채기처럼 남아 있기 마련이다.

김소월(1902~1935)의 〈나는 세상 모르고 살았노라〉는 지금은 헤어진 옛 님을 그리워하며 가슴 절절한 안타까움을 토로하고 있는 작품이다. 이제는 죽어서 무덤 속에 누워 있는 님이기에 그 안타까움은 더욱 크다. '가고 오지 못하는 것'은 시간을 두고 한 말이지만, 화자에게는 사랑 또한 그렇게 다시 돌아오지 않고 흘러간 것이다. 이제 이 시를 읽으면서 추억 속으로의 여행을 시작해 보자.

> '가고 오지 못한다'는 말을
> 철없던 내 귀로 들었노라.
> 만수산 올라서서
> 옛날에 갈라선 그 내 님도
> 오늘날 뵈올 수 있었으면.
>
> 나는 세상 모르고 살았노라,
> 고락(苦樂)에 겨운 입술로는
> 같은 말도 조금 더 영리하게
> 말하게도 지금은 되었건만.
> 오히려 세상 모르고 살았으면!
>
> '돌아서면 무심타'는 말이

그 무슨 뜻인 줄을 알았으랴.
제석산 붙는 불은 옛날에 갈라선 그 내 님의
무덤의 풀이라도 태웠으면!

-김소월, <나는 세상 모르고 살았노라>

우선 이 시를 여러 번 반복해서 읽어보자. 시의 내용이 이해될 때까지 반복해서 읽다 보면, 작품 속의 상황이 어떤 모습으로든 머릿속에 떠오를 것이다. 나는 이 시를 읽으면, 한적한 산속의 무덤에 앉아 애타게 누군가를 부르는 어떤 이의 모습이 어슴푸레하게 떠오른다. 앙상한 가지에 새순이 돋아나고 있는 나무들이 무덤 주변에 여기저기 흩어져 있고, 스산한 바람이 적당히 부는 초봄의 늦은 오후라면 더 실감이 날 듯하다. 무덤 앞에는 약간의 제수(祭需) 음식과 반쯤 비워진 소주병이 놓여 있다. 때론 먼 곳을 응시하며 멍하니 앉아 있기도 하고, 가끔 손으로 땅을 치며 소리 높여 울기도 한다. 어느 순간 무엇을 생각하는지 잔잔한 웃음이 잠깐 동안 얼굴에 스치기도 하고, 이내 침울한 표정으로 돌아와 고개를 주억거리기도 한다. 이 사람은 왜 이처럼 무덤 앞에서 슬퍼하고 있는 것일까?

이제 작품을 찬찬히 읽으면서, 이 시의 상황을 이해해 보도록 하자. 이 작품의 화자는 과거에 자신이 했던 선택을 후회하며, 누군가를 애타게 갈망하고 있다. 그 이유는 시에 제시되어 있듯이, 아마도 예전에 사랑했던 님을 다시 만날 수 없는 안타까움이 가장 큰 것 같다. 화자는 이미 오래전에 '내 님'과 갈라섰고, 그 님은 이미 무덤의 주인공이 되었다. 떠나간 님이 예전에 자신에게 해주었던 말을 떠올리는 것으로 작품은 시작된다. '가고 오지 못한다'는 말을 화자에게 한 사람은 이미 죽어 무덤에 묻힌 님이며, 이 표현은 다시 마지막 연의 '돌아서면 무심타'로 거듭 강조되고 있다.

사람의 정이란 일단 한번 멀어지면 다시 되돌리기가 어렵다. 흘러간 시간을 되돌릴 수 없듯이, 사랑의 감정 또한 일단 변하면 다시 회복하기가 쉽지 않다. '가고 오지 못한다'는 님의 말은 바로 그러한 삶의 이치를 지적한 것이다. 예전에는 무심히 흘려들었던 그 말의 의미를 새삼 알아채고, 화자는 '철없던' 자신의 처지를 한탄하고 있다. 이 작품에서 '만수산'은 아마도 화자와 님이 예전에 자주 찾던 장소라고 해석될 수 있을 듯하다. 님과의 추억이 서린 장소에 다시 올라가 '오늘날 뵈올 수 있었으면' 하는 소망을 빌고 있다. 옛날에 헤어진 님을 지금에라도 만나고 싶다는 간절한 바람. 그러나 그것은 그저 화자의 원망(願望)으로 그칠 뿐이다.

화자로 하여금 과거에 자신이 들었던 말을 새삼스럽게 다시 떠올리도록 하는 것은 무엇일까? 그 이유를 찾는 것이 이 시를 제대로 이해하는 열쇠라고 할 수 있다. 화자는 아마도 더 나은 삶을 찾아 나섰고, 결국 님과의 이별을 실행했을 것이다. 자신을 누구보다도 사랑해주던 님과의 헤어짐은 화자에게는 더 나은 삶을 찾기 위한 불가피한 선택이었을 것이다. 이별의 결과를 예측한 님의 거듭된 만류에도 불구하고, 화자는 자신의 선택을 믿으며 선뜻 걸음을 내딛었을 것이다. 상대에게 미련을 남겨두지 않기 위해, 아마도 매정한 말을 쏟아냈을 것이다. 그러나 상당한 시간이 흐른 뒤, 화자는 그 선택이 잘못된 것이었음을 깨닫는다. 하지만 한번 흘러간 시간은 되돌릴 수 없는 법. 과거를 회상하는 화자에게서는 그저 '세상 모르고 살았노라'라는 탄식만이 절로 나올 뿐이다.

만약 지금 다시 똑같은 상황이 펼쳐진다면, 이미 세상의 고락(苦樂)을 충분히 경험한 화자는 '조금 더 영리하게' 말을 할 수도 있을 것이다. 하지만 엎질러진 물을 다시 원상태로 회복하는 것이 불가능하듯이, 이미 지나가버린 시간은 되돌릴 수 없다. 오히려 세상의 이치를 좀 더 깨닫게 된 화자는, 상황에 따른 임기응변이 가능해진 자신의 영악함을 탓할 뿐이다. 차라리 '세상 모르고 살았으면!' 하는 독백은 이미 세상의 온갖 이치를 충분히 경험한 화자의 순수한 시절로 돌아가고픈 욕구의 표출이라고 할 것이다. '세상 모르고 살았노라'라는 말은 온갖 경험으로 얻은 삶의 깨달음인 동시에, 그러한 현실 세계의 삶이 얼마나 사람을 세속적으로 만드는가 하는 것에 대한 진지한 성찰이기도 하다. 부조리한 현실을 부정함으로써 삶의 진정성을 회복하기 위한 시도라고나 할까? 세상에 내던져진 채로 살아오면서 미쳐 알지 못했던 삶의 이치를 깨닫게 되었지만, 그만큼 순수함을 잃어버린 것이다.

떠나가려는 상대를 님은 '돌아서면 무심타'는 말로 일깨우려 했지만, 그 말의 의미를 제대로 알지 못했던 화자의 돌아섬은 먼 훗날 후회와 탄식으로 남게 되었다. 결국 세상의 이치를 깨닫고 나서야, 화자는 그 말의 뜻을 이해할 수 있었다. 화자의 한탄은 먼 훗날 님의 무덤가에서 부르는 조사(弔辭)가 된 것이다. '제석산 붙는 불'은 아마도 봄철 온 산을 붉게 물들이며 피어 있는 진달래나 철쭉과 같은 꽃을 표현한 것이리라. 무덤 주위의 산에는 온갖 꽃들이 화려한 색채를 자랑하는데, 님을 잃은 화자의 심정은 후회와 안타까움으로 가득 차 있다. 무덤 주위의 산에는 화자의 심정과는 대조적으로 온갖 꽃들이 지천으로 피어서, 주위의 풍광은 그저 아름답기만 하다. 하지만 화자에게는 그러한 주위의 풍경을 즐길 여유가 없다. 따라서 주위에 피어 있는 붉은 꽃들은 님에 대한 화자의 때늦은 열정으로 환치되어, 그대로 '붙는 불'로 인식된 것이다. '무덤의 풀이라도 태웠으면' 하는 화자의 바람은 비로소 님에 대한 진정한 사랑이 회복되었음을 보여주고 싶다는 의지의 표현이라고 해석할 수 있다. 붉게 핀 주변의 꽃 빛깔은 여전히 가슴속에서 타오르는 님에 대한 화자의 사랑을 상징한다. '무덤의 풀이라도 태웠으면!'이라는 표현은 화자의 사랑으로 님의 무덤을 덮고 싶다는 표현에 다름 아니다.

김소월은 이 작품에서 무엇을 말하고자 했던 것일까? 그의 작품에는 이별과 죽음을 다룬 것들이 적지 않다. 흔히 그의 작품 경향을 소개할 때 '전통적' 또는 '민요적'이라는 표현을 자주 쓰곤 한다. 그 증거로 그의 작품에 표출된 '한(恨)'의 정서가 자주 소환되었다. 한때 한국인의 정서를 '한(恨)'으로 표현한 논자들이 예로 든 것 중의 하나가 바로 김소월의 시들이었다. 고려가요 〈가시리〉와 민요 〈아리랑〉을 그 앞자리에 배치해 놓고, 김소월의 시를 나란히 위치시킴으로써 자신들의 주장을 합리화했다. 그러나 아무리 생각해 봐도 '한'이 우리의 고유한 정서라는 것에는 선뜻 동의하기 어렵다. 우리의 문학사에 존재하는 그 수많은 작품들의 다양한 정서를 애써 무시하고, 일부 작가와 작품만을 근거로 한국인의 정서를 규정하려는 시도는 그야말로 어불성설이라고 할 것이다. 우리의 정서는 수많은 작품 속에 다양하게 표현되어 있다. 그것을 하나의 단어로 납작하게 정의하려는 어리석음은 이제 버려야 태도라 할 것이다.

그럼에도 김소월 작품의 주된 정조가 '한(恨)'을 바탕으로 하고 있음은 분명하다. 그의 대표작이라고 논해지는 〈진달래꽃〉 역시 이별의 정한을 그 바탕에 깔고 있으며, 그 외에도 많은 작품에서 '이별' '죽음' '무덤' 등의 시어나 이미지를 쉽게 발견할 수 있다. 그렇다면 김소월의 작품에는 왜 이런 시어들과 이미지가 자주 등장하는 것일까? 이 시가 수록된 시집 《진달래꽃》은 1924년에 발간되었다. 이 시기는 일제의 탄압으로 절망과 좌절을 경험해야 했던 때였다. 자신의 나라임에도 스스로 주인 노릇을 할 수 없는 시대였다. 따라서 그의 시적 정조가 슬픔과 한으로 표출되어 나타난 것은 당시의 시대적 상황에 대한 시인의 의식이 반영된 결과이다.

김소월은 불합리한 상황에 적극적으로 맞서는 대신, 당시 사람들이 느꼈을 비극적 정서를 작품 속에 담아내는 방법을 택했다. 이러한 삶의 자세에 대해서는 다양한 평가가 가능하겠으나, 김소월이 시를 통해서 말하고자 했던 요체는 당대의 사람들뿐만 아니라 오늘날의 독자들까지도 공감할 수 있는 것이다. 그의 작품에 등장하는 '님'은 이런 의미에서 다양하게 읽힐 수 있다. 그러니 딱히 일제강점기라는 시대 상황을 고려하지 않더라도, 독자들은 작품 속 화자의 입장이 되어 이 시를 음미할 수 있다.

사랑하는 사람과 이별한 뒤, 먼 훗날 자신의 선택에 대해 후회하는 일은 누구나 한 번쯤 겪어본 적이 있을 테다. 독자는 일제강점기를 살았던 지식인 김소월과 그의 문학 의식에 대해서 진지한 탐색을 하는 한편, 그것과 무관하게 자신이 작중의 화자가 되어 깊이 빠져듦으로써 작품의 올바른 이해에 접근할 수 있을 것이다. 나는 이 작품을 일단 일제강점기라는 시대 상황과 거리를 두고 읽어내었다. 일반 독자들이 느낄 수 있는 보편적인 감성으로 풀어내, 작품을 각자의 관점에서 볼 수 있게 되기를 기대하면서 말이다.

이 작품은 활주로라는 그룹에 의해 1980년대에 대중가요로 만들어지기도 했는데, 후에 송골매라는 그룹의 음반으로 발매되기도 했다. 노래를 들으면서 혹은 듣고 나서 이 작품을 음미하면, 그 느낌이 새롭게 다가올 수도 있을 것이다. 이제 작품을 다시 읽어보면서, 각자 추억 속으로 여행을 시작해 보자.

2. 역설의 미학

한용운
<복종>

승려이자 시인이며, 독립운동가. 3·1운동을 주도하였으며, 이 사건으로 3년여의 옥고를 치름. 감옥에서 쓴 <조선독립 이유서>는 식민지 조국이 독립되어야 함을 당당하게 논한 대문장으로 평가. 감옥에서 나온 이후 일제의 끊임없는 감시 아래에서도 강연 등의 방법으로 조국 독립의 열변을 토함. 1926년에 출간된 그의 시집 《님의 침묵》은 한국 문학사의 기념비적 위치를 차지함. 당대의 불교를 비판. 불교를 개혁하고자 '조선 불교 유신론' 등 중요한 주장을 발표하기도 함. 1944년 중풍으로 쓰러져 죽을 때까지, 불교의 개혁과 조국의 독립을 위해 헌신함.

이상은 한용운(1876~1944)에 대한 개략적인 소개의 글이다. 위의 소개에서도 느낄 수 있듯이, 한용운은 일제강점기에 조국의 독립을 위해 적극적으로 투쟁의 길에 나섰던 저항적인 지식인이다. 3·1운동에 참여했던 지식인 상당수가 절개를 꺾고 줄줄이 친일의 길에 접어들었지만, 그는 일제에 꿋꿋하게 맞서는 비타협적인 삶의 행적을 보여줬다. 오늘날 우리가 볼 수 있는 그의 초상에서도 꼿꼿하고 강인한 지사로서의 면모를 능히 엿볼 수 있다. 한용운은 죽을 때까지 일제의 백성이 되는 것을 거부해 호적 갖기를 거부했으며, 딸마저도 학교에 보내지 않고 손수 교육했다. 그의 강직한 성품을 확인할 수 있는 일화는 지금까지 적지 않게 남아 후세 사람들의 귀감이 되고 있다.

그의 성품을 짐작할 수 있는 예를 하나만 더 들어보기로 하자. 한용운이 만년에 숨을 거두었던, 성북동에 자리 잡은 심우장(尋牛莊)은 항상 빈한하게 살면서 거처할 곳이 없던 그를 위해 지인들이 마련해 준 거처였다. 집을 짓기 시작할 때 주변 사람들이 여름에는 시원하고 겨울에는 볕이 잘 드는 남향으로 집을 지을 것을 권했으나, 그는 다음과 같은 말로 일축했다. "그건 안 되지. 남향이면 바로 돌집(조선총독부)을 바라보는 게 될 터이니, 차라리 볕이 좀 덜 들고 여름에 덥더라도 북향하는 게 낫겠어." 일제의 심장부인 총독부 건물을 항상 마주 보고 생활하는 것을 피하기 위해 그는 일부러 동북향으로 집을 짓고, 그곳에서 생을 마쳤다. '심우장'이란 택호(宅號)도 그가 직접 지었다고 하는데, 이는 원래 소를 찾는다는 뜻으로 진리를 찾고자 하는 불교적 의미가 담겨 있다. 이러한 일화에서 확인할 수 있듯, 그가 찾고자 했던 진실은 바로 종교인이자 생활인으로서 불의에 맞서 지켜나가야 할 정의였음을 확인할 수 있다.

일제에 저항하는 삶을 살았던 그이지만, 한용운의 작품에 사용된 시어들은 아주 섬세하고 부드럽다. 주로 여성 화자를 내세운 그의 시들은 독자에게 분명한 의미를 전한다. 다른 의미로의 오해를 용납하지 않는 분명한 어조는 그의 작품이 지닌 가장 큰 특징이라고 할 수 있다. 그러나 이러한 명료함 때문에 오히려 시구의 의미를 둘러싸고 적지 않은 이론(異論)들이 공존하고 있다는 사실은 아이러니하다. 분명한 어조와 다양한 해석. 이것이 바로 한용운의 시를 읽을 때 접하게 되는 역설적 상황이라 하겠다. 독자들이 그의 작품들을 다양하게 해석하는 데에는 그가 다른 시인들과는 달리 종교인, 즉 승려였다는 사실이 가장 크게 작용한다.

당대의 불교 개혁에 적지 않은 노력을 기울였고 불교 경전을 강의한 선승이었던 사실로 보아, 그의 작품에 불교적 사유가 자리 잡고 있음은 두말할 나위가 없다. 이러한 면모를 고려해 그의 작품을 논할 때는 대체로 불교적 관점에서 접근하는 것이 일반적인 것으로 인식되고 있다. 그러나 문맥상 일견 분명해 보이는 의미도 종교적인 색채가 가미되면 여러 가지 다양한 이설이 발생할 수밖에 없다. 형이상학적인 종교적 이론을 근거로 작품을 해석하다 보면, 오히려 쉽게 이해될 수 있는 시적 상황조차도 복잡한 것으로 환치되는 경우가 종종 있다. 종교는 논리적인 이성에 호소하기보다 감성적인 믿음에 절대적인 신뢰를 보내고 있는 경우가 많기 때문이다. 그러나 종교인이 창작했다는 이유만으로, 작품의 의미를 온전히 종교의 교리 안에 가두는 것이 과연 온당한 일일까? 그렇다면 문학의 역할이 너무 과소평가되는 것은 아닐까? 이러한 물음을 전제로 한용운의 작품을 살펴보기로 하자.

한용운의 작품을 종교, 구체적으로 불교적 관점에서 해석하는 것은 그의 시를 읽는 한 가지 방법이라는 데에는 이론이 없다. 하지만 그의 작품을 온전히 종교적인 틀 안에서만 해석하는 것이 옳은가? 나는 그렇지 않다고 생각한다. 한용운의 작품은 불교를 잘 알지 못하는 사람들도 쉽게 이해할 수 있다. 이는 그의 작품이 지니는 가장 큰 매력이다. 그러므로 여기서는 종교적 관점을 가능하면 배제하고 한용운의 작품을 해석해 보려 한다.

그의 시는 당시의 다른 시인들의 작품들과는 달리 절망이나 슬픔의 과잉을 허용하지 않고, 낙관적인 면모를 띠고 있다. 떠나간 '님'에 대한 기다림을 노래하고 있다는 점에서 다른 시인들의 작품들과 유사하지만, 그 님이 반드시 돌아오리라는 낙관적인 인식은 분명히 한용운의 시에서 보이는 두드러진 면모이다. 그렇기에 그의 시는 부드러우면서도 강하다. 여성적인 목소리를 통해 님에 대한 열정적인 사랑을 노래함과 동시에 언젠가 님이 다시 돌아올 것이라는 화자의 굳은 믿음이 강하게 드러나 있다. 외유내강이라고나 할까. 부드러운 어조로 노래하고 있는 한용운의 시를 읽을 때면, 그 속에 내재된 화자의 강인한 정신을 느끼게 된다. 소란스럽지 않고 나직하지만, 분명한 의지를 표현하는 시적 화자의 모습은 그대로 한용운의 정신세계를 표현한 것이라 해석할 수 있다.

저항적인 투사로서의 생애와 작품에 나타난 여성적 정조의 표현 사이에는 일견 매우 큰 거리가 존재하고 있는 것처럼 보인다. 여기에서는 그의 작품에 보이는 인식의 거리를 중심에 두고 시를 읽어보기로 하자. 한용운의 작품에는 역설적 표현이 자주 등장한다. 역설은 한용운의 시를 이해하기 위한 가장 중요한 요소이다. 일반적으로 역설을 통해 시인은 말하고자 하는 바를 효과적으로 설명하고, 독자들은 또 시인이 의도하는 바를 더욱 쉽게 이해하게 된다. 한용운의 작품을

'역설의 미학'이라는 표현으로 집약할 수 있는 까닭도 바로 그래서이다. 그렇다면 역설적 표현으로 시인이 드러내고자 하는 주제는 무엇이었을까? 그 중심엔 항상 '님'이 놓여 있다. 그래서 작품에 등장하는 '님'의 성격을 파악하는 것이, 한용운의 시를 읽는 열쇠가 된다. 여기에서는 〈복종〉이라는 작품을 통해서, 그의 시편들이 담고 있는 역설의 의미를 파악해 보자.

> 남들은 자유를 사랑한다 하지마는 나는 복종을 좋아하여요
> 자유를 모르는 것은 아니지만 당신에게는 복종만 하고 싶어요
> 복종하고 싶은데 복종하는 것은 아름다운 자유보다도 달콤합니다 그것이 나의 행복입니다.
>
> 그러나 당신이 나더러 다른 사람을 복종하라고 하면 그것만은 복종할 수가 없습니다
> 다른 사람을 복종하려면 당신에게 복종할 수가 없는 까닭입니다
>
> —한용운, 〈복종〉

어떤 이는 이 시에서 '일부종사(一夫從事)'라는 고리타분한 유교적 이념을 읽어낼 수도 있을 것이다. 불과 얼마 전까지 마치 우리의 미풍양속이기나 했던 것처럼 인식되었던 낡은 관습은 오히려 이 시를 제대로 이해하는 데에는 전혀 도움이 되지 않는다. 적어도 이 시에서 한용운이 봉건적 유습(遺習)을 마치 계승해야 할 전통적인 가치로 인정하고 강조하려는 것은 결코 아니었을 것이다. 이 작품이 여성은 한 남성만을 섬겨야 했던 지극히 전통적인 상황을 전제로 하고 있다는

점에는 동의할 수 있다. 그러나 작품이 지향하고 있는 바는 분명 그러한 단순한 인식의 틀을 넘어서고 있다.

자유에 대한 거부와 복종에 대한 찬미. 자유가 이상적이라고 믿고 있는 독자들은 복종을 예찬하는 작품의 내용에 우선 당황하게 된다. 그러나 작품을 찬찬히 읽어 내려가면, 비로소 시인이 말하고자 하는 의도를 알아차리게 된다. 작품에서도 분명히 나와 있듯, 화자는 '자유를 모르는 것은 아니'다. 인간이 누려야 할 가장 중요한 가치인 자유의 의미에 대해서는 누구보다도 잘 알고 있다. 그러나 화자는 자유가 아니라 '복종을 좋아'한다고 거듭 강조하고 있다. 그리고 그 복종의 대상은 화자의 님인 '당신'에게만 해당한다. 따라서 '복종하고 싶은데 복종하는 것은 아름다운 자유보다도 달콤'한 것이다. 더 나아가 '다른 사람을 복종하라고 하면 그것만은 복종할 수가 없'다. 이것으로 보아 이 작품에서 말하는 자유와 복종의 의미는 해당 단어가 본래 지니고 있는 의미와는 분명히 구별된다. 적어도 화자에게는 '님에게의 복종'은 '자유'인 셈이고, '다른 사람에게 복종'하는 것이야말로 우리가 일반적으로 생각하는 진정한 의미의 복종이라고 할 수 있다.

그럼 이 작품에서 말하는 자유의 의미는 무엇일까? 흔히 자유란 무엇에 얽매이거나 구속받지 않음을 의미한다. 그런데 화자는 누구나 좋아하는 자유를 거부하고 있다. 더구나 민족의 독립이라는 진정한 '자유'를 갈망했던 시인이 오히려 복종을 예찬하는 것은 분명 역설적인 상황이다. 적어도 화자에게 복종이란 것은 자유보다도 더 가치 있다. 하지만 이를 위해서는 반드시 전제가 요청된다. '남들이 사랑하는 자유'를 마다하고, '복종을 좋아하는' 화자에게 그 대상은 반드시 '당신'이어야만 한다. 화자가 말하는 자유와 복종의 진정한 의미와 그 관계성은 바로 이 전제 위에서만 제대로 파악될 수 있다.

인간에게 자유는 일생을 걸고 추구해야 할 목표에 도달하기 위해 가장 중요한 전제 조건이다. 하지만 어떠한 이상이나 지향이 없는 상황에서 자유는 그저 무의미한 시간의 연속일지도 모른다. 흔히 고등학교 시절 대학 입시라는 목표만을 향해서 정신없이 내달려 본 경험이 있을 것이다. 대학에 입학하기만 하면 그동안 못 했던 것을 다 해보겠노라는 포부를 가슴에 안고서, 책상에 앉아 열심히 공부했을 것이다. 그러나 막상 대학에 입학해 보면 그동안 자신이 생각했던 것과 현실은 너무 다르고, 젊은이들은 그 사실에 당혹스러움을 느끼곤 한다. 이때의 자유는 자신이 진정 추구하고자 했던 '자유'가 아니라, 목표와 이상이 갑자기 소멸하면서 나타나는 일시적인 '방황'이기가 쉽다. 오히려 무언가에 목표를 두고 생활하다 보면, 자신의 인생에 대한 명확한 지침이 세워지기도 한다. 그 목표가 공부든 취미든 아니면 연애든, 무엇이라도 좋다. 인생에 대한 목표와 지향도 따지고 보면, 일종의 '얽매임' 아니겠는가.

그렇기에 이 작품에서 복종이란 자신의 인격이 존중받지 못하는 상태의 예속과는 전혀 그 의미가 다르다. 화자가 추구하는 복종은 자신이 바라는 것이며, 그 대상도 진정 사랑하는 상대이기에 어설픈 자유보다 더 가치가 있는 것이다. 자신의 의지가 결여된 복종은 노예의 삶이지만, 자신이 원하는 것에 대한 복종은 자신의 지향을 따르는 일이며, 적어도 화자에게는 '더 큰 자유'인 셈이다. 따라서 이 작품에서의 자유와 복종은 서로 양립할 수 없는 대립적인 개념이 아니다. 화자는 복종을 통해서 얻을 수 있는 자유를 갈구하고 있고, 이 지점에서 한용운 시의 '역설의 미학'은 빛을 발한다. 화자에게 가장 소중한 존재인 '당신'에 대한 복종은 이미 자유와 복종이라는 이분법적 인식을 뛰어넘는 지점에 놓여 있는 가치이기 때문이다. 그리고 이러한 인식은 바로 님에 대한 굳건한 믿음이 바탕에 깔린 시인의 낙관론적인 세계관과 맞닿아 있다. 이 세계관은 자신이 추구하고자 하는 진리가 언젠가는 반드시 도래한다는 굳건한 믿음의 다름 아니다.

3. 그릇된 현실을 직시하다

이상화
<빼앗긴 들에도 봄은 오는가>

한국 현대 문학사의 초기 전개 과정은 일제강점기의 역사를 되돌아보는 것과 함께 설명될 수 있을 것이다. 1905년 을사늑약을 거쳐 1910년의 경술국치에 이르기까지, 이 기간의 역사는 일제의 강압과 그에 부역하는 매국노들에 의해 망국의 길로 접어드는 과정이라 할 수 있다. 경술국치는 우리의 국권을 강탈당한 치욕적인 역사로 기록되었고, 이후 한반도에서는 식민지 경영을 위해 일제가 조선총독부를 설치하면서 가혹한 '무단통치'가 실시되었다. 이에 저항하는 의병 활동이 전국적으로 전개되었지만, 조선총독부에 의한 무단통치가 본격화되면서 활동 반경은 점차적으로 좁아질 수밖에 없었고, 이내 소강상태에 접어들게 되었다.

이 시기를 전후로 문학 분야에서도 일찍이 최남선을 비롯한 일부 시인들에 의해 '신체시'라고 불리는 새로운 형식의 시가 출현했으며,

이내 서양에서 유입된 다양한 시들이 소개되기 시작했다. 이에 영향을 받은 문인들은 실험적인 창작 활동을 모색하기도 했다. 1919년에는 3·1운동이 서울을 시작으로 거국적으로 전개되면서, 이에 놀란 일제 당국은 새로운 정책으로 이른바 '문화정치'를 실시했다. 3·1운동을 통해 조선 민중들의 독립에 대한 염원이 절실하다는 것을 확인하자, 일제는 성난 민심을 잠시나마 무마하려는 목적으로 정책 방향을 수정했다. 이는 일시적으로 표방하는 정책의 명칭만 바뀐 것일 뿐, 일제강점기 내내 식민 통치의 본질과 성격이 근본적으로 바뀐 것은 아니었다.

하지만 '문화정치'를 표방한 시기의 문화 정책에서는 제한적이나마 당시 문학인들의 활동 공간이 확대되었던 것도 사실이다. 이 시기를 전후해 다양한 문예지가 창간되었는데, 《창조》와 《폐허》 그리고 《백조》 등의 동인지와 《개벽》이나 《조선문단》과 같은 문학 잡지를 활동 기반으로 삼아 다양한 문인들이 창작 활동에 참여했다. 대체로 '동인지'가 문학적 지향이 같은 문인, 즉 동인(同人)들이 참여해서 만든 잡지라면, 문학 잡지는 상대적으로 다양한 작가들에게 참여 기회를 주었다는 점이 다르다고 하겠다. 이 시기에 활동했던 시인의 작품들에는 대체로 어둡고 비관적인 분위기가 짙게 반영되어 있어, 이 시기에 발표된 작품들의 경향을 '음울한 낭만주의'라고 일컫기도 한다.

3·1운동 이후 독립에 대한 염원이 점차 고조되었는데, 이러한 분위기를 타고 국내외에서는 다양한 무장 단체가 조직되어 독립을 위해 적극적으로 투쟁 활동을 전개해 나갔다. 다른 한편으로는 '러시아혁명'(1917)의 성공으로 사회주의 사상이 광범위하게 받아들여지면서, 조선에서도 이러한 사상적 흐름에 맞춰 '카프(KAFP)'라는 약칭

으로 칭해지는 '조선 프롤레타리아 예술가 동맹'(1925)이 조직되었다. 문학사에서는 카프에 참여했던 작가들의 작품을 '신경향파 문학'이라고 지칭하는데, 신경향파 문학의 정신이란 문학의 역할이 힘없고 가난한 이들을 대변해야 하며 문학 활동을 통해 정치적인 목적을 달성하는 것에도 거침이 없어야 한다는 것이었다. 카프의 구성원들은 실제로 현실의 모순을 타파하기 위해 적극적으로 투쟁함과 동시에 작품 활동을 통해 독자들의 사회의식을 고취하기 위해 노력했다. 결국 그들의 활동을 제약하려는 일제의 지속적이고 가혹한 탄압으로 인해 카프는 1935년 공식적으로 해체되었지만, 일제강점기라는 조건 속에서 문학을 통해 이 같은 시대적 고난에 맞서기 위한 노력을 보여줬다는 점에서 문학사에 적지 않은 의미를 남겼다고 평가되고 있다.

이상화(1901~1943)는 낭만적 경향을 보였던 문예지 《백조》의 동인으로 창작 활동을 시작했으며, 이후 카프가 조직되면서 그 구성원으로 참여하기도 했다. 대체로 《백조》 동인들의 작품은 퇴폐적인 분위기가 강하고, 현실도피적 성향이 두드러지는 경향을 보인다. 이에 반해 카프의 활동은 사회 현실에 대한 객관적인 인식을 토대로, 당대 현실을 사실적으로 그려내는 경향이 강했다. 이상화는 1920년대 현대시의 주류를 형성했던 이러한 흐름을 모두 거치면서 활동했던 시인이다. 여기에서 살펴볼 〈빼앗긴 들에도 봄은 오는가〉라는 작품은 1926년 문학 잡지 《개벽》에 수록되어 발표된 작품으로 이상화의 시적 성취를 가장 잘 보여준다고 평가받는다. 전체 11연으로 구성된 이 작품은 일제강점기에 창작된 현대시 중에서 '현실 감각의 날카로움과 뜨거운 정열이 결합된 예로서 가장 뛰어난 작품 중에서 하나'로 꼽히기도 한다.

지금은 남의 땅 – 빼앗긴 들에도 봄은 오는가?

나는 온몸에 햇살을 받고
푸른 하늘 푸른 들이 맞붙은 곳으로
가르마 같은 논길을 따라 꿈속을 가듯 걸어만 간다.

입술을 다문 하늘아, 들아
내 맘에는 내 혼자 온 것 같지를 않구나!
네가 끌었느냐, 누가 부르더냐. 답답워라. 말을 해다오.

바람은 내 귀에 속삭이며
한 자국도 섰지 마라 옷자락을 흔들고,
종다리는 울타리 너머 아씨같이 구름 뒤에서 반갑다 웃네.

고맙게 잘 자란 보리밭아,
간밤 자정이 넘어 내리던 고운 비로
너는 삼단 같은 머리를 감았구나, 내 머리조차 가뿐하다.

혼자라도 가쁘게나 가자.
마른논을 안고 도는 착한 도랑이
젖먹이 달래는 노래를 하고, 제 혼자 어깨춤만 추고 가네.

나비 제비야 깝치지 마라
맨드라미 들마꽃에도 인사를 해야지

아주까리기름을 바른 이가 지심 매던 그 들이라 다 보고 싶다.

내 손에 호미를 쥐어 다오.
살진 젖가슴과 같은 부드러운 이 흙을
발목이 시도록 밟아도 보고, 좋은 땀조차 흘리고 싶다.

강가에 나온 아이와 같이
짬도 모르고 끝도 없이 닫는 내 혼아
무엇을 찾느냐 어디로 가느냐 웃어웁다 답을 하려무나.

나는 온몸에 풋내를 띠고
푸른 웃음 푸른 설움이 어우러진 사이로
다리를 절며 하루를 걷는다. 아마도 봄 신령이 지폈나 보다.

그러나 지금은 – 들을 빼앗겨 봄조차 빼앗기겠네.

–이상화, 〈빼앗긴 들에도 봄은 오는가〉

이 작품은 '지금은 남의 땅 – 빼앗긴 들에도 봄은 오는가?'라는 화자의 질문으로부터 시작되고 있다. 실상 한 행으로 이뤄진 1연에서 이미 작품의 주제가 드러나 있는 것이다. 화자는 자신이 서 있는 곳을 일컬어 '지금은 남의 땅'이라고 말하고 있는데, 여기에는 지금이 아닌 과거에는 그곳이 '나의 땅' 혹은 '우리 땅'이었다는 전제가 깔려 있다. 이어지는 '빼앗긴 들'이라는 지칭에서, 화자가 서 있는 공간의 성격은 더욱 분명해진다. 그리하여 한때 나의 땅이었던 들을 누군가에게 빼앗기고, 시간이 흐른 후 다시 그곳을 찾은 화자의 심정이 착잡했을 것임은 어렵지 않게 짐작할 수 있다. 독자들은 이 부분을 읽으면서 자연스럽게 당대의 현실을 떠올렸을 것이고, 화자의 진술이 당시 식민지로 전락한 조선의 상황을 비유한 것이라고 이해할 수 있게 되는 것이다.

작품의 시간적 배경은 완연한 봄이다. 계절이 바뀌어 봄기운이 물씬 풍기고 있지만, 화자가 '지금은 남의 땅'이 된 '빼앗긴 들'에 서 있기에 봄이라는 기분을 전혀 느낄 수 없었을 것이다. 즉 물리적 시간은 분명 봄이지만, 화자의 상황은 봄의 기운을 느끼기 쉽지 않은 상태임을 짐작할 수 있다. 흔히 '봄이 되었지만 봄이 아닌 것 같다.'라는 의미로 '춘래불사춘(春來不似春)'이라는 표현이 있는데, 아마도 작품 속 화자의 심정이 그랬을 것이라고 짐작된다.

작품 속 화자의 심정에 대한 이해를 돕기 위해서 다음과 같은 가정을 해보자. 누군가 우연히 과거에 자신이 살다가 이사했던 집을 다시 찾았다면, 옛집을 보면서 느끼는 감정은 매우 다양할 것이다. 집의 모습이 변하지 않았다면 과거 자신이 살았던 삶의 흔적을 더듬어보며 상념에 젖을 수도 있을 테고, 전혀 다른 모습으로 변했다면 자신의 과거가 지워진 듯한 기분을 느낄 수도 있을 것이다. 더욱이 과거에 그 집에서 이사한 것이 자신의 선택이 아니라, 어떤 사정으로 인해 누군가에게 강제로 빼앗겨 떠날 수밖에 없었다면 어떤 감정이 들까? 아마도 '빼앗긴 집'을 바라보는 사람의 심정은 더욱 착잡할 수밖에 없을 것이다. 지금 이 작품 속에 등장하는 화자의 상황이 바로 이에 비견될 수 있을 듯하다.

2연에서 화자는 한때 자신의 땅이었던 '빼앗긴 들'을 거닐면서, 그곳에 대한 현재의 심정을 노래하고 있다. 화자가 '온몸에 햇살을 받고 / 푸른 하늘 푸른 들이 맞붙은 곳으로' 거니는 모습이 연출되는데, 지평선과 하늘이 맞닿아 있을 정도로 드넓은 들이라는 것을 알 수 있다. 더욱이 '가르마 같은 논길'이라는 표현에서 화자가 과거에 그곳에서 농사를 지었음을 짐작할 수 있다. 가르마를 탄 머리처럼 반듯하게 정리된 논길에서 햇살을 받고 거니는 화자. 비록 지금은 '남의 땅'이 되었지만, 잠시나마 과거의 추억을 떠올리며 화자는 '꿈속을 가듯 걸어만' 가보았을 것이다.

이어지는 3연에서 그곳이 '지금은 남의 땅'이 되었다는 것을 자각한 화자는 '하늘'과 '들'조차도 자신에게 아무런 말을 하지 않고 '입술을 다문' 것처럼 느낀다. 분명 화자 혼자 '빼앗긴 들'에 서 있지만, '내 맘에는 내 혼자 온 것 같지 않'다는 심정을 토로한다. 그리하여 이 장소로 '네가 끌었느냐'라는 질문을 '하늘과 들'에 던져보기도 하고, 누가 부른 것이 아닌가 생각하면서 답답한 심정을 토로하는 것이다. 그러한 답답한 심정을 누가 대신해 줬으면 하는 화자의 감정이 '말을 해 다오.'라는 마지막 구절에서 더욱 절실하게 드러나고 있다. 화자의 심경이 2연과 3연에서 상반되는 것은 '지금은 남의 땅'이 된 '빼앗긴 들'에서 느끼는 미묘한 감정의 변화라고 이해할 수 있을 것이다.

화자는 다시 마음을 추스르고, 과거에 자신의 땅이었던 들을 찾은 현재의 심경을 드러내고 있다. 논길을 따라 거닐면서 불어오는 '바람은 내 귀에 속삭이며 / 한 자국도 섰지 마라 옷자락을 흔들고' 있는 듯하다. 아마도 화자는 '빼앗긴 들'을 앞으로는 다시 찾을 기회가 없을 것이라고 여겼는지 모른다. 불어오는 바람조차 화자에게 '한 (발) 자국'도 서 있지 말고 더 많은 곳을 돌아보라 말하는 듯 느껴졌을까.

이때 하늘을 바라본 화자에게 구름은 마치 종다리의 모양으로 보였고, 화자는 그것을 '울타리 너머 아씨같이 구름 뒤에서 반갑다 웃'는 것처럼 받아들이고 있다.

시선을 돌려 들판을 바라보니 무성한 보리밭이 '고맙게 잘 자란' 것처럼 느껴지고, '간밤 자정이 넘어 내리던 고운 비로' 더욱 푸르게 보이기까지 한다. 흔히 풍성하고 고운 머릿결을 '삼단 같은 머리'로 비유하는데, 화자는 더욱 무성해진 보리들이 자라고 있는 들판을 마치 '삼단 같은 머리를 감'은 것으로 표현하고 있다. 지금 '빼앗긴 들'에서 자라는 보리들이 시간이 지난다고 해서 화자의 소유가 되는 일은 없겠지만, 그래도 이는 과거 자신이 농사를 짓던 땅에서 자란 작물에 대한 애정이 짙게 묻어나는 표현이다. 화자에게 들에서 마주치는 대상들은 모두 과거의 기억을 상기시키는 존재들이라고 할 수 있으며, 다른 한편으로는 왕성한 생명력의 상징으로도 볼 수 있다.

아직 둘러본 곳이 많다고 여긴 화자는 '혼자라도 가쁘게나 가자'고 하면서, 자신의 발길을 재촉한다. 숨이 가쁘더라도 더 많은 곳을 빨리 돌아보겠다는 화자의 의지가 엿보이는 대목이다. 아직 보리의 추수가 끝나지 않아 '마른논' 상태이지만, 화자에게는 그 논을 '안고 도는 착한 도랑이 / 젖먹이 달래는 노래를 하'는 것처럼 보였던 모양이다. 구불구불한 모양으로 만들어진 도랑을 보면서, 그 모습이 마치 '제 혼자 어깨춤만 추고 가'는 것처럼 생각했음을 알 수 있다.

이곳저곳을 돌아보던 화자는 나비와 제비의 자유롭게 나는 모습을 보면서, '나비 제비야 깝치지 마라'라는 표현으로 반가움을 드러낸다. '깝치다'의 표준어는 '깝죽거리다'이며, 그 뜻은 방정맞게 까불며 잘난 체하는 것을 일컫는다. '맨드라미'는 여름철에 피는 꽃으로 봄이라는 계절적 배경에 어울리지 않는 듯도 싶지만, '민들레꽃'을 지칭하는 영남지역의 방언이라고 본다면 간신히나마 계절적으로 들어맞는다. '들마꽃'은 달리 '메꽃'이라고도 하는데, 화자는 이처럼 길가에 지천으로 핀 민들레와 메꽃에게도 반가움을 느껴 '인사를 해야지' 하고 생각한다. 나아가 지금은 아무도 없는 들이지만, 한때 '아주까리기름을 바른 이가 지심 매던 그 들이라 다 보고 싶다'라는 소망을 토로하기도 한다. '지심 매기' 혹은 '기음 매기'는 '김매기'를 달리 이르는 표현으로, 여름철 논과 밭에서 자라는 잡초를 뽑는 작업을 일컫는다. 화자는 과거 '자신의 들'에서 머리에 아주까리기름을 바른 이들이 김을 매던 풍경이 떠올랐고, 그러한 모습을 다시 보고 싶다는 희망을 내비치고 있는 것이다.

화자는 문득 과거에 자신이 이곳에서 농작물을 경작하던 기억이 떠올랐던 듯, 누군가에게 '내 손에 호미를 쥐어' 달라고 말하고 있다. '팔목이 시리도록 밟아도 보고, 좋은 땀조차 흘리고 싶다'는 생각이 들었기 때문이다. 하지만 이러한 화자의 희망은 쉽게 실현될 수는 없는 것으로 보이는데, 그곳이 '지금은 남의 땅 – 빼앗긴 들'이기 때문이다. 이를 자각한 화자는 다시 암울한 현실에 대해 답답함을 토로할 수밖에 없었을 것이다. 자신의 모습을 '강가에 나온 아이와 같'다고 묘사한 화자는 마치 혼이 빠진 것처럼 스스로에게 '무엇을 찾느냐 어디로 가느냐'라고 자문을 해보지만, 어떤 해답도 구할 수 없다. 이에 '웃어웁다 답을 하려무나'라고 간절한 심정을 토로하기도 한다.

잠시 그곳에서 농사를 짓던 자신의 모습을 떠올리며 추억에 빠져보기도 했지만, 화자는 '남의 땅'이 된 '빼앗긴 들'에 서 있는 자신을 발견했을 뿐이다. 그런 이상 화자는 '온몸에 풋내를 띠고 / 푸른 웃음 푸른 설움이 어우러진 사이로' 갔던 길을 되돌아올 수밖에 없다. 2연에서는 '햇살을 받고' 걷던 그곳을 여기에서는 '풋내를 띠고' 걷고 있다고 하겠다. 과거에는 땀을 흘리며 농사를 짓던 이곳에서 이제는 아무런 일도 할 수 없는 현실이 '풋내'라는 단어로 표출된 것이리라. 흔히 '푸르다'는 단어가 사람의 감정을 수식하는 경우, 대개는 우울함의 의미를 내포한다. 따라서 '푸른 웃음 푸른 설움'은 현실을 인식한 화자의 설움을 의미한다고 하겠다. 씁쓸하게 되돌아선 화자의 걸음은 '다리를 절며 하루를 걷는' 것으로 묘사되고, '빼앗긴 들'을 돌아다니던 자신의 모습을 두고 '아마도 봄 신령이 지폈나 보다'라며 짐짓 변명만 할 뿐이다. '신령이 지피다'라는 표현은 제정신이 아니고 알 수 없는 힘에 이끌려 행동하는 것임을 의미한다.

마지막 연 역시 한 행으로 이뤄졌는데, 1행의 내용을 반복하는 듯하면서도 전혀 다른 지향을 보여주고 있다. 화자는 이미 '남의 땅'이 된 곳에서, '그러나 지금은 – 들을 빼앗겨 봄조차 빼앗기겠네'라는 자조적인 표현을 사용한다. 현실의 계절은 봄이 분명하지만, '들을 빼앗겨 봄조차 빼앗기겠'다고 생각하는 화자는 진정한 봄기운을 느낄 수가 없다. 따라서 결론에서는 무엇보다 자신의 의사대로 일할 수 있는 자유로운 현실이 중요하다는 사실을 강조하고 있다고 해석된다.

이 작품은 1연과 마지막 연이 질문과 대답의 형식으로 배치되어 있으며, 그 중간의 내용들은 이러한 대답에 도달하기까지의 과정을 그리고 있다. 비록 '지금은 남의 땅 – 빼앗긴 들'이지만, 그곳에서 만난 자연물들은 화자에게는 익숙하고 애정이 어린 존재들이다. 그렇기에 들을 빼앗긴 화자는 봄의 분위기를 제대로 느낄 수 없다. 화자는 '빼앗긴 들'을 되찾아야만 비로소 온전히 봄을 맞이하는 기쁨을 만끽할 수 있을 것이다. 이상화는 이 작품을 통해서, 독자들에게 '지금은 남의 땅'이 된 '빼앗긴' 조국의 현실을 떠올리도록 한다. 일제강점기라는 당시의 시대 현실을 직시해야 함을 역설함과 동시에, 일제에 의해 국토를 빼앗긴 상황에서는 어떠한 상황도 봄으로 느낄 수 없으며, 그릇된 현실이 바뀌지 않는 한 봄조차 빼앗길 수밖에 없음을 강조하고 있다고 하겠다.

4. 기다림의 미학

김영랑
〈모란이 피기까지는〉

'문학의 사회적 역할이란 무엇인가?'라는 주제를 둘러싼 논쟁은 여전히 해결되지 않은 채로 진행되고 있다. 이러한 질문에 대해서, 문인도 사회의 구성원으로서 불합리한 현실에 대해 비판적인 목소리를 낼 줄 알아야 한다는 의견과 문학은 사회 현실이나 이념과 상관없이 순수한 것이기에, 보편적인 가치를 추구해야 한다는 주장이 늘 대립해 왔다. 하지만 자신이 발 딛고 있는 현실을 떠난 문학이란 과연 존재할 수 있을까? 문학 작품에는 어떤 형태로든 그것이 창작될 당시의 시대적 분위기가 반영되기 마련이다. 이는 이른바 '순수시'라고 불리는 것들도 예외는 아니다.

1930년대 현대시의 흐름도 바로 그러한 관점에서 바라볼 필요가 있다. 이 시기에는 일제의 침략에 대한 저항의 움직임이 한반도를 넘어 동양 전반으로 확대되던 시기였다. 당시 한반도에서는 이른바 '내선일체'라는 구호하에 일본과 조선이 하나라는 것을 강조했다. 그러나 이러한 구호는 명분에 불과할 뿐이며, 그 실질은 조선과 조선인에 대한 차별과 탄압의 강도가 점점 심해지는 것으로 나타나고 있었다. 그러한 탓으로 한반도에서는 이념적인 사회운동은 물론, 당대 현실을 비판하는 문학 작품을 발표하는 일조차도 불가능했다. 그럼에도 문학의 현실 참여를 중요시하는 관점에서는 예술지상주의적 순수시와 이를 창작한 시인들에 대해 비판적인 평가를 내리기도 한다.

1930년대는 다양한 문인들에 의해 다양한 방식으로 문학 운동이 펼쳐지고 있던 때이다. 특히 현대시 분야에서는 '순수시'를 추구한 이른바 '시문학 동인'들의 활동이 그 앞자리를 차지하고 있었는데, 이들은 1920년대 초반의 낭만주의 시들이 지녔던 애상과 과도한 감상을 극복하고, 문학을 심미적 차원에서 한층 더 높은 수준으로 끌어올렸다는 평가를 받고 있다. 김영랑을 중심으로 박용철, 정지용, 신석정, 이하윤 등이 참여해 만든 동인지 《시문학》(1931)은 이 시기의 현대시의 흐름을 대표한다. 이들은 시가 언어 예술이라는 점을 강조하면서, 작품을 창작할 때 이념적인 내용이나 사회적 연관에서 벗어나 섬세한 언어의 사용과 작품의 서정성을 추구했다. 그리고 이 흐름은 이후 '모더니즘'이라는 사조로 이어진다. 대체로 1930년대의 시들은 개인의 체험과 정서 표출을 작품의 중심에 두고, 도시적 삶의 모습을 형상화하거나 자연과 생명이라는 주제에 관심을 드러내는 등의 다양한 움직임을 보이고 있다.

김영랑(1903~1950)은 '시문학파'를 대표하는 시인으로서, 작품을 통해 문학의 미적 가치를 실천하고 이른바 '순수 서정'의 면모를 구축해 이를 최고의 경지로 끌어올린 인물로 평가된다. 일본으로 유학을 떠났다가 중도에 학업을 포기하고 귀국한 이래로 그는 주로 고향인 전라도 강진에서 머물며 창작 활동을 이어갔다. 지금도 전남 강진에는 그의 생가가 보존되어 있으며, 그곳을 유배지로 삼아 장기간 거처했던 정약용과 함께 강진을 대표하는 문인으로 거론되고 있다. 김영랑은 특히 언어의 조탁에 관심을 기울였는데, 적절한 남도 사투리를 작품 속에서 구사했다. 아울러 그는 이른바 '순수시'의 전형을 제시한 시인으로서, 이후 현대시의 흐름에 적지 않은 영향을 끼친 인물로 평가되고 있다. 김영랑의 첫 시집인《영랑시집》(1935)에는 제목이 없이, 차례로 일련번호만을 붙인 53편의 시가 수록되어 있다. 그의 시집에서 보이는 이러한 측면은 자신의 시가 제목으로 표상되는 어떤 의미에 좌지우지되는 게 아닌, 읽는 이의 "가슴에서 우러나와 외워지는" 것을 위함으로 보인다.

김영랑의 대표작 가운데 하나인 〈모란이 피기까지는〉은 1934년《문학》 제3호에 처음 발표된 시이다. 그의 생가에는 이 작품이 새겨진 시비가 놓여 있으며, 실제로 김영랑은 마당에 모란을 심어놓고 즐겼을 정도로 그 꽃을 좋아했다고 한다. 시의 소재로 활용되고 있는 '모란'은 화자에게 있어 기다림과 소망의 대상이기만 한 게 아니다. 꽃이 피고 짐에 따라 희망과 좌절도 함께 반복된다. 짧은 시행으로 연을 나눈 여타의 작품들과 달리 이 시는 12행이 하나의 연으로 구성되어 있어, 김영랑의 시들 가운데 다소 독특한 형식이라고 일컬어지기도 한다. 또한 '모란'을 대상으로 하고 있지만, 시에서 모란은 화자의 진술 속에서만 그 모습을 드러내고 있을 뿐이다. 즉 모란꽃이 피기를 기다리는 화자의 심정을 제시하고, 꽃이 피고 지었을 때의 느낌과 그에 따른 화자의 감정의 변화만이 형상화되고 있는 것이다. 바로 이런 측면에서 '모란'은 시인에게 선택된 소재 가운데 하나이며, 이는 지상의 아름다움을 대표하는 존재로서 상징적 의미를 획득하고 있다고 할 수 있다.

모란이 피기까지는
나는 아즉 나의 봄을 기둘리고 있을 테요
모란이 뚝뚝 떨어져 버린 날
나는 비로소 봄을 여흰 서름에 잠길 테요
오월 어느 날 그 하로 무덥던 날
떨어져 누운 꽃잎마저 시들어 버리고는
천지에 모란은 자최도 없어지고
뻗쳐 오르던 내 보람 서운케 무너졌느니
모란이 지고 말면 그뿐 내 한 해는 다 가고 말아
삼백 예순 날 한양 섭섭해 우옵내다
모란이 피기까지는
나는 아즉 기둘리고 있을 테요 찬란한 슬픔의 봄을

-김영랑, <모란이 피기까지는>

우선 이 작품에는 '기다림'이라는 문제가 전면에 드러나고 있으며, 그 대상은 '모란이 피기까지'로 적시되어 있다. 기다림은 그 자체로 주체의 역할이 극히 제한될 수밖에 없는 행위이며, 기다림의 완성은 그 대상이 화자에게 다가옴으로써 해결된다고 하겠다. 결국 대상이 화자에게 나타나지 않는 한 기다림은 계속될 수밖에 없다. 그래서 그 과정은 지루하고, 때로는 고통스럽기까지 하다. 이 작품에서 모란꽃이 피는 것으로써 화자의 기다림은 종결되지만, 그것을 기다리던 기간에 비해 만남의 시간은 대단히 짧은 것으로 형상화되고 있다. 즉 모란꽃이 시들어 떨어져 버리면 화자는 좌절을 맛보고, 해가 바뀌어 다시 꽃이 필 때까지 다시 오랜 기간의 기다림을 수반하게 되는 것이다. 즉 '기다림과 만남'은 '좌절과 기다림'으로 이어져, 그러한 과정이 영원히 반복될 것임을 보여준다.

작품의 1~2행에서는 '나의 봄'을 기다리는 화자의 심정이 잘 드러나 있다. 작품은 '모란이 피기까지는 / 나는 아즉 나의 봄을 기둘리고 있을 테요'라는 화자의 진술로 시작되고 있다. 모란이 곧 피기를 기다릴 정도라면 계절은 이미 벌써 봄에 접어들었을 것이다. 하지만 화자는 모란이 피어야만 진정으로 '나의 봄'이 온 것이라고 말한다. 화자에게 '모란꽃'은 '나의 봄'이 왔음을 알려주는 존재라 하겠다. 다시 말하자면 '나의 봄'은 자연적인 계절의 순환과는 무관한, 화자의 관념 속에서 형상화되는 모습일 뿐이다. 즉 모란꽃은 화자에게 있어 '나의 봄'을 상징하는 절대적인 존재와도 다름없다. 또한 시행에서 '아직'과 '기다리다'라는 표준어 대신, '아즉'이나 '기둘리다'와 같은 사투리를 적절히 활용해 작품에 향토적 성격을 불어넣고 있다는 점도 주목할 만하다.

이어지는 부분에서 화자는 활짝 피었던 '모란이 뚝뚝 떨어져 버린 날, / 나는 비로소 봄을 여흰 서름에 잠길 테요'라고 강조하고 있다. 즉 모란꽃이 피면 찾아오는 '나의 봄'은 그것이 떨어짐으로써 다시 '여희게' 되고, 화자는 '서름'에 잠길 것이라는 말이다. '여희다'는 '이별하다'라는 뜻의 옛말이며, '서름' 역시 '설움' 혹은 '서러움'이라는 의미이다. 작품에서 모란꽃은 화자에게 절대적인 의미를 지닌 존재로 나타나고 있지만, 정작 화자는 모란꽃이 피고 지는 과정에 아무런 역할을 할 수가 없다. 단지 꽃이 피고 짐에 따라 감정의 변화가 생길 뿐이다. 화자에게 모란꽃이 피는 것은 오랜 기다림의 결실을 뜻하지만, 그것이 시들어 떨어지는 것은 '설움'의 감정으로 다가오는 것이다.

대체로 5월 무렵에 피는 모란꽃은 꽃잎이 크고 화려하며, 시간이 지나면 시들어 떨어지게 된다. 화자는 모란꽃이 떨어진 '오월 어느 날, 그 하로 무덥던 날'을 기억하며, '떨어져 누운 꽃잎마저 시들어버리고는 / 천지에 모란은 자취도 없어'진 상황을 작품에 그려내고 있다. '하로'는 '하루'의 사투리이며, '자최'는 '자취'라는 의미의 시어이다. 화자에게는 모란꽃이 '뻗쳐오르던 내 보람'으로 여겨졌기에, 모란꽃이 시들어 떨어진 상황은 그것이 '서운케 무너졌'다고 생각할 수밖에 없었을 것이다. 즉 모란꽃이 피었다가 지는 것으로써 화자의 봄은 더는 지속될 수 없으며, 시들어버린 꽃잎은 화자로 하여금 서러움의 감정과 자신의 보람이 무너졌다는 상실감을 느끼게 한다. 꽃이 진 뒤에도 모란은 여전히 남아 있을 테지만, 화자에게 그 상황은 그저 '천지에 모란은 자최도 없어'진 것으로 인식되고 있을 뿐이다. 이 부분에서도 화자는 모란꽃이 떨어지고 시들어가는 과정을 그저 수동적으로 지켜보기만 하고 있다.

이러한 상황은 '모란이 지고 말면 그뿐, 내 한해는 다 가고 말아'라고 표현할 정도로 화자에게 좌절감을 안겨준다. 그리하여 화자는 이제 해가 바뀌어 다시 모란이 필 때까지 '삼백 예순 날 한양 섭섭해' 울면서 지낼 것임을 토로하고 있다. '한양'은 '하냥'으로도 표기되는데, '늘'이란 의미의 사투리이다. 울면서 지내더라도 다시 활짝 필 모란꽃을 기다리겠다는 화자의 결연한 의지가 드러나는 부분이기도 하다. 그러나 그 과정에서도 마찬가지로 화자는 수동적으로 다시 꽃이 피기만을 기다릴 것이다. 일 년 중, 단 5일 정도 활짝 피는 모란꽃을 보기 위해서, 화자는 나머지 '삼백 예순 날'을 기꺼이 기다리겠노라고 말한다. 보통 사람들은 살아가면서 어떤 하나의 일에서 좌절과 슬픔을 맛보더라도, 또 다른 일을 통해 그것을 극복하고자 노력한다. 하지만 이 작품의 화자는 자신에게 절대적 의미를 갖는 존재인 모란꽃이 다시 피기만을 기다릴 뿐이다.

작품의 마지막 부분에서 역시 화자는 다시 '모란이 피기까지는 / 나는 아즉 기둘리고 있'겠다는 다짐을 잊지 않는다. 그렇게 기다리는 시간을 화자는 '찬란한 슬픔의 봄'이라고 표현하는데, '찬란함'과 '슬픔'이 서로 공존할 수 없는 감정이기에 이러한 표현을 대개는 '형용모순'이라고 일컫는다. 하지만 해가 바뀌어 다시 모란꽃이 핀다 해도, 그것조차 시간이 흐르면 다시 시들게 될 것이라는 사실은 너무나도 자명한 자연의 이치이다. 그럼에도 화자는 슬픔의 감정을 지닌 채 모란이 피기를 기다린다. 따라서 '찬란한 슬픔의 봄'이라는 표현은 다시 모란꽃이 피는 기쁨을 맛보는 동시에, 시간이 흐르면 또한 다시 시들어 화자에게 슬픔을 안겨줄 것이라는 의미를 복합적으로 담아내고 있는 표현이라 할 수 있겠다.

이 작품에서는 모란꽃이 피었다가 지는 것과 함께 화자의 감정 변화가 수반된다. 앞부분에서 꽃이 피기를 기다리는 화자의 절실한 감정이 제시되어 있다면, 꽃이 떨어져 시든 모습에서 느껴지는 서운함의 감정이 그 뒤를 잇고 있다. '설움'이라고 표현될 정도의 서운함이 드러나 있고, 화자는 기다림의 보람이 지속되지 못하는 현실에 대해 안타까운 감정을 표출하기도 한다. 그럼에도 화자는 이러한 상황에 좌절하지 않고, 다시 '모란이 피기까지는' 기다리겠노라고 말한다. 기다림과 좌절 그리고 다시 기다림의 반복. 이 같은 감정의 변화는 어쩌면 화자에게 지속될 일종의 숙명이라고 이해할 수 있을 것이다.

5. 슬픔과의 대면

정지용
<유리창 1>

사람들이 어떤 대상을 바라보고 그에 대한 느낌을 표현할 때, 대부분 자신의 감정 상태에 따른 반응을 보여준다. 기쁠 때는 상대의 어지간한 잘못조차도 너그럽게 이해하지만, 기분이 좋지 않을 때는 사소한 꼬투리도 그냥 넘기지 못하는 경우가 종종 있다. 그래서 우리는 상대방의 기분이나 감정 상태를 살피고 그에 따라 자신의 감정이나 행동을 조절하기도 한다. 흔히 인간을 감정의 동물이라고 하는데, 이 말은 그만큼 우리가 생활 속에서 감정의 영향을 많이 받고 있음을 뜻하는 것이기도 하다.

나와는 전혀 다른 타인들과 더불어 살아가기 위해서는 자신의 감정을 솜씨 좋게 억누르면서 지낼 수밖에 없다. 직장 생활을 하면서 받는 스트레스를 애써 감추고, 퇴근 후 술잔을 기울이며 마음의 응어리를 발산할 수밖에 없는 자신의 소심함이 못 견디게 느껴질 때도 있을 것이다. 하지만 하루가 지나면 어제의 기억은 묻어둔 채, 우리는 일상으로 돌아와야만 한다. 내가 느끼는 순간순간의 감정을 남들에게 그대로 드러내 보이다가는 주위 사람들에게 괴팍한 사람으로 여겨져, 오히려 사회생활에 적지 않은 애로가 될 수 있다.

우리는 타인들의 행동에 대해 쉽게 평가를 내리곤 한다. 즉각적이고 격한 감정을 내비치는 사람을 다혈질이라 평가하고, 좀처럼 자신의 속내를 잘 드러내 보이지 않는 사람을 두고는 냉정하다고 말하기도 한다. 소심하다느니 과격하다느니 하는 등의 평가가 모두 상대방의 감정의 표출 양상을 보고 논하는 것이 아니겠는가. 어떤 상황에서도 화를 내지 않고 온화한 태도를 보이는 사람을 호인이라고 하는 것도 마찬가지이다. 물론 자신의 감정을 적절히 제어하는 일은 분명 중요하지만, 상황에 따라 감정을 적절히 표현하는 일도 그 못지않게 중요하다. 또한 상대의 감정을 재빨리 파악해 그에 적절히 대응하는 일 역시 중요하다는 것은 두말할 나위가 없다.

이는 시를 읽을 때도 마찬가지이다. 우리는 시적 화자의 정서를 알아내기 위해서 노력해야만 한다. 어떤 작품의 경우 시적 화자의 심적 상태를 파악할 수 있다면, 보다 쉽게 작가의 의도에 접근할 수 있다. 문학 작품은 작가가 하고 싶은 말을 각종 수사법을 동원해서 표현한 것이다. 다른 어느 갈래보다도 더 감성적인 측면이 요구되는 시에서는 미묘한 표현 하나가 커다란 의미의 변주를 불러일으키기도 한다. 그렇기에 적절한 시어의 선택은 그만큼 힘든 일이기도 하다. 시어 선택의 어려움은 당나라 시인인 가도(賈島)의 일화를 통해서도 확인할 수 있다. 시를 지을 때 글자 하나 때문에 여러 날을 고민했다는 가도의 일화는, 완성된 글을 거듭 검토하여 다듬는다는 '퇴고(推敲)'라는 용어의 어원을 낳기도 했다. 적절한 표현을 선택하는 일은 모든 문학 갈래를 창작함에 있어 중요한 부분이지만 특히 시에서는 그것이 더 중요하게 작용할 수밖에 없다.

똑같은 소재가 등장할지라도 작품에 따라 그 의미가 다르게 나타나기도 한다. 그러한 현상은 서로 다른 시인들에게서 나타나지만, 같은 시인의 서로 다른 작품에서도 종종 발견된다. 이처럼 동일한 소재가 작품에 따라 다른 의미로 변주되는 까닭은 무엇일까? 이는 시인이 작품을 창작할 때마다 느끼는 정서의 차이 때문일 것이다. 시인도 사람이기에 시간이 지남에 따라 가치관도 달라지고, 감정적으로도 성숙해지는 과정을 거친다. 그러다 보니 같은 시어일지라도, 작품에 따라서 전혀 상반된 해석을 필요로 하는 경우도 종종 발생한다. 새소리에 대한 표현을 예로 들어보자.

어떤 사람들은 새소리를 듣고 '새가 노래한다'라고 말하고, 또 다른 이는 '새가 운다'라고 표현하기도 한다. 이외에도 '새가 지저귄다'라는 용어를 사용하기도 한다. 이들 중 비교적 중립적이고 객관적인 용어라 할 수 있는 표현은 '지저귄다'이다. '노래하다'와 '울다'라는 단어는, 동시에 양립할 수 없는 전혀 상반된 감정의 표현이다. 즐거움과 슬픔이라는 대극적인 감정 상태를 지칭하는 표현이 동일한 현상에 사용될 수 있다는 것은 아마도 그것을 바라보는 사람들의 심적 상태와 무관하지 않을 것이다. 이제는 이미 어느 정도 관습적으로 사용되고 있지만, 새소리에 대한 서로 다른 표현은 언어의 사용이 인간의 감정과 깊은 연관이 있다는 논거로 활용할 수 있다.

이처럼 시를 읽을 때 작품에 사용된 시어의 의미를 살펴 시인의 의도와 감정을 추론하는 것은 때로는 아주 중요하다. 여기에서는 정지용(1902~?)의 〈유리창 1〉에 나온 시적 화자의 목소리를 통해서 시인의 심적 상태를 느껴보도록 하자.

유리에 차고 슬픈 것이 어른거린다.
열없이 붙어 서서 입김을 흐리우니
길들은 양 언 날개를 파닥거린다.
지우고 보고 지우고 보아도
새까만 밤이 밀려나가고 밀려와 부딪히고,
물 먹은 별이, 반짝, 보석처럼 박힌다.
밤에 홀로 유리를 닦는 것은
외로운 황홀한 심사이어니,
고운 폐혈관이 찢어진 채로
아아 너는 산새처럼 날아갔구나!

–정지용, 〈유리창 1〉

이 시를 읽은 전반적인 느낌을 먼저 서술해 보자. 때는 초겨울의 한밤중, 중년의 사나이가 거실의 유리창 앞에 서서 멍하니 밖을 주시하고 있다. 유리창 밖에서는 아무런 소리도 들리지 않아 고요하고, 나지막한 멜로디의 음악만이 오디오의 스피커를 통해서 흘러나오고 있다. 무엇인가를 골똘히 생각하다가 이따금 사내는 유리창에 입김을 후후 불고, 다시 손으로 그것을 문질러본다. 아주 오랫동안 사내는 이러한 행동을 지루할 정도로 반복한다. 갑자기 음악이 바뀌어, 아들과 함께 즐겨 들었던 귀에 익은 경쾌한 곡이 들려온다. 그러자 세상을 떠난 아들과 함께 지냈던 기억들이 파노라마처럼 머릿속에 떠오른다. 귀엽고 사랑스러운 아들을 이제 다시 만나지 못한다고 생각하니, 가슴 밑바닥에서부터 슬픔이 북받쳐 오른다. 애써 눈물을 참으려고 유리창에 입김을 불어 넣고, 손으로 그것을 지우기를 반복한다. 화자가 이 늦은 밤에 잠을 이루지 못하는 까닭은 얼마 전에 세상을 떠난 아들 때문이다. 아들 생각을 하니 끝내 격해지는 감정을 다스릴 수 없나 보다. 물론 이 작품이 세상을 떠난 자식에 대한 그리움과 슬픔을 노래한 것이라는 창작 배경을 염두에 두고 생각해 본 것이다.

이 시에서 주목할 것은 바로 '유리창'이라는 소재이다. 이 작품에서 유리창의 의미를 제대로 해석해 낼 수 있다면, 시의 해석에 좀 더 손쉽게 다가설 수 있을지 모른다. 시 속 다른 소재들이 유리창이 지닌 뜻과 긴밀하게 연결되어 있기 때문이다. 유리창은 안과 밖을 나누는 경계이면서, 또한 그것을 통해 세상을 내다보는 창이기도 하다. 동시에 한밤의 유리창은 그것을 통해 자신의 모습을 되비추는 거울의 의미를 함께 지니고 있다. 이처럼 유리창은 자신이 서 있는 곳과 또 다른 공간을 가르는 경계의 역할을 하면서, 또한 자신의 모습을 있는 그대로 비춰주는 도구로서의 의미도 함께 지니고 있다. 이처럼 다양한 성격을 지닌 유리창의 의미를 짚어보고, 이를 통해 작품을 해석하는 것도 흥미로운 일이라 하겠다.

경계로서의 유리창은 이미 세상을 떠난 아들과 화자의 위치를 구별 짓는다. 유리창 밖에 존재하는 객관적인 사물들은 그저 바라보는 대상이기만 할 뿐, 화자의 의지가 전혀 미칠 수 없다. 유리창 밖에 존재하는 사물은 화자의 상념을 촉발하는 역할을 하지만, 화자는 그저 유리창 위에 입김을 불었다 지웠다 하는 무의미한 행동을 반복할 뿐이다. 이 경계를 벗어날 수 없는 화자의 눈에는 유리창 밖의 '새까만

밤은 밀려나가고 밀려와 부딪치'기를 반복하고, 하늘에 떠 있는 별은 물먹은 것으로 인식되고 있다. 이는 자신의 눈에 어린 눈물 때문에 생긴 현상이지만, 화자에게는 반짝이는 별이 강렬한 인상을 남기며 기억되는 순간이다. 따라서 유리창 안에서 바라본 경계 밖의 사물은 그대로 아들의 이미지와 연결된다. 이와 함께 밤이라는 시간적 배경은 유리창을 경계로 하여, 안과 밖을 효과적으로 구별 짓는 역할을 하고 있다. 화자가 서 있는 실내와는 달리, 유리창 밖의 세상은 어둡기에 화자가 쉽게 볼 수 없는 공간이다. 따라서 반짝이는 별이 그만큼 더 강렬하게 화자에게 지각되는 것이다.

앞에서 언급한 것처럼 한밤의 유리창은 캄캄한 밤의 배경으로 인해 거울과 비슷한 효과를 내게 된다. 이 작품에서도 유리창의 거울로서의 이미지는 매우 중요하다. 깊은 밤까지 잠을 이루지 못하는 화자에게 유리창은 세상을 내다보는 통로이기도 하지만, 다른 한편으로는 자신을 되돌아보게 하는 사물이기도 하다. 화자가 유리창에서 애써 닦고자 했던 것은 아마도 지워버리고 싶은 과거의 어떤 기억일 것이다. 유리창을 닦는 반복적인 행위를 통해서, 과거의 기억에서 환기되는 슬픔을 가슴 속에서 끄집어내고자 했을지도 모른다. 슬픔을 이기기 위해 화자는 유리창에 입김을 불어 넣는다. 그러나 뜻밖에도 점점 희미해져 가는 그 흔적에서 '파닥거'리는 새의 날갯짓을 발견한다. 이 우연한 발견 덕분에 화자는 순간이나마 자신의 슬픔을 잊을 수 있게 된 것이다.

바로 이 맥락에서 '밤에 홀로 유리를 닦는 것은 / 외로운 황홀한 심사'가 되는 것이다. 외로움과 황홀함은 좀처럼 양립하기 힘든 감정이다. 그렇기에 이런 표현을 '형용모순'이라고 한다. 화자는 유리창에 입김을 불고 다시 닦고 하는 과정에서 아들의 죽음을 잠시라도 잊을 수 있었고, 유리를 닦는 과정에서 알 수 없는 희열을 느꼈을 것이다. 또 그러는 동시에 홀로 그 행위를 하는 데서 오는 외로움도 느꼈을 것이다. 창을 닦는 행위는 자신의 슬픔을 잊게 해주는 동시에 혼자라는 자각을 불러온다. '외로운 황홀한 심사'라는 표현은 그래서 더욱 절묘하다. 그러나 결코 '황홀한 심사'는 오래 지속되지 않는다.

유리창을 통해서 지각된 새의 날갯짓은 작품의 마지막 부분에서 다시 자식의 이미지와 겹쳐진다. 금방 사라지는 입김 자국은 가냘픈 새의 형상이면서, 시의 결말에서 세상을 떠난 혈육에 대한 기억을 떠올리게 하는 역할을 한다. '폐혈관이 찢어진 채'로 날아갔다는 것으로 보아, 화자의 자식은 아마도 폐결핵으로 죽은 듯하다. 이제는 쉽게 치료할 수 있는 병이 되었지만, 적어도 이 시가 창작된 당시에 폐결핵은 불치병으로 인식되었다. 따라서 병에 걸린 아들을 위해 화자가 해줄 수 있는 거라곤 아무것도 없었을 것이다. 그렇게 허망하게 세상을 떠난 아들 생각에 화자는 그저 한스러운 감정이 북받칠 뿐이다. 시종일관 감정을 억누르던 화자가 마지막 연에 가서 격정적인 감정을 터뜨리는 것으로 작품은 끝을 맺는다.

화자는 유리창 앞에 서서 밤하늘의 별을 응시하고 있다. 차디찬 창위에 자신의 입김이 서리었다가, 조금씩 없어지는 것은 마치 날개를 파닥거리는 새의 모습을 연상시킨다. 한 곳에 오래 머물지 않고 훌쩍 날아가는 산새의 이미지로 전환된 입김. '입김 → 산새 → 자식'으로 이미지의 전환이 이루어지면서, 사랑하는 자식을 잃은 시인의 심정을 효과적으로 전달해주고 있다. 독자들에게도 이러한 화자의 심적 상황이 그대로 전달되어, 시를 다 읽은 뒤에도 한참 동안 여운을 느끼게 된다. 이 작품은 정지용이 29살 되던 1930년에 지은 것으로 알려져 있다. 20대 후반의 젊은 아버지가 느꼈을 비통한 심경을 절제된 언어로 서술하고 있는 것이 이 시의 특징이다.

흔히 〈향수〉의 시인으로 알려진 정지용은 자식을 먼저 떠나보내고는 이와 같은 비통하고 안타까운 심경을 담은 작품을 남기기도 했다. 시적 소재와 분위기가 어떻든 간에 이 시 역시 그의 다른 작품들과 마찬가지로, 선명한 시각적 이미지의 활용이 돋보이는 작품이라 하겠다.

6. 또 다른 '나'를 찾아서

이상
<거울>

"어느 시대에도 그 현대인은 절망한다. 절망이 기교를 낳고 기교 때문에 또 절망한다."

자신이 활동했던 '구인회'의 동인지인 《시와 소설》(1936)의 발간에 즈음하여, 작가 이상이 기고했던 글의 한 대목이다. 이 문장은 이상이 자신의 시대를 어떻게 파악하고 있었는지를 잘 보여준다. 일제강점기라는 시대 상황에서 삶에 대한 구체적 전망을 획득하지 못한 채, 끝내 '절망'할 수밖에 없었던 작가 이상. 위의 문장에서 '기교'가 절망에서 벗어나기 위한 온갖 노력을 가리키는 것이라면, 이상이 창작했던 시와 소설들은 모두 '기교'에 해당한다고 할 수 있다. 그의 작품들에는 동시대의 작가들에게서는 좀처럼 찾아볼 수 없는 파격적인 형식의 실험이 시도되었다. 그렇다면 기존의 문학적 관습과는 전혀 다른 '기교'로 탄생한 이상의 작품에는, 이미 '절망'이라는 문제가 깊이 자리를 잡고 있다고 해석할 수 있을 것이다.

현대 문학사에서 이상이라는 작가는 대단히 독특한 위치를 차지한다. 그의 시 작품을 읽고 온전히 이해하기란 결코 쉽지 않다. 그의 작품들은 형식과 내용의 측면에서 모두 기존의 문학적 관습을 송두리째 바꾸어 놓았다.

바로 이런 측면에서, 작가로서의 이상에 대한 평가는 여전히 극단적으로 갈리고 있다. 그를 천재적인 시인으로 평가하는 한편, 반대로 독자들이 제대로 이해할 수 없는 그저 난해할 뿐인 작품을 발표한 작가로 평가하는 시각도 존재한다. 실제로 이상의 작품들은 기존의 문학 관습에서 벗어난 파격적인 형식을 취하고 있기에, 일반적인 독법으로는 이해하기가 어렵다. 외려 그런 까닭으로 오늘날에 들어와서까지 새로운 해석을 시도하려는 움직임이 끊임없이 나오는지도 모르겠다.

어쩌면 이상의 작품은 기존의 관습에 얽매이지 않은 내용과 난해한 형식 때문에 더 흥미를 불러일으키는지도 모르겠다. 이상의 문단 데뷔작이라고 할 수 있는 〈오감도〉 연작은 애초에 30회의 연재를 염두에 두고 시작한 것이라고 한다. 그러나 첫 작품의 연재가 시작됨과 동시에 당시의 문인들과 독자들의 격렬한 반대에 부딪혀, 결국 연재를 이어가지 못하고 15회를 마지막으로 중단할 수밖에 없었다. 아마도 당시 반대하던 사람들은, 시란 독자들이 이해할 수 있는 방식으로 표현되어야 한다는 점을 명분으로 삼았을 것이다. 창작 당시부터 논란을 불러일으킨 〈오감도〉 연작은 일반적인 독법으로는 제대로 이해하기가 쉽지 않으며, 지금까지도 대표적인 '난해시'로 꼽히고 있다.

그의 작품 경향을 일컬어 '다다이즘'이나 '초현실주의'라고 칭하기도 한다. 다다이즘(dadaism)은 20세기 초반 유럽에서 활동하던 미술가와 작가들이 기존의 관습적인 예술에 반발해 작가의 본능이나 자발성 그리고 불합리성을 강조하던 문화 운동을 일컫는다. '다다'라는 단어는 우연히 사전에서 선택되었다고 하는데, 그 정확한 의미에 대해서는 확실히 밝혀져 있지 않다. 다만 인간의 이성과 합리성에 대해 회의적 태도를 취하면서, 기존의 문화 전통을 부정하는 양상을 보이는 점이 특징이다. 이러한 정신은 기존에 존재하던 형식과 내용의 파괴라는 형태로 나타나곤 한다.

아울러 '다다이즘'으로부터 파생된 '초현실주의'는 비합리적 인식과 잠재의식의 세계를 추구하고 표현의 혁신을 꾀한 전위적 문예사조를 일컫는다. 즉 현실을 벗어난 '초현실'의 세계를 지향함으로써, 논리보다는 비이성적인 감각을, 내용과 형식의 자유로움을 추구하는 경향을 보인다. 일제강점기에 우리는 일본을 통해서 이러한 사조들을 받아들였고, 대체로 1930년대서부터 우리 문단에도 상당한 영향을 끼친 것으로 파악되고 있다.

이상(1910~1937)은 서울 출신으로, 경성공업전문학교를 졸업하고 한때 총독부에서 건축 기사로 활동하기도 했다. 대표작이라고 할 수 있는 소설 〈날개〉를 비롯해 다수의 작품을 창작했으며, 〈오감도〉 연작을 비롯해 이상은 독특한 내용과 실험적인 형식의 작품들을 발표했다. 특히 그의 시에서는 자신의 고립된 내면 의식을 형상화하고 있는데, 이는 타인과의 관계에서 합리적인 소통 가능성을 찾지 못한 것에 대한 절망적인 인식을 드러낸 것으로 평가되기도 한다. 자신의 문학 작품에 새로운 실험을 적극적으로 시도하면서 당대 문단에 커다란 반항을 일으켰던 이상은 스물여덟의 젊은 나이로 세상을 떠났다. 짧은 그의 생애는 온갖 '기교'에도 불구하고 끝내 '절망'을 이기지 못한 것으로 해석될 수도 있겠다. 이제 그의 시 〈거울〉을 읽으면서, 시인이 작품을 통해서 표출하고자 했던 바를 따져보도록 하자.

거울속에는소리가없소
저렇게까지조용한세상은참없을것이오

거울속에도내게귀가있소
내말을못알아듣는딱한귀가두개나있소

거울속의나는왼손잡이오
내악수를받을줄모르는-악수를모르는왼손잡이오

거울때문에나는거울속의나를만져보지를못하는구료마는
거울아니엇던들내가어찌거울속의나를만나보기만이라도했겠소

나는지금거울을안가졌소마는거울속에는늘거울속의내가있소
잘은모르지만외로된사업에골몰할게요

거울속의나는참나와는반대요마는
또꽤닮았소
나는거울속의나를근심하고진찰할수없으니퍽섭섭하오

-이상, 〈거울〉

우선 이 작품은 띄어쓰기가 전혀 되어 있지 않다는 것이 특징이다. 이러한 형식은 분명 작가의 의도가 반영된 것이리라. 작가가 의도적으로 맞춤법을 무시하고 작품을 창작했다면, 이러한 형식을 통해서 표현하고자 하는 바가 무엇이었을까? 단 하나의 문장부호도 사용하지 않았으며, 모든 단어를 붙여 쓴 이 작품은 분명 비문학적이라고 할 수 있다. 이처럼 글쓰기의 규칙을 벗어난 작품을 통해서 시인이 말하고자 하는 바를 유추하는 것이 작품을 읽어내는 일차적인 독법이라고 할 수 있다. 앞에서 인용한 그의 말을 근거로 한다면, 기존의 문법 규칙을 벗어나는 새로운 형식은 '절망'을 벗어나기 위한 작가의 문학적 '기교'라고 할 수 있다. 이상은 이러한 시도를 통해서, 자신의 작품이 새롭게 읽힐 수 있기를 원했으리라.

새로운 형식에 대한 성격을 따지는 것도 중요하지만, 우선 이 작품에서는 제목이기도 한 '거울'의 의미를 파악하는 것이 중요하다. 거울은 일상생활에서도 흔히 마주칠 수 있는 물건으로, 사물을 그대로 비춰주는 역할을 한다. 사람들은 거울에 비친 형상을 통해 자기 모습을 확인하고 스스로의 매무새를 가다듬거나 한다. 원래대로라면 이러한 측면이 사람들이 거울을 활용하는 가장 중요한 목적이겠지만 이 작품에서는 거울에 비쳐 좌우가 바뀐 화자의 모습에 더 집중한다. '거울 속의 나'와 현실의 나를 비교하는 것이 이 작품을 독해하는 데 앞서 무엇보다 중요하다.

화자는 거울에 비친 자신의 모습을 눈으로 확인할 수는 있지만, '거울 속의 나'는 실재하지 않는 존재이다. 따라서 '거울 속의 나'는 현실의 나를 그대로 비추는 또 다른 '나'이며, 이는 일종의 '자의식'에 해당한다. 즉 거울을 통해서 현실의 나는 또 다른 나를 만나게 되는

데, 이때 거울은 그것을 가능하게 하는 매개체이다. 이 작품에서 화자는 '거울 속에는 소리가 없'으며, '저렇게까지 조용한 세상은 참 없을 것이'라고 한다. 즉 '소리'는 거울의 내부와 외부를 가르는 표지이며, 소리가 없는 '거울 속'은 존재하지만 실재하지 않는 공간이라는 의미를 지닌다. 거울을 경계로 갈라지는 '거울 속'과 '거울 밖'의 세계는 같은 듯 보이지만, 전혀 다른 공간이다. 이 두 세계는 '소리'로 상징되는 청각에 의해 구별된다.

그렇기에 화자는 '거울 속의 내게 귀가 있'지만, 역시 거울 밖의 '내 말을 못 알아듣는 딱한 귀가 두 개나 있'을 뿐이라고 말한다. 이처럼 '소리'라는 매개를 통해 거울 속의 나와 거울 밖의 나는 뚜렷하게 구분되고 있으며, 이 둘은 '꽤 닮았'지만 전혀 다른 존재임이 드러난다. 그리하여 현실의 나는 '거울 속'의 낯선 세상에 대해 소외감을 느끼게 되고, 두 세계는 하나가 되지 못한 채 단절될 수밖에 없다. 즉 화자와 거울 속의 세상 사이에는 '절대적 거리'가 존재하고 있으며, 현실의 나는 낯선 대상으로서 거울 속의 나를 만나게 된 것이다. 화자는 거울을 보면서 자신의 실체가 아닌, 분열적 존재로서의 또 다른 '나'를 확인하게 되는 것이다. 이 둘은 교류하거나 합치되지 못한 채 단절된 세계에서 따로 존재하고 있을 뿐이다.

이러한 분열적 양상은 3연에서 보다 적극적으로 드러난다. 현실의 화자는 오른손잡이이기에, '왼손잡이'인 '거울 속의 나'와는 당연히 '악수'를 할 수가 없다. 화자가 오른손을 내밀면 '거울 속의 나'는 당연히 좌우가 뒤바뀐 상태에서 왼손을 내밀게 된다. 악수를 할 수 없으니 '악수를 모르는 왼손잡이'일 수밖에 없다. 여기에서 '악수'는 서로 손을 맞잡는 행동으로, 둘 사이의 교류와 화합을 이루는 행위라고 할 수 있다. 하지만 악수조차 할 수 없는 현실의 나와 '거울 속의 나'는 닮았으면서도 정반대이며, 어떠한 시도에도 화합할 수 없는 불일치한 존재로 드러나고 있다. 시인은 거울을 통해서 자신이 느낀 자아의 분열을 구체적으로 형상화하고 있는 것이다.

여기에서 '왼손잡이'라는 단어의 의미를 깊이 따져볼 필요가 있다. 모든 것이 오른손잡이를 기준으로 하는 관습적인 세계에서 '왼손잡이'는 정상적이지 않은 존재임을 의미한다. 오른손과 왼손이라는 단어가 '옳다'와 '외다'라는 단어에서 파생된 것만 봐도 그렇다. '외다'는 어떤 기준에 비추어 보아 옳지 않다는 의미의 '그르다'와 동의어이다. 그렇다면 '왼손잡이'는 이미 '옳지 못한 행위를 하는 사람'이라는 의미를 전제하고 있다. 화자가 왼손을 내밀어 다시 악수를 시도하지 않는 것도 이와 무관하지 않다. 따라서 현실의 나와는 정반대로 행동할 수밖에 없는 '거울 속의 나'는 실재하지 않는 허상이며, 나와는 절대로 합일될 수 없는 존재라고 하겠다. 뒤에 다시 언급하겠지만, '거울 속의 나'가 '외로된 사업에 골몰'하는 것도 역시 같은 의미로 해석할 수 있다.

화자는 자신을 닮은 '거울 속의 나'를 만져보기를 간절히 원하지만, 그것은 이미 실재하지 않는 허상이기에 '거울 때문에' 거울 속의 나를 만져보지 못하는 것은 너무도 당연하다. 분명히 거울에 비치는 형상은 현실의 나와 비슷하지만, 절대로 만날 수 없는 경계가 둘 사이를 가로막고 있다. 하지만 역설적으로 '거울'이 있었기에, '거울 속의 나를 만나 보기만이라도 했'음에 안도하기도 한다. 이처럼 주체이면서 객체가 되는 현실이 바로 현실의 나와 '거울 속의 나'로 작품에서 형상화되고 있다. 이러한 모순 상황은 결국 자의식의 분열로 표출되고 있다고 하겠으며, 화자는 그 상황을 도저히 화합할 수 없는 것으로 인식하고 있다.

'거울'이 현실의 나를 되비추는 자의식의 매개라고 한다면, 이는 다시 말해 화자의 자아가 자의식의 세계인 거울에서 벗어날 수 없는 존재라는 말과 다름없다. 화자는 짐짓 거울을 벗어나 있지만, 그의 의식에서는 '늘 거울 속의 내가 있'다는 것을 의식하고 있다. 비록 화자가 거울을 보지 않더라도, 거울 속의 나는 '외로 된 사업에 골몰할' 것이다. 여기에서 '외로된 사업'이란 표현 역시 3연의 '왼손잡이'와 마찬가지로, '옳지 못한 사업'이란 의미로 해석할 수 있다. 현실 속 나로서는 결코 벌이지 않을 법한 사업이 말이다. 현실의 나와 '거울 속의 나'는 이렇듯 계속 어긋나기만 할 뿐 결코 화합할 수 없는 존재가 되어간다. 화자는 '거울 속의 나는 참 나와는 반대'라는 것을 확인하고, 둘이 서로 '또 꽤 닮았'음을 주지시키고 있다. 화자는 '거울 속의 나를 근심하고 진찰'하고 싶다고 하지만, 이는 결코 이뤄질 수 없는 희망에 다름 아니다. 화자는 거울 속의 나를 결코 만질 수 없기 때문이다. 그래서 화자는 자신의 의도대로 따라주지 않는 거울 속의 나를 향해 '퍽 섭섭하'다고 진술하고 있다. 이처럼 '거울 속의 나'는 나와 '꽤 닮았'지만 악수도 할 수 없으며 만져보지도 못하고, 근심하고 진찰할 수 없는 존재이다.

이 작품에는 자신의 자아를 찾기 위해 온갖 '기교'를 갈고 닦으며 노력하지만, 화해도 일치도 불가능한 현실에 맞닥뜨린 시인의 '절망'이 나타난다. 현실의 나와 '거울 속의 나'는 거울이라는 사물을 통해서 비로소 만나게 되지만, 비슷한 듯 보이는 둘은 실은 너무나도 다른 존재이다. '거울 속의 나'가 현실의 나를 그대로 모사하는 듯 보이면서도 화자의 행동과는 항상 정반대의 모습으로 형상화되는 것처럼 말이다. 이것이 바로 시인 이상이 온갖 '기교'에도 불구하고 '절망'할 수밖에 없었던 이유였던 게 아닐까.

7. 떠도는 자의 슬픔

백석
<여승>

어느 사회든지 재난 상황이 발생하면, 사람들의 일상에는 큰 변화가 생기는 법이다. 지난 2020년에 발생해 급속도로 전파되었던 '코로나19'는 가공할만한 전염력으로 인해, 전 세계적으로 사람들의 이동을 제한하고 경제적으로도 막대한 피해를 안겨주었다. 새로운 질병이라는 예기치 못한 재해는 사람들의 삶을 상당 부분 위축시켰다. 일단 엄청난 전염력만큼이나 확산 속도도 빨라, 세계 각국에서는 사람들의 이동을 엄격하게 통제하는 일이 반복적으로 발생했다. 발병 초기에는 예방 주사라 할 수 있는 백신이나 치료제도 개발되지 않아, 일단 전염된 확진자들은 속수무책의 상황에 놓일 수밖에 없었다. 다행히도 백신이 개발되어 순차적으로 보급되는 과정에 있고 치료제 연구도 진행되고 있어 조금씩 조금씩 이전의 생활을 회복해 가고 있다.

코로나19가 전국적으로 퍼지고 있을 당시에, 사람들은 시도 때도 없이 울리는 휴대전화의 재난 문자 때문에 한동안 신경을 곤두세워야 했다. 연일 보도되는 확진자 수의 추이에 관심을 기울여야만 했고, 혹시라도 같은 지역에서 감염된 사람이 나오지는 않을까 노심초사하는 이들도 적지 않았다. 확진자의 급격한 증가로 '대유행'의 상황이 벌어지면, 다른 지역으로 이동하는 일에 제한이 생기는 것은 물론, 가까운 이들과의 사적인 모임도 제한을 받을 수밖에 없었다. 일단 어느 지역에 확진자가 발생하면, 그 지역에 거주하는 사람들은 확진자의 이동 경로를 확인하는 절차를 거쳐야 했다. 확진자와 동선이 겹치는 것은 아닌지, 혹은 접촉한 사람 중에 자신도 포함되지 않는지와 같은 현실적인 두려움 때문이었다. 이처럼 오랜 기간 새로운 질병에 대한 공포로 사람들이 사회활동에 제약을 받기 시작하면서, 육체적으로는 물론 정신적으로도 고통을 호소하는 이들이 적지 않았다.

그래서 가능하면 다른 사람들과의 접촉을 피하고, 일상생활을 제외한 사회활동을 최소화하는 것이 어느덧 익숙해진 풍경이 되고야 말았다. 수업의 경우 학교에 가는 대신 인터넷을 통한 비대면 형식의 수업으로 대체되었고, 심지어 졸업식마저 화면을 통해서 치러야만 하는 상황이 벌어졌다. 직장인들도 마찬가지로 출근 대신 재택근무를 하는 경우가 많아졌고, 심지어 각종 회의도 인터넷을 통한 '비대면' 방식으로 진행하는 것이 일상이 되었다. 심지어 전문가들이 참여하는 학술대회조차도 온라인을 통해서 이뤄져, 발표자와 토론자가 화면을 통해서 토론하는 모습이 연출되었다. 갑작스럽게 인류를 덮친 코로나19로 인해, 과거와는 전혀 다른 일상이 사람들 앞에 펼쳐지게 되었다.

앞에서 기술했던 면모와는 어느 정도 구분되지만, 우리의 역사에서 일제강점기는 당시 한반도에 살고 있던 사람들에게 현실적 고통으로 다가왔던 시대였다. 당시 일제의 토지 정책으로 인해, 많은 이들은 대를 이어 농사를 지어왔던 땅을 속수무책으로 빼앗기게 되었다. 이밖에도 다양한 명목으로 일제에 의해 수탈을 당하던 민중들은 눈앞에 닥친 절망적인 현실에 좌절할 수밖에 없었다. 조선인들 가운데 일부는 일제의 정책에 영합함으로써 일신의 영달을 누리기도 했지만, 그 상황을 받아들일 수 없었던 사람들은 끝내 자신이 살던 터전을 떠날 수밖에 없었다. 고향을 떠나 일제의 탄압이 미치지 못하는 해외로 망명을 간 이들도 있었고, 때로는 당시 개발이 한창이던 금광을 찾아 일확천금을 노리던 이들도 적지 않았다.

망명을 가든, 금광을 찾든 어느 경우에나 단란하던 가족들은 뿔뿔이 흩어져 이산가족의 신세로 전락하고 말았다. 백석(1912~1996)의 시 〈여승〉은 이처럼 온전한 가족의 형태를 유지하지 못하고 가족이 뿔뿔이 흩어진 상황에서, 머리를 깎고 여승이 된 인물의 비극적인 삶의 궤적을 그린 작품이다.

평안북도 정주 출신인 백석은 '북방 정서'를 가장 잘 구현한 시인으로 평가받는다. 그는 한때 만주로 건너가 생활하다가 해방 이후 귀국해 신의주에 머물렀고, 한국 전쟁의 와중에도 그대로 북쪽에 남아 있었다고 한다. 남북이 분단된 상태로 다른 이념 체제가 공고해지고, 남쪽에서는 한동안 납·월북 작가들의 작품을 보거나 연구하는 것도 금기시되었다. 그러다가 1980년 후반에 납·월북 작가들의 작품이 전면적으로 해금되면서, 그의 작품들도 비로소 활발하게 연구될 수 있었다. 백석의 작품들은 1960년대 북한의 문예지에 수록된 듯 보이는데, 어느 무렵에 숙청을 당해 사망한 것으로 여겨졌으나 1980년대 노년의 모습을 한 가족사진이 공개되면서 그의 생존이 확인되었다. 백석은 이후 1996년에 세상을 떠난 것으로 알려졌다. 이제 이 작품을 읽으면서, 작품 속의 상황을 머릿속에 그려보기로 하자.

여승은 합장하고 절을 했다
가지취의 내음새가 났다
쓸쓸한 낯이 옛날같이 늙었다
나는 불경처럼 서러워졌다

평안도의 어느 산 깊은 금전판
나는 파리한 여인에게서 옥수수를 샀다
여인은 나 어린 딸아이를 때리며 가을밤같이 차게 울었다

섶벌같이 나아간 지아비 기다려 십년이 갔다
지아비는 돌아오지 않고
어린 딸은 도라지꽃이 좋아 돌무덤으로 갔다

산꿩도 섧게 울은 슬픈 날이 있었다
산 절의 마당귀에 여인의 머리오리가 눈물방울과 같이 떨어진 날이 있었다

-백석, 〈여승〉

작품의 시간적 배경은 현재의 시점에서 시작되어, 서서히 과거의 기억을 더듬어가는 화자의 회상 장면으로 이어진다. 어느 사찰에서 우연히 만난 여승이 화자에게 '합장하고 절을 했'던 시점으로부터 작품

은 시작한다. '가지취'는 취나물의 일종으로, 아마도 화자가 만난 여승이 사찰에서 부엌일을 담당하고 있었고, 가지취로 나물을 한 이후에 만났기 때문에 '가지취의 내음새가 났다'라고 했을 것이다. 화자가 바라보는 여승의 얼굴은 '쓸쓸한 낯'이며 '옛날같이 늙었다'라고 한 것으로 보아 이미 '옛날'에 만났던 사이임을 알 수 있다. 종교에 귀의한 여승의 표정이 '쓸쓸한' 것으로 표현되는 것으로 보아, 아마도 여승의 출가는 자의가 아닌 불가피한 상황 때문이라는 것을 짐작하게 한다. 그래서 여승을 바라보는 화자 역시 '나는 불경처럼 서러워졌다'라고 한 것이리라. '불경'이라는 대상은 '서러움'과는 도무지 어울리지 않아 보이지만, 스스로 원한 적 없는 상황에서 한평생 그것을 접해야만 하는 것은 당사자로서는 서러울 수밖에 없는 일일 것이다. 화자는 그러한 상황을 파악하고서는 시적 대상에게 감정 이입을 한 것이다.

2연에서는 화자가 여승과 처음 만났던 과거의 시점으로 바뀌면서, 이후의 시적 흐름은 시간의 순서로 배치되어 있다. 화자의 시선은 과거의 어느 한때로 향하고, '평안도의 어느 산 깊은 금전판'으로 시점이 바뀌게 된다. '금점(金店)판'은 주로 수공업 방식으로 금을 캐던 소규모의 금광을 일컫는 표현이다. 화자는 과거에 그곳에서 '파리한 여인에게서 옥수수를 샀'던 것을 기억해 낸다. 당시에 행상으로 연명하던 여인에게는 나이 어린 딸아이가 곁에 있었고, 아마도 무언가를 보채는 딸을 어르다 지친 듯 매를 때리며 하염없이 울던 모습이 떠올랐으리라. 아마도 여인은 딸아이의 요구를 들어줄 수 없는 형편이라 매를 때릴 수밖에 없었으며, 그러한 자신을 자책하듯 '가을밤같이 차게 울' 수밖에 없었을 것이다. 1연의 '여승'이 바로 화자에게 옥수수를 팔던 '파리한 여인'과 동일 인물이라는 것을 독자들은 어렵지 않게 유추할 수 있을 것이다.

3연에서는 남편 없이 딸과 단둘이 살았던 여인의 사정이 드러나고 있다. 즉 여인이 '섶벌같이 나아간 지아비 기다려 십년' 동안 딸과 함께 지냈음을 알 수 있다. '섶벌'은 '섶나무' 즉 잡풀 따위를 말린 땔나무에 집을 틀고 사는 벌을 일컫는데, 집에 있기보다 항상 밖으로 나도는 것에 주목한 표현이다. '섶벌'로서는 땔나무에 임시방편으로 지은 집을 온전한 자기의 터전으로 생각하기 어려웠을 것이다. 이는 또한 집을 떠나 돌아오지 않는 '지아비'에 대한 비유적 표현이라고 할 수 있다. 한번 떠난 '지아비는 돌아오지 않고', 여인은 어린 딸과 함께 금광을 떠나지 못하고 남편을 기다리고 있었을 것이다. 그러던 중에 딸아이는 죽어 무덤에 묻혔고, 여인은 딸아이가 좋아하던 도라지꽃을 무덤가에 심었던 모양이다. 어린아이가 죽으면 제대로 된 무덤을 쓰지 않고, 돌을 쌓아 '돌무덤'을 만드는 것이 당시의 풍속이기도 했다. 아마도 어린 딸은 평소에 산에 지천으로 피어 있던 도라지꽃을 좋아했기에, '어린 딸은 도라지꽃이 좋아서 돌무덤으로 갔다'라고 표현했을 것이다.

집을 떠난 남편은 시간이 흘러도 돌아오지 않고, 그나마 의지하던 어린 딸마저 먼저 떠나보낸 세상에서, 여인은 무엇에 의지해 살아가면 좋을까. 이제 의지할 곳조차 없는 여인에게 '산꿩도 섧게 울은 슬픈 날'이 다가온다. 이어지는 '산절의 마당귀에 여인의 머리오리가 눈물방울과 같이 떨어진 날'이 바로 그날이다. '머리오리'는 머리카락을 뜻하며, 여승이 되기 위해 깎은 머리카락이 마치 여인의 '눈물방울과 같이'로 묘사된 것이다. 정작 머리를 깎던 여인은 체념한 채 그 상황을 받아들였을지도 모를 일이지만, 화자에게는 '산꿩도 섧게 울'고 머리에서 떨어지는 '여인의 머리오리가 눈물방울과 같이' 여겨졌을 것이다. 그런 뒤 한참의 시간이 흘러, 화자는 어느 절에서 옥수수를 팔던 여인이 여승의 모습으로 자신에게 '합장하고 절을' 하는 것을 보게 된 것이다.

작품에 드러난 면모는 이상과 같이 해석할 수 있지만, 이 작품을 제대로 이해하기 위해서는 생각할 문제들이 아직 남아 있다. 즉 이 작품의 배경이 되는 '평안도의 어느 산 깊은 금전판'과 '섶벌같이' 떠나 10년이 지나서도 돌아오지 않는 '지아비'의 존재를 말이다. 아마도 당시 어렵게 살던 이들 부부는 각자 경제적으로 한몫을 챙기기 위해 깊은 산속에 있는 '금전판'을 찾았을 것이라 짐작된다. 그러다 우연히 서로 만나 두 사람은 부부가 되었고, 그들 사이에 어린 딸이 태어났다. 하지만 일이 잘 풀리지 않자 남편은 다시 돌아오겠다는 말을 남기고 '섶벌같이' 집을 떠났을 것이다. 한때 금광이 호황을 누리던 시절에는 간혹 금맥을 찾아 큰돈을 번 사람도 있었겠지만, 뒤늦게 합류한 이들 부부에게 그런 행운은 찾아오지 않았고, 경제적으로 어려운 상황에 놓였던 것이리라.

만약 이들 부부가 본래 농사를 짓다가 금광으로 왔다면, 남편이 떠난 금광에서 십 년 동안 기다리지는 않았을 것이다. 그런 경우 여인은 원래 살던 고향으로 돌아갈 수도 있었을 터, 여인이 소식이 없는 남편을 기다릴 수밖에 없었던 것은 아마도 이들이 처음 만났던 곳이 '금전판'이며, 떠난 남편이 어디로 갔는지를 모르기 때문이었을 것이다. 그러는 사이에 태어난 딸은 어린 나이에 병으로 죽어 돌무덤에 묻혔고, 혼자서는 버틸 수 없었던 여인은 끝내 머리를 깎고 여승이 되고 말았다. 아마도 여전히 금광의 경기가 호황이었다면 남편도 떠나지 않았을 터이고, 여인 역시 행상을 하면서 버틸 수 있었을지도 모르겠다. 그러나 무책임하게도 여인의 남편은 떠난 후에 다시 돌아오지 않았고, 딸마저 잃은 여인은 생존을 위해서 불교에 귀의했을 것이다.

이렇듯 이 작품은 경제적인 이유로 해체된 일가족의 모습을 그려내고 있다. 생사조차 모르는 지아비를 기다리는 여인과 죽어서 돌무덤에 묻혀버린 딸의 사연이 가슴 시리게 다가온다. 이 작품에는 화자의 감정이 극도로 절제되어 있는데, 여승이 된 시적 대상의 사연을 관찰자인 화자가 담담하게 토로하는 형식을 취하고 있기 때문이다. 오히려 '여승'의 감정보다 화자의 감정이 더 드러나고 있다고 할 수 있는데, 이를테면 1연에서 여승의 얼굴을 '쓸쓸한 낯'으로 묘사한다든다, '불경처럼 서러워졌다'라는 표현들이 그렇다고 할 수 있다. 2연에서도 딸아이를 때리는 여인의 울음을 '가을밤같이 차게 울었다'라는 표현이나, 4연에서 머리를 깎는 여인의 심정을 '산꿩도 섧게 울'고, '여인의 머리오리가 눈물방울과 같이 떨어'졌다는 식으로 표현한 부분들이 바로 화자를 통해 드러나는 감정 묘사라고 하겠다.

백석의 시에서는 쓸쓸하고 처량한 것에 대한 연민과 사랑이 잘 드러나 있는데, 이 작품에서도 그러한 면모를 엿볼 수 있다. 이 작품은 백석의 시집 《사슴》(1936)에 수록되어 있는데, 아마도 이 무렵 평안도 지역에서는 금광을 찾아 모여든 사람들이 적지 않았던 모양이다. 한몫을 노리고 금광을 찾았다가 누군가는 큰돈을 벌기도 하고, 누군가는 재미를 보지 못하고 경제적으로 몰락하기도 했다. 이 작품에 등장하는 여인은 그러한 상황에서 가족의 해체를 겪어야만 했고, 끝내 고통스러운 삶의 조건을 견디지 못하고 머리를 깎고 여승이 되고 말았다. 시인은 우연히 마주쳤던 '여승'을 통해 그들의 사연을 알게 되었고, 이를 바탕으로 시를 써 내려갔다. 비록 텍스트만이 아니라 행간을 통해 많은 것을 추론해야만 하는 작품이지만, 백석의 뛰어난 시 세계를 접할 수 있었던 기회였다고 하겠다.

8. 비밀과 거짓말

서정주
〈자화상〉

비밀은 항상 거짓말을 수반한다. 비밀을 지키기 위해 누군가에게 했던 거짓말이 선의로 해석될 수도 있지만, 누군가는 그로 인해 커다란 상처를 받기도 한다. 그렇다면 비밀이 문제가 되는 건 어떤 경우일까? 바로 몇몇 사람들의 이익을 위해서 많은 사람을 속여야 할 때이다. 비밀을 지키기 위해서 거짓말을 하고, 하나의 거짓말이 또 다른 거짓말로 이어지는 악순환. 진실한 삶이란 언뜻 보면 너무도 당연해 보이지만, 진실이 사람들에게 추앙을 받는 것은 오히려 그만큼 위선이 현실에서 판을 치고 있음을 반증하는 게 아닐까. 비밀과 거짓말은 어떤 상관관계가 있으며, 그리고 진실은 사람들의 삶에 어떤 영향을 미치는 것일까?

우선 진실과 거짓, 그리고 비밀을 둘러싼 영화 한 편으로부터 이야기를 시작해 보자. 마이크 리 감독의 〈비밀과 거짓말〉은 할리우드

유명 배우들의 연기에 익숙한 우리에게는 꽤 낯선 배우들이 등장하는 영화이다. 이 영화에는 특별한 사건이나 자극적인 줄거리 또는 유명 배우가 등장하지도 않음에도, 두 시간이 넘는 상영 시간 내내 눈을 뗄 수 없게 만드는 매력이 있다. 어린 시절에 입양된 한 흑인 여성이 자신의 생모를 찾는 단순한 내용의 영화에 숨겨진 매력은 무엇일까? 그것은 아마도 일상을 풀어내는 듯한 배우들의 편안한 연기와 감독의 탄탄한 연출에서 찾을 수 있을 것이다.

이 영화에는 노동자로 하루하루를 힘겹게 살아가는 중년의 여성이자 미혼모인 신시아, 그리고 그런 어머니를 못마땅하게 여기면서도 함께 살고 있는 딸 록산느가 나온다. 물이 새는 집조차 고칠 수 없는 딱한 살림에, 청소원으로 꿈도 없이 살아가는 딸과의 생활은 무미건조하기까지 하다. 어느 정도 경제적인 안정을 찾은 동생 모리스는 사이가 좋지 않은 아내 모니카와 누이 신시아 사이에서 벙어리가 냉가슴을 앓듯 그저 답답하게 지켜보기만 한다. 이처럼 가장 편안하고 안정적이어야 할 가족은 각자의 처지와 고민 사이에서 서로에게 겉도는 관계를 형성하고 있다. 모리스는 가족들과의 소원한 관계를 회복하고자, 조카인 록산느의 생일 파티를 자신의 집에서 열기로 한다.

그러던 어느 날 신시아는 까마득한 과거의 기억 사이로 사라진 비밀과 대면하게 된다. 다 잊었다고 여긴 과거의 아픔을 다시 떠올리게 하는 한 통화의 전화. 과거 16살의 나이로 출산해 얼굴도 보지 못하고 다른 사람에게 입양 보낸 딸 호텐스가 친엄마인 신시아를 찾는 전화였다. 호텐스는 양부모가 모두 죽자, 자신의 핏줄을 직접 찾아 나서기로 마음먹는다. 복지기관을 통해서 친모를 확인한 그녀는 마침내 신시아에게 전화를 건다. 충격 속에 휩싸여 만나기를 완강히 거부하던 신시아는 차츰 마음을 고쳐먹고 호텐스와의 만남을 결심한다. 뜻밖에도 자신의 딸인 호텐스는 흑인이었고, 그녀와 만나는 횟수가 거듭되자 신시아는 차츰 모녀 사이를 현실로 받아들인다. 신시아는 안정적인 분위기에서 성장한 피부색이 다른 딸을 록산느의 생일 파티에 초대하기로 한다. 직장 동료라고 가족들에게 소개하면서.

록산느의 남자 친구, 그리고 가족과 다름없는 모리스의 조수까지 한자리에 모인 가족 파티가 시작된다. 가족들은 모처럼 흥겨운 시간을 즐기지만 이내 두 모녀의 비밀과 그 비밀이 만들어낸 거짓말로 상황은 조금씩 어긋나기만 한다. 마침내 신시아는 호텐스가 자신의 딸임을 밝히고, 록산느는 어머니에게 또 다른 자식이 있다는 사실에 커다란 충격을 받는다. 그 와중에 모리스는 아내인 모니카가 아이를 가질 수 없다는 사실을 밝힌다, 엄청난 충격과 눈물 속에서 서로의 진실과 허위가 드러나고, 비밀과 거짓말은 마침내 진실에 그 자리를 내어준다. 결국 가족들은 오해에서 비롯된 미움과 원망을 지워버리고, 충만한 애정을 확인하면서 영화는 끝이 난다.

이 영화는 한 가족이 화합을 찾아가는 단순한 이야기이지만, 누구나 하나쯤은 가지고 있을 비밀과 거짓말의 의미를 새삼 진지하게 되짚어보게 한다. 사소한 비밀 때문에 시작한 거짓말이 상대에게 큰 상처를 주고, 그 비밀과 거짓말을 들키지 않으려 거듭해 거짓말을 하다보면 결국에는 가족들의 행복마저 위험해질 수 있다는 평범한 진리를 이 영화는 잘 보여주고 있다. 영국의 중산층과 하층 계급이 뒤섞인 가족을 배경으로 만들어진 이 영화가 우리에게도 커다란 감동을 불러일으키는 이유는 무엇일까? 그것은 비밀과 거짓말, 그리고 진실과의 관계를 곰곰이 따져볼 수 있게 만든다는 점이라 하겠다. 그리고 등장인물들의 탄탄하고 진지한 연기는 작품의 주제와 어울려 영화를 보는 재미를 한층 더해준다. 영화의 결론은 진실이란 끝내 감춰질 수 없는 것임을 다시 한번 확인시켜 준다.

서정주(1915~1999)의 〈자화상〉을 읽으면서, 나는 불현듯 〈비밀과 거짓말〉이란 영화를 떠올렸다. 내용으로 보나 주제로 보나 둘 사이에 딱히 어떤 연관이 있다고 보기는 어려웠음에도, 이 영화를 떠올리고 만 이유는 무엇일까?

대학 시절 '애비는 종이었다'로 시작되는 이 작품을 읽으며 한동안 충격을 느낄 정도로 감동했던 적도 있었다. 하지만 그것도 잠시, 서정주에 대한 나의 숭배와 감탄은 임종국 선생의 《친일문학론》을 계기로 완전히 뒤집히고 말았다. 이 책을 통해, 일제강점기에 행해진 문인들의 친일 활동을 확인하고는 적잖이 실망했다. 그 실망과 충격은 '진정 문학이란 무엇인가?' 하는 회의로 이어질 정도였으니 말이다.

서정주가 죽은 이후로도 그의 친일 행위와 독재정권에 부역하고 이를 찬양한 과거의 행적은 많은 논란을 일으켰다. 서정주를 옹호하는 주장과 비판하는 논의들이 서로 날카롭게 대립했다. 독자들 사이에서도 같은 문제에 대해서 다양한 발언들이 쏟아져 나왔다. 하지만 정작 서정주 본인은 죽을 때까지 공적인 자리에서 자신의 과거 행적에 대해서 단 한 번도 반성하지 않았다. 이 같은 그의 태도에서, 나는 새삼 진실과 거짓의 의미를 생각하게 되었다. 〈비밀과 거짓말〉이란 영화를 앞에서 장황하게 언급한 이유도 바로 여기에 있을 것이다.

이제 서정주의 자화상이란 작품을 찬찬히 따져 읽어보도록 하자. 한 가지 전제할 것은 이 작품의 화자를 일단 작가와 분리해 생각하자는 것이다. 작품의 면모를 하나하나 따져나가면서, 마지막 부분에서 서정주와의 연관된 의미를 논하기로 하겠다.

애비는 종이었다. 밤이 깊어도 오지 않았다.
파뿌리같이 늙은 할머니와 대추꽃이 한 주 서 있을 뿐이었다.
어매는 달을 두고 풋살구가 꼭 하나만 먹고 싶다 하였으나……
흙으로 바람벽한 호롱불 밑에
손톱이 까만 에미의 아들.
갑오년(甲午年)이라든가 바다에 나가서는 돌아오지 않는다 하는 할아버지의 술 많은 머리털과
그 커다란 눈이 나는 닮았다 한다.

스물세 해 동안 나를 키운 건 팔할(八割)이 바람이다.
세상은 가도 가도 부끄럽기만 하더라.
어떤 이는 내 눈에서 죄인(罪人)을 읽고 가고
어떤 이는 내 입에서 천치(天痴)를 읽고 가나
나는 아무것도 뉘우치진 않으련다.

찬란히 틔어 오는 어느 아침에도
이마 위에 얹힌 시(詩)의 이슬에는
몇 방울의 피가 언제나 섞여 있어
별이거나 그늘이거나 혓바닥 늘어뜨린
병든 수캐마냥 헐떡거리며 나는 왔다.

–서정주, 〈자화상〉

〈자화상〉이란 제목의 시들은 대체로 화자의 내면에 초점을 맞추면서, 화자의 자기반성과 성찰을 다루는 경우가 대부분이다. 하지만 이 작품은 천한 종의 신분이었던 아버지와 화자의 집안 내력을 서술하는 것으로 시작한다. 밤이 늦도록 주인집의 일에 얽매어 돌아오지 못하는 종의 신분인 아버지, 볼품없는 대추꽃과 닮아 있는 늙은 할머니, 아이를 가진 몸으로 그 흔한 풋살구조차 제대로 먹지 못하는 어머니, 가족들의 보살핌을 받지 못한 채 방치된 어린 시절의 화자, 그리고 아마도 갑오농민혁명(1894) 시기에 집을 나서서 돌아오지 않는 할아버지. 실상 이러한 가족들의 모습은 누구나 다 숨기고 싶어 하는 비밀일 것이다. 그러나 이 작품은 이러한 사실을 과감히 밝히고 있다. 1연의 끝부분에서 갑오농민혁명에 참여했다 돌아오지 못하는 할아버지와 자신의 닮았음을 강조하는 것으로 보아, 화자는 자신에게도 할아버지의 피가 흐르고 있다는 사실을 자랑스럽게 여기고 있는 듯싶다.

'스물세 해 동안 나를 키운 건 팔할이 바람'이라는 표현에서, 곤궁한 삶을 살아왔던 화자의 행적을 짐작하게 한다. 종의 자식으로 태어났기에 제대로 대접조차 받지 못하는 화자에게 '세상은 가도 가도 부끄럽기만 하'다. 사람들은 천민의 후예인 화자에게 죄인과 천치라는 멍에를 씌우지만, 그것이 자신의 탓이 아니기에 화자는 '아무것도 뉘우치지 않'겠다고 자신 있게 선언한다. 따지고 보면 천한 신분 출신이기에 더욱 자유롭고 세상을 향해 자신감을 내세울 수 있는 것은 아닐까? 한 인물이 지나온 생애 동안 느낀 고통과 방황의 흔적이 엿보인다.

비록 천한 신분 출신이지만, 화자에게는 시(詩)라는 인생의 동반자가 있다. 밤을 새워 쓰는 화자의 시에는 '몇 방울의 피'로 상징되는 고통의 흔적이 섞여 있다. 세상 사람들이 보기에는 '병든 수캐마냥' 사는 것 같지만, 화자의 삶은 자신과 자신의 시를 지키려는 노력으로 점철되어 있다. 남들에게 말하기조차 힘든 집안 내력을 서술한다든지, 혹은 자신을 '병든 수캐'로 비유하는 대담함은 그래서 독자들에게 범상치 않은 충격과 감동을 안겨준다.

한때 이 작품은 서정주의 인간적 면모를 확인할 수 있는 시라고 평가되기도 하였다. 그러나 그의 사후, 여러 사람에게서 서정주의 삶과 이 작품의 세계가 일치하지 않는다는 증언이 나왔다. 그의 사후에 입을 열었던 한 시인은 서정주가 '세상에 대한 수치가 결여된 체질'이라고 단언하기도 했고, 또한 이 시에서 '죄인'이나 '천치'와 같은 시어는 '강렬한 수사(修辭)이지 깊은 자기 성찰이나 회개의 아픔 같은 것에는 이르지 않는 추상'일 뿐이라고 주장하기도 했다. 그리고 '팔할이 바람'이라는 것도 그의 삶을 통해서 보건대 '과장된 것'이며, '언어 자체가 가지는 허상으로서의 감동 유발에 다름 아니다'라고 평가했다. 한때 그에게 직접 시를 배웠던 시인이 내린 이러한 평가는, '역사적 과오'에 대하여 죽을 때까지 단 한 번도 반성하지 않았다는 서정주의 생애에 근거하고 있다.

이러한 평가가 공개적으로 제기되자, 서정주의 삶과 죽음을 둘러싼 논의가 한동안 활발하게 진행되었다. 논의의 핵심을 정리해 보건대, 결국 작가의 삶과 작품을 어떻게 평가할 것인가 하는 문제로 귀결되었다. 하지만 이는 너무나도 자명한 문제이다. 현실을 떠난 문학이란 공허할 수밖에 없기 때문이다. 그러나 서정주를 옹호하는 많은 이들은 '삶과 작품은 별개'라는 빈약한 논리로 일관하고 있다. 그러한 주장들은 대부분 서정주와 자신의 개인적인 인연을 장황하게 늘어놓고, 화려한 문체와 상대방의 주장에 대한 '인신공격적인 글쓰기' 속에서 그 빈약한 의식을 드러내고 있을 뿐이다.

중·고등학교 교과서에까지 작품이 실린 시인을 '역사와 현실 속에서의 평가'를 하지 말고 단지 '한 개인으로 평가'하자는 것이 과연 온당한 일일까? 일제강점기 말, 조선 청년들에게 학도병으로 참전할 것을 독려하고 자유당 정권 시절에는 독재자인 이승만의 전기를 집필하였으며, 1980년 광주에서 피로써 국민을 짓밟고 집권한 전두환을 칭송한 글을 남긴 서정주의 행적은 작품과 함께 분명 그의 삶의 일부를 이루고 있다. 따라서 서정주를 둘러싼 논란은 이쯤에서 그쳐야 한다. 오히려 '뛰어난' 작품과 함께 '굴욕적인' 그의 삶의 일부를 온전히 드러내, 독자와 역사의 평가에 맡겨야 한다. 문학과 역사를 함께 고민하는 진지한 물음에 대답하지 않고, '빈약한' 논리로 꾸짖는 듯한 공허한 주장들은 오히려 문학의 본질에 대해 심각한 회의감을 불러일으킬 뿐이다.

시인은 자신의 세계관을 속에서 작품을 창작하기에, 삶과 작품을 결코 분리해 논의해서는 안 된다. 그의 시적 재능이 찬란하게 빛나는 〈자화상〉이나 〈국화 옆에서〉와 마찬가지로, 젊은이들을 일제의 전쟁터로 내몰았던 〈마쓰이 오장 송가〉나 독재자 전두환의 생일에 바친 〈처음으로〉와 같은 시들도 서정주의 작품임을 우리는 잊지 말아야 한다.

9. 역사 안에서의 시 읽기

이용악
<오랑캐꽃>

우리에게 역사란 과연 무엇인가? 그리고 역사를 배우는 이유는 또 무엇인가? 굳이 신채호나 E. H. 카의 말을 인용하지 않더라도, 역사는 과거의 기록이며 현재를 비추는 거울이자 미래의 삶에 교훈을 주는 것이다. 역사의 서술과 역사 교육은 언제나 '사실'에 기초해야 하며, 후세에게 정의를 확고하게 세우는 기준이 되어야 한다. 그만큼 올바른 역사의식을 갖는다는 것은 중요한 일이다. 그렇기에 역사를 서술하고 후세에게 교육하는 일은 한 국가의 정체성을 정립하기 위한 매우 중요한 작업일 수밖에 없다. 그러나 많은 이들에게 역사란 그저 흘러간 시간 속의 '사건'으로만 남아 있는 것은 아닌지.

우리의 근대사를 이야기할 때, 일본과의 관계는 언제나 민감한 문제로 다뤄지곤 한다. 일본으로부터 36년간 혹독한 식민지 지배를 겪은 데 더해, 해방 이후에도 친일의 잔재가 완전히 청산되지 못한 채 오늘에 이르고 있기 때문이다. 지금까지도 매번 반복되는 일본 관료들의 역사 왜곡 발언과 유감 표명, 그리고 왜곡 교과서를 채택하기 위한 조직적이고 치밀한 일본 극우 인사들의 움직임 등은 우리에게 역사의 중요성을 새삼 일깨워 준다. 우리는 이에 대해 언제나처럼 분노하고 강력한 대응 조치를 주장한다. 정부와 언론도 이번에는 예전과는 다를 것이라는 태도로 연일 일본에 대한 대응의 강도를 높여가고 있다. 그러나 얼마간의 시간이 지나 관심의 열기가 식게 되면 언론도, 우리도 언제 그랬냐는 듯이 각자의 일상으로 돌아가 무관심한 태도를 보일 것이다. 이러한 사람들의 행태를 보며 나는 아직도 역사의 중요성을 제대로 인식하지 못하는 슬픈 현실을 목도하곤 했다.

한편으로 아직도 이 땅에 일제의 유제(遺制)가 곳곳에 견고한 성을 구축하고 있는 현실도 무시할 수 없을 듯하다. 해방 이후 친일의 역사를 청산하고자 했던 '반민족행위 특별조사위원회'(반민특위)의 활동이 이승만 정권에 의해 좌절되고, 일제에 협력했던 자들의 후손이 버젓이 사회의 주류로 대접받고 있는 것이 오늘날의 현실이다. 첫 단추를 바로 끼우지 못한 당시의 실책이 오늘날까지도 많은 사람의 삶에 깊은 그늘을 드리우고 있다.

물론 이렇게 주장하는 사람도 있다. 친일 전력이 있는 신문사에서 주관하는 상을 받으며, 이를 반대하는 사람들을 향해 "나는 애시당초 독립운동가의 자제가 아닐 뿐더러 일제 때 창씨개명(創氏改名)했던 보통 사람의 아들"이라는 말을 아무렇게 하는 사람 말이다. 친일의 잔재를 청산하자고 주장하면, 다른 한쪽에서는 이렇듯 과거에 얽매이지 말자고 궤변을 늘어놓는다. 이런 현실에서 과연 역사의 정리가 제대로 될 수 있을까? 일본의 역사 왜곡에 대해 준열한 비판과 냉철한 대응이 필요한 것도 맞지만, 역사를 인식하는 우리 스스로의 자세를 되돌아보는 작업도 게을리하지 말아야 한다. 역사는 과거의 '사건'이 아니라, 현재를 비추는 거울이란 사실을 잊지 말아야 한다.

일제강점기를 거치면서 우리 문학에도 당대의 현실에 대한 진지한 성찰을 담고 있는 작품들이 적지 않게 창작되었다. 흔히 '진정한 순수 시인'으로 평가되기도 하는 이용악(1914~?)은 일제 치하의 민족 현실을 다룬 작품을 다수 창작한 바 있다. 해방 이후 월북한 작가들이 대개 그러했듯이, 한동안 남한의 문학사에서는 그 이름조차 찾아보기 힘들었던 시인이기도 하다. 1980년대 후반 월북 작가들의 작품이 문학사에서 다뤄지기 시작하면서, 그의 문학적 역량에 대한 재평가가 활발하게 이루어지기도 했다. 하지만 복권(復權) 이후 정지용의 삶과 작품을 다룬 연구들이 수나 양적인 면에서 활발하게 진행되었던 반면, 이용악의 시에 대한 연구는 상대적으로 소략한 실정이다.

함경도 사투리를 적절하게 구사해 토속적인 분위기를 자아내는 이용악의 시들은 서정적인 어조로, 일제강점기를 거치며 힘겹게 살아가고 있던 사람들의 정서를 짙게 담아낸다. 이용악은 가난한 형편 때문에, 일본 유학 시절에는 자신이 직접 막노동을 하면서 학비를 조달해야만 했다. 그렇기에 그의 시는 '사람들 사이에 발생하는 삶의 문제를 적절히 수용하면서, 투철한 현실 인식에 토대를 둔 거짓 없는 생활의 기록'이라는 평가를 받기도 한다. 이용악의 대표작이라고 칭해지는 〈오랑캐꽃〉에 대해서는 서정주조차 "가난 속에 괄시를 받으면서, 망국민(亡國民)의 절망과 비애를 잘도 표현했다."라고 극찬했다. 특히 동시대에 활동했던 정지용의 시에서 고향의 이미지가 향수를 자아내는 따뜻한 질감을 보여준다면, 이용악의 작품에서는 외세의 침략으로 인한 '고향 상실감'이 짙게 배어난다. 〈오랑캐꽃〉은 변방에 위치해 오랜 기간 강대국의 정치적 압박에 시달려야 했던 오랑캐와 일제에 수탈당한 조선의 현실을 교묘히 병치시켜 논한 뛰어난 작품이다.

–긴 세월을 오랑캐와의 싸움에 살았다는 우리의 머언 조상들이 너를 불러 '오랑캐꽃'이라고 했으니 어찌 보면 너의 뒷모양이 머리태를 드리인 오랑캐의 뒷머리와도 같은 까닭이라 전한다–

아낙도 우두머리도 돌볼 새 없이 갔단다
도래샘도 띳집도 버리고 강 건너로 쫓겨갔단다
고려 장군님 무지무지 쳐들어와
오랑캐는 가랑잎처럼 굴러갔단다

구름이 모여 골짝 골짝을 구름이 흘러
백 년이 몇백 년이 뒤를 이어 흘러갔나

너는 오랑캐의 피 한 방울 받지 않았건만
오랑캐꽃
너는 돌가마도 털메투리도 모르는 오랑캐꽃
두 팔로 햇빛을 막아 줄게
울어보렴 목놓아 울어나 보렴 오랑캐꽃

–이용악, 〈오랑캐꽃〉

이 시는, 제목의 의미를 부연해서 설명하는 서문이 작품 첫머리에 등장한다. 오랑캐꽃은 변방 민족을 낮추어 부르는 '오랑캐족'과는 아무런 연관이 없다. 단지 시의 앞부분에서 설명한 것처럼, 꽃의 '뒷모양이 머리태를 드리인 오랑캐의 뒷머리와도 같은 까닭'에 그런 명칭이 붙었을 뿐이다. 기나긴 세월 동안 우리 민족은 끊임없이 국경을 넘나드는 북쪽의 오랑캐와 싸워야만 했다. 그렇기에 오랑캐는 극복해야 할 대상이면서, 우리 민족의 삶에 부단하게 직간접적인 영향을 끼친 종족이었다. 제비꽃의 다른 명칭이기도 한 오랑캐꽃은 봄이면 들판에 지천으로 피어나 어디에서든 쉽게 볼 수 있는 흔한 식물이다.

이 시의 1연에서는 고려 시대 국경을 넘나들며 우리 민족을 괴롭히던 오랑캐와 그들을 물리친 고려 장군에 관한 이야기를 다루고 있다. 고려의 강력한 북방 정책으로 오랑캐들은 자신들이 차지했던 근거지에서 내몰려 두만강 건너로 쫓겨나야만 했다. 오랑캐들은 '아낙도 우두머리도 돌볼 새 없이' 경황없이 달아나면서, '도래샘도 띳집도 버리고 강 건너로 쫓겨'갈 수밖에 없었다. '고려 장군님'의 활약으로 '오랑캐는 가랑잎처럼' 바람에 이리저리 날리듯 흩어졌다. 도래샘은 함경도 사투리로, 도랑가에서 샘이 솟아 흘러 나가는 우물을 일컫는다. 따라서 도래샘과 띠를 엮어 지붕을 이어 만든 띳집은 그곳에 살던 오랑캐에게는 삶의 터전이었던 셈이다. 이제 오랑캐는 자신의 거처를 잃어버리고 떠돌아다니는 신세로 전락하고 만다.

2연에서는 기나긴 역사의 흐름을 간략하게 보여준다. 오랑캐들이 사라진 '골짝 골짝을 구름이 흘러' 수백 년의 시간이 지나, 화자가 살고 있던 시대에 이르렀다. 봄철이면 국토 어디서나 지천으로 피어나는 오랑캐꽃은 우리 민족의 끈질긴 생명력을 상징한다. 따라서 시인이 정작 말하고자 하는 바는 과거의 역사가 아니라, 자신이 발 딛고 서 있는 현실에 더 큰 무게를 두고 있다. 1연에서 오랑캐를 언급한 이유는 삶의 거처를 상실하고 떠돌아다니는 그들의 삶의 양상에 주목했기 때문이다. 그러한 오랑캐와 전혀 관련이 없는 오랑캐꽃은 기나긴 역사의 경과 속에서 변함없이 이 땅의 민중들과 함께 생존해 왔다. 오랑캐라는 동일한 단어에 담긴 전혀 상반된 이미지. 그 효과를 적절히 살려 시인은 오랑캐꽃과 이 땅의 민중이 처한 당대의 현실을 상징적으로 표현하고자 했다.

시인이 말하고자 하는 바는 3연에서 비로소 분명하게 제시된다. '오랑캐꽃'은 '오랑캐의 피 한 방울 받지 않았'을 뿐만 아니라, 그들의 상징인 '돌가마도 털메투리도 모르는' 존재이다. 그렇다면 시의 서두에서 시인이 오랑캐에 대한 역사적 사실을 들추어낸 이유는 무엇인가? 오랑캐꽃은 분명 오랑캐와는 아무런 관련이 없지만, 외부 세력에게 밀려 자신이 살던 터전을 버리고 쫓겨나야 했던 존재라는 점을 주목할 필요가 있다. 그렇다면 아마 시인은 고향이 아닌 다른 곳에 피어 있는 오랑캐꽃을 보고 이 작품을 지은 것인지도 모르겠다.

밝은 햇빛에서도 눈물조차 참아야 했던 오랑캐꽃의 이미지는 그대로 일제의 침략과 탄압으로 신음하며 힘겹게 살았던 당시 조선 민중의 그것과 정확하게 겹쳐진다. 화자는 이 땅의 민중들과 같은 처지에 있는 오랑캐꽃을 위해 '두 팔로 햇빛을 막아' 주고, '목놓아 울어 보'라고 권유한다. 아주 복잡한 비유의 틀을 거쳐, 오랑캐꽃과 처절한 삶의 조건에 놓여 있는 조선 민중들의 이미지가 굳게 결합하는 순간. 오랑캐와 전혀 상관이 없으면서 오랑캐꽃이라 명명된 자연물의 상황과 자신의 의지와는 무관하게 일제의 침략 때문에 비참하게 살아야 했던 민중의 현실은 바로 이 지점에서 겹쳐진다. 그렇다면 실상 울어야 할 존재는 오랑캐꽃이 아니라, 바로 국권을 빼앗기고 삶의 거처마저도 잃어버린 시인 자신이라 할 수 있다.

언뜻 보면 1연의 역사적 상황과 전혀 상반되는 3연의 분위기는 이 시의 독해를 쉽지 않게 만드는 요인이기도 하다. 찬찬히 시의 맥락을 좇아 의미가 반전되는 지점을 정확히 포착해야만 비로소 시인의 의도에 접근할 수가 있다. 그렇다면 이용악은 왜 이처럼 어려운 독해가 필요한 방법으로 시를 지은 것일까? 이 작품은 1939년에《인문평론》에 수록되어 발표됐다. 이 당시는 일제의 수탈이 점차 심해지고 있었고, 민족의식을 드러내는 작품의 발표도 엄격하게 제한되던 때이다. 따라서 주인이면서도 일제로부터 주권을 강탈당하고, 오랑캐이지 않으나 오랑캐와 같은 처지로 전락한 당시 조선 민중의 현실을 상징적으로 표현할 수밖에 없었을 것이다.

당시에 활동했던 문인 대다수가 일제의 탄압으로 자연이나 생명과 같은 추상적인 주제의 작품을 창작하고 있을 때, 이용악은 상징적인 수법으로라도 민족의 현실을 고발하고자 했다. 이런 점에서 이용악이 지녔던 역사에 대한 신뢰와 역사의식의 튼실함을 다시금 확인할 수 있을 것이다.

10. 다시 희망을 꿈꾸다

이육사
<절정>

중앙행정 부처 가운데 하나인 국가보훈처에서는 독립유공자들을 선정하여 포상하고, 또한 그 후손들을 경제적으로 지원하는 사업을 벌이고 있다. 하지만 이미 오랜 시간이 흘러 독립운동을 했던 이들의 공적을 정확히 밝히기가 어려운 경우가 많고, 또한 증빙을 까다롭게 요구하기 때문에 그 과정에서 유공자로 인정받지 못하는 이들이 적지 않다고 한다. 또한 사회주의 이념을 가지고 항일 활동에 뛰어든 경우, 그 이념을 문제 삼아 유공자 선정 과정에서 불이익을 당하기도 한다. 그러나 이와는 반대로 친일 행적이 뚜렷함에도 불구하고, 해방 이후의 정부 수립 과정에서 공로가 있다는 것을 이유로 유공자로 선정되었던 사례도 존재한다.

일제강점기에 민족의 독립을 위해 항일의 대열에 나섰던 독립운동가들은 자신의 가족들을 제대로 돌볼 수가 없었다. 많은 이들이 자신의 재산까지 처분하면서 독립운동을 이어나갔고, 일제의 매서운 감시망을 피하기 위해 필사적이었다. 그런 형편이다 보니 그 후손들은 제대로 교육을 받지 못하는 경우가 적지 않았고, 그들 대부분은 경제적 어려움에 노출되어 어렵게 살아가야만 했다. "독립운동을 하면 삼대가 망한다."라는 말은 이 같은 역사와 현실 상황을 정확히 반영한 표현이라 하겠다. 반면에 친일을 한 자들은 그 대가로 일본으로부터 적지 않은 재정 지원을 받았고, 그 후손들은 부모와 집안의 재산을 고스란히 물려받아 지금까지도 막대한 부를 누리며 살고 있다.

최근 극우적인 시각을 지닌 어느 웹툰 작가가 자신의 SNS에 올린 글을 통해서, 아직도 우리 사회에 친일의 잔재가 말끔하게 청산되지 못했음을 보여주는 사건이 일어났다. 그는 친일파 후손의 번듯한 집과 독립운동가 후손의 누추한 집을 사진으로 나란히 제시하면서, "친일파들은 열심히 살았고 독립운동가들은 대충 살았다."라는 망언을 남겼다. 독립운동가 후손들을 비롯한 많은 이들이 이에 대해 비판하자, 그는 오히려 자신을 비난한 이들의 사소한 표현을 문제 삼아 명예훼손으로 고소하기까지 했다. 또 일본의 역사 왜곡을 두고 비판하는 사람들을 향해 '반일 종족주의'라며 매도하는 한편, 그 같은 주장을 담은 책이 버젓이 출간되기도 했다. 이러한 사건들은 '우리 사회가 일제의 잔재를 말끔히 청산했는가?'라는 물음에 긍정적으로 답할 수 없도록 만든다.

과거 일본의 식민 지배를 받아야만 했던 근대사의 흐름은 오늘날에도 여전히 우리 각자가 아프게 인식해야만 한다. 항일 투쟁을 선택한 이들이 있는가 하면, 적극적인 친일의 행적을 남긴 이들도 존재한다. 해방 이후 이승만 정권의 방해로 '친일 청산'이 제대로 이뤄지지 못해, 그 영향이 오늘에까지 미치고 있는 것이다. 독일이 과거 히틀러에 동조한 나치 세력을 공소 시효를 두지 않고 끝까지 추적해 처벌한 것과는 상당히 대비되는 상황이다. 이제라도 올바른 역사관을 가지고 지나온 역사와 오늘의 현실을 직시해, 일본의 역사 왜곡과 그에 동조하는 세력의 주장에 휘둘리지 않아야 한다. 그리고 역사의 기록을 통해 언젠가 이들에 대한 냉철한 비판과 평가가 내려져야만 할 것이다.

일제의 탄압이 극한으로 치닫던 1930년대 후반, 당시 친일파는 침략 전쟁을 옹호하면서 자신의 재산을 일제에 헌납하기도 했다. 일부 문인들은 심지어 우리 젊은이들에게 일본 군대에 입대할 것을 권유하는 연설을 하기도 했다. 많은 이들이 일제의 탄압에 제대로 맞서지 못한 채 침묵을 지키고 있었지만, 다른 한편으로는 적극적으로 일제에 맞서 싸운 문인들도 존재하고 있었다. 대표적인 인물로 일제강점기 동안 총 17회에 걸친 체포와 투옥을 겪은 이육사(1904~1944)를 들 수 있는데, 그를 일컬어 '저항 시인'이라는 칭호를 붙이기도 한다. 그는 중국 북경의 감옥에서 해방을 앞둔 1944년, 모진 고문을 받다가 끝내 숨을 거두었다. 그의 유고 시집인 《육사시집》은 해방 다음 해인 1946년에 동생 이원조와 시인 신석초에 의해 출간되었다.

이육사의 본명은 이원록으로, 필명인 이육사는 자신이 처음 투옥될 당시의 수인 번호가 '264'였던 것에서 유래했다고 알려졌다. 경상북도 안동 태생인 이육사는 퇴계 이황의 후손이자, 스물둘의 나이로 항일 단체에 가입해 적극적으로 투쟁한 인물이다. 이육사는 가장 적극적으로 일제에 저항했던 문인이었으며, 투철한 역사의식과 저항정신을 보여준 시인이다. 무엇보다 그는 삶과 문학이 일치된 생을 살았다. 이러한 면모가 가장 잘 드러난 작품으로는 그의 대표작 가운데 하나인 〈절정〉을 들 수 있다. 이 작품에서는 극한적인 어려움 속에서도 더는 물러날 수 없다는 화자의 의지가 강렬하게 표출되고 있으며, 그것을 극복하고자 하는 화자의 번민이 치열한 내적 갈등을 통해 형상화되고 있다. 이제 작품을 통해 그 의미를 따져보기로 하자.

> 매운 계절의 채찍에 갈겨
> 마침내 북방으로 휩쓸려 오다
>
> 하늘도 그만 지쳐 끝난 고원
> 서릿발 칼날 진 그 위에 서다
>
> 어디다 무릎을 꿇어야 하나
> 한 발 재겨 디딜 곳조차 없다
>
> 이러매 눈 감아 생각해 볼 밖에
> 겨울은 강철로 된 무지갠가 보다.

-이육사, 〈절정〉

가장 먼저 작품의 제목이기도 한 '절정'의 의미를 짚어보기로 하자. 사전적으로 '절정'은 최고에 달한 상태나 경지를 의미하는 단어이다. 따라서 공간적으로는 더 오를 수 없는 위치를 가리키며, 정신적으로는 가장 고조된 감정 상태를 의미한다. 누군가에게는 인생의 황금기를 지칭하거나, 또는 이전과 비교해서 가장 성공한 순간을 절정으로 비유할 수 있을 것이다. 그렇다면 절정이란 것은 그 순간이 지나면 더는 오를 수 없고, 오히려 추락이 시작될 수 있는 위치이기도 하다.

또한 절정이란 소설이나 연극 등의 서사 갈래에서 등장인물들 사이의 사건이 진전되는 가운데 서로의 갈등이 최고조에 이른 상태를 지칭하기도 한다. 아마도 화자는 〈절정〉이라는 제목을 통해 자신이 처한 상황을 표현하려 했던 게 아닐까? 자신의 삶에서 더는 물러설 수 없는 상황, 무언가 새로운 결단이 요구되는 고통스러운 순간을 말이다.

전체 4연으로 이뤄진 이 작품에서 앞의 두 연은 화자가 처한 공간적 위치가 설정되어 있고, 후반부는 그곳에서 상황에 대처하는 화자의 의식에 초점이 맞춰져 있다. 각 연은 모두 2행으로 구성되어 있으며, '기승전결'이라는 형식을 통해서 구조적으로도 안정된 짜임새를 보여주고 있다. 이 작품에는 화자가 처한 가혹한 현실의 상황이 그려지고, 그에 맞서는 결의가 제시되면서 긴장감이 고조된다. 마침내 화자는 자신이 처한 가혹한 현실에 굴복하지 않고, 이를 초월하려는 의지를 보여주면서 작품은 마무리된다.

작품의 시간적 배경은 '매운 계절'로 표현된 겨울이며, 마지막 연에서 구체적으로 제시되고 있다. 화자는 '매운 계절의 채찍'에 맞서 싸우다가, 끝내 '북방'에까지 이르게 된다. 하지만 화자가 그저 무력하게 '북방으로 휩쓸려 오'게 된 것이 아니라는 사실을 주목할 필요가 있다. 화자는 '매운 계절'이라는 자신을 억압하는 상황에 맞서다가, 매섭게 휘두르는 '채찍에 갈겨' 떠나게 된 것이다. 그리고 이는 다름 아닌 시인인 이육사가 겪어야 했던 시대 상황에 대한 비유라고 할 수 있다. 가혹한 추위가 닥치는 '매운 계절'이라는 표현에서 유추할 수 있듯이, 그 순간은 모든 생명의 활동이 잠시나마 정지되는 시간이다. 이처럼 첫 연에서는 화자에게 부여된 극한 상황이 작품의 공간적 배경으로 설정되어 있다.

2연에서는 화자가 처한 공간을 보다 구체적으로 보여주는데, 그곳은 '하늘도 그만 지쳐 끝난 고원'이다. 더욱이 그곳은 구체적으로 '서릿발 칼날 진' 것으로 묘사되고 있으며, 화자는 '그 위에 서'서 위태롭게 자리를 지키고 있다. 물론 이러한 극한의 상황은 실재하는 지리적 위치가 아니라, 화자가 겪어야만 했던 삶의 어떤 국면을 상징적으로 표현한 것이리라. 이처럼 극한 상황에서 화자가 처한 위치를 '북방'에서 '하늘도 지쳐 끝난 고원'으로, 그리고 다시 '서릿발 칼날 진 그 위'라고 보다 구체화하는 점층적인 표현이 인상적으로 다가온다.

이어지는 3연에서는 화자가 처한 상황과 공간에 대한 갈등이 비장한 어조의 독백으로 제시된다. 단 한 걸음도 옮길 수 없는 극한의 상황에서, '어데다 무릎을 꿇어야 하나'라는 화자의 물음은 사뭇 비장해 보인다. 왜냐하면 그곳에서 화자는 '한 발 재겨 디딜 곳조차 없'기 때문이다. '재기다'라는 표현은 '재다'라는 말의 방언이며, '넣어 끼우다' 혹은 '눌러 넣다'라는 의미로 풀이할 수 있다. 그렇다면 화자가 서 있는 위치는 단 한 걸음조차 움직이기 힘든 극한 상황임을 알 수 있다. 여기에서 '무릎을 꿇'는 행위가 지닌 의미는 무엇일까? 일단 화자가 처한 극한 상황을 고려하면, 특정 종교의 절대자나 혹은 흔히 '하늘'로 대표되는 어떤 초월적인 힘을 상대로 자신의 무력함을 호소하면서 도움을 청하는 행위로 이해할 수 있을 것이다. 하지만 화자는 그러한 행위마저 불가능할 정도의 상황에 놓여 있기에, 어떻게든 자신의 힘으로 그것을 이겨낼 수밖에 없다.

이 작품은 엄혹한 현실에 내팽개쳐진 존재의 고통을 그려내고 있다. 절대자로부터 위로를 받을 수도, 다른 사람의 도움도 받을 수 없는 상황에서 화자는 절대적 고독감을 느꼈으리라. 그럼에도 불구하고 마침내는 그것을 극복하고자 하는 저항의 의지를 표출하는 화자. 4연의 '이러매 눈 감아 생각해 볼밖에'라는 표현은, 앞에서 제시된 극한 상황에서 화자의 의지를 가다듬는 과정에 해당한다. 눈을 감는 화자의 행위는 현실의 극한 상황에서 잠시 벗어나, 그 과정을 되새기며 자신의 처지를 성찰하는 행위라고 볼 수 있다.

그리하여 화자는 '겨울은 강철로 된 무진갠가 보다'라는 마지막 구절에 도달한다. 다소 모호하게 이해되는 이 구절에서 '무지개'의 의미를 제대로 파악하는 것이 무엇보다 중요하다. 흔히 무지개는 찬란하고 이상적인 미래를 상징하곤 한다. 이 작품에서 무지개 자체는 본래의 의미에서 크게 벗어나지 않는다. 다만 그 앞에 '강철로 된'이라는 수사가 붙으면서 다소 역설적인 의미로 변주된 것이라 하겠다. '강철'은 차갑고 냉철한 이미지로 다가오며, 반면에 무지개는 찬란한 희망으로 해석될 수 있다. 그렇다면 화자는 자신이 처한 극한 상황에서 벗어나 밝은 미래로 상징되는 '무지개'에 도달하기 위해, 자신이 처한 상황을 냉철하고 이성적으로 판단해야 한다는 의미로 그것이 '강철로 된' 것이라는 사실을 강조한 것이다. 이를 통해서도 화자가 겨울이라는 극한 상황에 적극적으로 맞서 이를 극복하려는 의지를 가지고 있음이 드러난다.

실제로 작품 속의 상황은 아마도 굴복하거나 타협하는 방법 이외에는 다른 방도가 없는 것처럼 보이기도 한다. 그럼에도 화자는 이에 굴복하지 않고 오히려 자신의 의지를 가다듬어 다시 희망을 꿈꿀 수 있는 상황으로 전환하겠다고 한다. 바로 이런 측면에서 〈절정〉을 '가혹한 시대를 견디는 매서운 지사적 절조와 품격'을 갖춘 작품으로 평가할 수 있을 것이다. 그리고 이육사 역시 '자신의 삶과 시대 의식을 일치시킨' 작가로 정의내릴 수 있을 것이다.

11. 시인은 비겁한 사람

윤동주
<쉽게 씌어진 시>

시인이 시를 쓰는 이유는 무엇일까? 그 대답의 하나로, 시란 시인이 자기 가슴 속에 가득 차 있는 열정을 풀어낸 것이라는 이야기를 해 볼 수 있겠다. 대체로 시인들은 독자들을 염두에 두고 시를 쓰는 것이 일반적이다. 그러나 읽는 이들이 항상 시인이 본래 의도한 바대로 작품을 읽어주는 것은 아니다. 물론 독자 대부분은 시인이 작품을 창작한 의도를 헤아려 그에 기반해 작품을 이해하려고 노력하지만, 다들 조금씩 자신만의 방식으로 시를 읽어내기도 한다. 그런 가운데 때로는 시인 스스로도 생각지 못한 뛰어난 작품 해석이 나오기도 한다. 그런 까닭으로, 나는 사람에 따라 한 작품을 두고도 다양한 해석이 나올 수 있다고 생각하며, 사실 이는 환영받아 마땅하다. 시인의 창작 의도대로만 시를 읽어내야 한다는 생각은 지극히 문학적이지 못한 관념일 뿐이다.

시와 관련된 강좌를 시작하면서, 나는 학생들에게 '시인이 시를 쓰는 이유를 각자의 관점에서 생각해 보라'는 과제를 내주곤 한다. 최소한 학생들이 그 과제를 하는 동안만이라도 시인의 마음을 지닐 수 있을 것이라는 희망에서. 그런 뒤 과제에 대한 발표를 시켜보면, 시에 대한 일반적인 이해를 벗어난 다양한 이야기들이 쏟아져 나왔다. 그 가운데 몇몇 학생들은 정말로 독특한 내용을 소개해 듣는 이들의 감탄을 자아내기도 했다. 여기에서 학생들이 발표했던 내용을 일일이 다 소개할 수 없지만, 그 가운데 딱 하나의 글을 소개하며 이야기를 풀어나갈까 한다.

> 나는 세상에서 가장 비겁한 사람들이 시를 쓴다고 생각한다. 시인이 시를 쓰는 이유는 사회에 직접적으로 대항할 자신이 없어서이다. 말을 이리저리 꾸며 알 듯 모를 듯하게 써놓은 글을 보고, 우리는 시인이 어떤 의도로 쓴 글인지 알고 싶어 한다. 그래서 한 편의 시에 대해 다양한 평론이 나올 수 있는 게 아닐까?
> 그런데 우리는 왜 그런 사람들의 행위를 보면서 감동을 받는 것일까? 무엇이 우리로 하여금 그들의 시를 읽게 만드는 걸까? 이는 어쩌면 우리가 그들보다 더 비겁하기 때문인지도 모르겠다. 그래서 비겁한 시인들이 가슴속에 담아둔 생각을 끄집어내 솔직하게 글을 쓰는 것에 감동을 받는 것인지도 모른다. 우리는 때로 누군가에게 자기 생각을 용기 내어 말하지 못하고, 그냥 가슴속에만 담아두곤 하지 않은가. 적어도 시인은 시를 통해서 자기가 하고 싶은 말을 쏟아내기에, 독자들은 이를 읽으며 감동을 느끼는 것이다.

이렇게 보면 시인은 비겁한 사람이기도 하면서, 또한 매우 용감한 사람이기도 하다. 이 세상에는 자신의 생각을 말이나 글로 옮기지 못하는 사람이 너무 많다. 시인은 자신의 삶을 통해서 느끼는 갖가지 감정을 글로 표현한다. 그렇게 쓴 글을 수없이 많은 이들이 좋아해 주고 때로는 그 마음까지 헤아려주니, 시인은 세상에서 가장 행복한 사람이다.

–신**(**대학교 어문학부 1년), 〈시인은 세상에서 가장 비겁한 사람이다〉에서

이 학생은 '시인은 비겁한 사람이다'라는 주제를 가지고, 시인이 시를 쓰는 이유를 자신의 관점에서 재미있게 풀어내고 있다. 자신이 없어 행동으로 옮기지 못하고, 이해하기 어려운 단어를 가득 사용해 근사한 내용을 꾸며내는 사람. 이 학생의 시각에서 시인은 바로 그런 사람으로 보이는 듯도 하다. 시인은 자신의 작품으로 많은 사람에게 감동을 안겨준다. 독자들은 시인이 쓴 작품을 통해서 대리 만족을 경험하기도 하고, 그 시를 쓴 작가의 마음이 어떤지 헤아리려고 노력하기도 한다. 비록 시인 자신은 행동으로 나서지는 못하지만, 수많은 사람이 그의 작품에 관심을 기울이고 있으니 얼마나 행복한 사람이겠는가. 그렇기에 시인은 비겁하면서, 동시에 행복한 존재라고 할 수 있다.

그런데 과연 시인은 비겁한 사람일까? 그럴 수도 있겠다. 시인은 자신이 하고 싶은 말을 고도의 문학적 수사를 통해서, 때로는 은유적으로, 때로는 현학적으로 풀어낸다. 독자는 시인이 감춰둔 의미를 찾으려고 시 속에서 오랫동안 방황하기도 한다. 정작 하고 싶은 말은 숨겨두고, 정반대의 말만 늘어놓기도 하는 게 시인들의 습성이니까. 독자의 가슴속을 통쾌하게 해주는 직설적인 언어로 시를 쓰는 시인

도 있지만, 대부분의 작품들은 비유와 은유 등의 문학적 수사를 동원해 독자들과 숨바꼭질을 시도한다. 그래서 시를 잘 읽어낸다는 것은 작품 속에 담긴 문학적 장치를 얼마나 잘 독해하는지에 관한 문제이기도 하다.

윤동주(1717~1945)의 〈쉽게 씌어진 시〉라는 작품은 시를 쓰는 행위 자체를 내용으로 다루고 있다는 점에서 흥미롭다. '쉽게 씌여진 시'란 과연 어떤 시인가? 그리고 시가 과연 쉽게 쓰일 수 있을까? 이 작품을 통해서, 시인의 시 쓰기 행위에 관한 여러 가지 관점을 생각해 보고자 한다. 그리고 시를 쓰는 행위가 시인에게 어떤 의미를 지니는지에 대해서도 논해보기로 하겠다.

창 밖에 밤비가 속살거려
육첩방(六疊房)은 남의 나라,

시인이란 슬픈 천명(天命)인 줄 알면서도
한 줄 시를 적어 볼까,

땀내와 사랑내 포근히 품긴
보내주신 학비 봉투를 받아
대학 노-트를 끼고
늙은 교수의 강의 들으러 간다.

생각해 보면 어린때 동무를
하나, 둘, 죄다 잃어 버리고

나는 무얼 바라
나는 다만, 홀로 침전하는 것일까?

인생은 살기 어렵다는데
시가 이렇게 쉽게 씌어지는 것은
부끄러운 일이다.

육첩방은 남의 나라
창밖에 밤비가 속살거리는데,

등불을 밝혀 어둠을 조금 내몰고,
시대처럼 올 아침을 기다리는 최후의 나,

나는 나에게 적은 손을 내밀어
눈물과 위안으로 잡는 최초의 악수.

–윤동주, 〈쉽게 씌어진 시〉

이 시를 이해하기 위해서는 이 작품이 창작된 배경을 먼저 알아둘 필요가 있다. 이 작품은 윤동주가 일본에 유학을 가 있던 1942년에 창작된 것으로 알려져 있다. 1942년이 어떤 해이던가. 이 당시는 일제의 식민 지배가 막바지에 이르러, 전시 동원 체제가 구축되던 시기였다. 1941년 일본이 미국의 진주만을 공습한 것을 계기로 발발한 태평양 전쟁은 애꿎은 조선의 젊은이들을 징용이란 명분으로 사지에 몰아넣었다. 젊은 남성들은 전쟁의 총알받이로, 젊은 여성들은 '정신대'

란 명목으로 끌려가 일본 군인들의 성적 학대를 받아야만 했다. 이렇듯 고국의 벗들은 어딘지도 모를 전장으로 끌려가고 있던 시절, 시인은 유학을 위해 창씨개명을 하고(윤동주는 스물여섯에 도쿄에 있는 릿교대학 영문과에 입학하는데, 당시 도항 증명서를 받기 위해서는 창씨개명을 하는 수밖에 없었다.) 일본에서 대학을 다니고 있었다. 일상의 질서를 파괴하는 폭압적인 현실에 맞서지 못하고, 이를 그저 자신의 천명(天命)이라 여기며 시를 쓰면서 지냈을 뿐이다.

작품 속에서도 언급되어 있지만, 윤동주는 일본에서 유학 생활을 하며 부모가 보내준 학비로 편하게 대학을 다니고 있었다. 그러므로 화자의 고민은 그대로 시인인 윤동주의 치지를 대변해 주고 있다. '육첩방(六疊房)'은 일본식 다다미가 여섯 장 깔린 그리 넓지 않은 방이다. 육첩방은 화자에게 배타적으로 허용된 공간이기도 하면서, 적응이 쉽지 않아 '남의 나라'임을 분명히 느끼게 하는 곳이기도 하다. 화자는 자신이 시인이란 사실을 '슬픈 천명'이라고 인식하고, 그래서 한 줄 시로 위안을 삼겠다고 고백한다. 시를 쓴다는 것이 왜 '슬픈' 일일까? 화자는 자신은 편하게 대학에 다니고 있지만, 고국에 남아 있는 사람들이 전쟁 때문에 겪는 직접적인 피해를 누구보다 잘 알고 있었다. 이를 알면서도 어찌할 수 없는 나약한 자신의 처지가 그저 슬플 뿐이다.

어릴 적 함께 자랐던 친구들은 전쟁의 와중에 하나둘 사라지는데, 낯선 타국에서 '늙은 교수'의 강의나 듣는 자신의 신세가 얼마나 한심하게 느껴졌을까. 새로운 학문을 배우려고 유학을 했지만, 정작 화자가 마주친 것은 이미 관습에 푹 절어 있는 '늙은 교수'의 메마르고 낡은 지식이었다. '땀내와 사랑내 포근히 품긴' 부모님이 보내주신 소중한 학비가 이처럼 무의미하게 사용되고 있는 현실, 그리고 이에 대한 회의감은 자신의 처지에 대한 부끄러움으로 이어진다. 다른 이들은 모두 어려운 현실을 몸으로 헤쳐나가는데, 정작 자신은 시나 쓰면서 편안하게 생활한다는 것은 '부끄러운 일'일 수밖에 없다. 하지만 고국으로 돌아가 스스로 그 대열 속에 낄 자신은 없는 상황이다.

스스로의 생각 속에 깊이 침잠하면서 화자는 수없이 반성한다. 화자의 마음속에 자리하고 있는 사람들의 삶과 비교해 본다면, 자신의 시는 너무도 '쉽게 씌어지'고 있는 셈이다. 결국 이 부끄러움은 어려운 환경 속에 내던져진 사람들의 삶과 편안한 생활 속에서 시를 쓰는 화자의 처지가 대비되면서 발생한 것이다. 그러나 화자는 자학적인 태도에 머물지 않고, 당당히 '시대처럼 올 아침'에 대한 낙관을 이야기한다. 모든 사람이 희망에 대한 기대를 버린다고 할지라도, 화자는 최후까지 '등불을 밝혀 어둠을 내몰'겠다는 의지를 꺾지 않겠다고 다짐한다. 결국 그러한 희망을 통해, 좌절감에 빠져 있었던 과거의 '나'와 낙관적인 미래를 믿는 현재의 '나'가 '눈물과 위안으로 잡는 최초의 악수'를 할 수 있게 되는 것이다.

따라서 이 시는 제목처럼 결코 '쉽게 씌어진 시'가 아니다. 일제강점기를 살아가던 지식인으로서 조국의 암담한 현실에 모른 척할 수 없었던 시인은 이처럼 강한 신념으로 자신의 내면을 표현했다. 그는 유학 생활 도중 독립운동 혐의로 체포되어, 끝내 일본 후쿠오카 지역의 감옥에 끌려가고, 해방을 반년 앞둔 시점에 그곳에서 옥사한다. 〈서시(序詩)〉를 비롯한 그의 시들에는 '부끄러움'이라는 단어가 유독 많이 등장한다. 그러나 그의 일생을 그려본다면 '부끄러움'이라는 표현은 외려 윤동주가 자신의 삶에 대해 얼마나 치열하게 반성하며 살았는지를 역설적으로 보여준다. 이 당시 내로라하는 문인들이 일제의 목소리를 대신해 조국의 젊은이들을 전쟁터로 내몰았던 것과 비교해 보면, 차라리 그의 '부끄러운' 삶이 더욱 가치 있게 느껴질 것이다.

12. 사라지는 것에 대한 아쉬움

조지훈
<낙화>

길을 가다 활짝 핀 꽃을 보게 되면, 사람들은 대체로 가던 걸음을 멈추고 그 꽃에 시선을 던지곤 한다. 아침에 출근하자마자 자신의 책상 위에서 화병에 활짝 핀 꽃을 발견한다면, 아마도 그날 하루의 일과는 기분 좋게 시작할 수 있을 것이다. 이처럼 꽃은 사람들에게 긍정적인 의미로 받아들여지는 것이 일반적이다.

일반적으로 꽃은 아름다움의 표상으로 인식되고 있다. 갖가지 꽃에는 그에 해당하는 꽃말이 있어, 이를 통해 상대방에게 자신의 생각을 넌지시 전달하기도 한다. 예컨대 가장 이른 봄에 피는 매화는 매서운 추위를 견디고 꽃을 피우기 때문에 예로부터 '봄의 전령사'라 불려왔으며, 또한 곧은 절개를 상징하므로 많은 이들이 매화를 좋아한다. 붉은 장미는 정열적인 사랑을 의미하고, 흰 백합은 순결을 상징한다. 이처럼 꽃에 따라 꽃말이나 상징하는 바가 정해져 있지만, 시대나 문화에 따라 개별적인 꽃에 얽힌 의미와 상징은 다양하게 발현되기도 한다.

물론 꽃이 항상 긍정적인 의미로만 해석되는 것은 아니다. 아무리 아름답더라도 꽃은 오랫동안 그 모습을 간직하지 못하고, 쉽게 져버리는 속성을 지니고 있다. 활짝 핀 꽃을 보면서 그 아름다움에 매료되었다가, 얼마 지나지 않아 처참한 모습으로 시든 꽃을 보고 안타까워해 본 적이 있지 않은가. '열흘 이상 붉게 지속되는 꽃은 없다'라는 의미의 '화무십일홍(花無十日紅)'이란 표현도 이런 현상에 기반해 생긴 것이다. 물론 꽃이 시드는 현상이 비단 쓸쓸하기만 한 일은 아니다. 꽃이 시들어야만, 바로 그 사리에 열매가 열린다. 아무리 아름다운 꽃이라도 언젠가는 반드시 질 수밖에 없으며, 그 과정을 통해 다시 새로운 생명이 움트는 게 바로 자연의 이치이다.

많은 문학 작품에서 꽃은 주요한 소재로 등장하는데, 특히 시에 나타나는 꽃의 다양한 의미를 살펴볼 필요가 있겠다. 조지훈(1920~1969)의 시 〈낙화(洛花)〉는 나뭇가지에서 떨어지는 꽃을 보며 그때 느낀 정서와 감상을 형상화한 작품이다. 이 작품에는 꽃이 지는 모습을 보면서 느끼는 화자의 쓸쓸한 감정이 잘 드러나고 있다. 조지훈은 이미 널리 알려진 것처럼 박목월, 박두진과 함께 '청록파 시인' 혹은 '자연파 시인'으로 칭해진다. 세 사람은 모두 정지용의 추천으로 잡지《문장》을 통해서 문단에 등단했으며, 해방 이듬해인 1946년에 이 셋의 공동 시집인《청록집》을 출간하는 것을 계기로 '청록파'라는 호칭을 얻게 된다.

청록파 시인들의 작품은 치열한 현실 사회에서 한 걸음 벗어나, 자연을 배경으로 삼는다. 그리고 그런 자연의 평화로운 모습을 통해서 이상적인 삶의 모습을 발견하려는 의지를 잘 보여준다. 그들은 현실 세계 너머에 존재하는 조화로운 상상의 세계를 설정하고, 이러한 작품 세계를 통해 인간의 내면적인 구원의 가능성을 모색했다고 평가되기도 한다. 비록 각자의 작품 세계는 조금씩 다르지만, 인간과 자연에 대한 근원적 측면에 주목하고 있다고 할 수 있다. 하지만 이들 작품을 두고 당대의 엄혹한 현실을 표현하지 못하고, 단지 자연으로 도피했다는 냉정한 평가도 존재한다. 이들이 시집의 제목으로 내세운 '청록(靑鹿)', 즉 '푸른 사슴'도 실재하지 않는 상상적 동물이라는 점은 의미심장하다.

그러나 이들이 활동했던 시기가 일제의 가혹한 탄압이 극에 달하던 1930년대였다는 사실을 잊어선 안 된다. 당시 일본은 이른바 '내지(內地)'인 일본과 조선의 화합을 추구한다는 명분으로 '내선일체(內鮮一體)'라는 구호를 내걸었다. 그 실상은 우리말 사용을 금지하고 이름마저 일본식으로 바꾸도록 하는 '창씨개명'을 강요하는 것에 지나지 않은, 이른바 '민족말살정책'이었다. 조지훈을 비롯한 청록파 시인들이 활동하던 시기는, 이처럼 우리말의 사용은 물론 문학적 표현을 하는 것에서도 제약을 받을 수밖에 없던 상황이었다. 그런 까닭으로 당대의 현실을 작품 속에 제대로 담아내는 것이 불가능했으며, 그 대안으로 이들은 시선을 자연으로 돌릴 수밖에 없었다. 따라서 작품의 배경은 물론, 내용의 측면에서도 관념적이고 이상적인 자연의 형상을 그려내며 이른바 자연파 시인으로 활동하게 되었다.

청록파 시인들이 공동 시집을 발간하기는 했으나, 각자의 시 세계는 분명히 구별되는 측면이 있다. 주로 자연을 주제로 작품을 창작했다는 점은 같지만 시적 지향이나 표현 또는 기교라는 면에서 볼 때

각자의 작품에는 시인만의 개성이 뚜렷하게 발현되어 있다. 특히 조지훈은 자연을 매개로 한 전통의 현대적 적용에 관심을 기울였는데, 그의 시에서는 음악적 요소를 중시해 전통적 율격이 자주 활용되기도 한다. 이제 〈낙화〉라는 작품을 통해서, 조지훈의 시작 태도와 형상화의 의미를 살펴보도록 하자.

꽃이 지기로서니
바람을 탓하랴

주렴 밖에 성긴 별이
하나 둘 스러지고

귀촉도 울음 뒤에
머언 산이 다가서다

촛불을 꺼야 하리
꽃이 지는데

꽃 지는 그림자
뜰에 어리어

하이얀 미닫이가
우련 붉어라

묻혀서 사는 이의
고운 마음을

아는 이 있을까
저어하노니

꽃이 지는 아침은
울고 싶어라.

-조지훈, <낙화>

본격적으로 감상에 들어가기 전에, 먼저 이 시를 읽고 머릿속에 그려지는 모습을 떠올려보자. 촛불을 켜고 밤을 지새운 화자가 방문을 열고 꽃이 떨어지는 마당의 나무를 바라보고 있다. 작품에는 무슨 꽃인지 구체적으로 명시되지 않았지만, 아마도 화자는 그 꽃이 피는 과정을 잘 알고 있었으리라. 그래서 꽃이 지는 시점이 되자, 밤새 나뭇가지에서 꽃이 떨어지는 모습을 안타까운 심정으로 바라본다. 세속과는 멀리 떨어진 곳에서 지내고 있는 화자. 애써 다른 사람이 자신의 마음을 알 수 없을 것이라는 사실에 자위하면서, 아침이 되면 그동안 정성을 들여 키웠던 꽃이 진다는 사실에 다시 울적함을 느낀다.
이 작품은 우선 형식적으로 전체 9개의 연으로 구성되어 있으며, 각 연은 다시 2행으로 이뤄져 있다. 떨어지는 꽃을 보며 담담한 어조로 삶의 쓸쓸함을 노래하는 화자. 꽃은 가지에서 떨어지는 순간 더는 살아 있다고 할 수 없다. 따라서 이 작품은 꽃들이 나뭇가지에서 떨어져 그 생명을 끝마치는 과정과 그 과정을 바라보는 화자의 정서를 바탕에 깔고 있다. 작품의 시간적 배경은 별이 하나둘 스러져가는 새벽 무렵이며, 장소는 속세와 멀리 떨어진 공간이라고 짐작된다.

아마도 화자는 평소에 꽃이 핀 모습을 좋아하는 듯한데, 바람이 불면서 꽃이 떨어지게 되자 안타까운 심정으로 이를 바라보고 있다. 바람이 아니더라도 꽃이 피었다가 떨어지는 것은 자연의 순리이며, 화자도 그것을 인정하고 받아들일 수밖에 없다. 그리하여 1연에서 바람에 떨어지는 꽃을 바라보면서, 화자는 그러한 현상은 자연의 이치로 빚어진 것이기에 '바람을 탓'할 필요가 없다고 말한다. 아마도 바람이 불지 않았다면, 꽃은 나뭇가지에 조금 더 매달려 있었을지도 모르겠다. 하지만 그것은 시간이 조금 연장되었을 뿐이라 하겠다. 그렇기에 화자는 바람에 의해 떨어진 꽃을 보면서도, 그러한 상황에 대해 원망할 까닭이 없다는 인식에 도달한 것이다.

2연에서는 작품의 시간적 배경을 짐작할 수 있는 단서가 제시된다. 작품 속에서 화자는 자신이 거처하는 방문을 열고, 꽃이 떨어지는 모습을 안타까운 시선으로 바라보고 있다. 아마도 방문 앞에는 구슬을 엮어 만든 발인 '주렴'이 늘어져 있는 듯, 그 사이로 밤하늘에 '성긴 별이 / 하나 둘 스러지고' 있는 것이 보인다. 이는 시간이 흐름에 따라 별이 하나씩 사라지는 모습을 그린 것이라 하겠는데, 실제로는 날이 밝아오면서 별빛이 조금씩 옅어지는 것을 표현한 것이다. 따라서 화자가 떨어지는 꽃을 보면서 날을 꼬박 새웠다는 것을 짐작할 수 있다.

3연에 등장하는 '귀촉도'는 소쩍새를 달리 지칭하는 표현인데, 소쩍새는 낮에는 울지 않고 한밤중에 우는 습성이 있다. 실제로 도심에서 조금 떨어져 산중 가까이에 위치한 곳에서는, 여름철이면 한밤중에 소쩍새 우는 소리가 들리기도 한다. 따라서 '귀촉도 울음 뒤'라는 표현 역시 날이 밝아오면서, 소쩍새의 울음이 들리지 않게 된 상황을 표현한 것이다. 아마도 소쩍새의 울음소리는 꽃이 떨어지는 모습을 바라보던 화자의 심정을 대변하는 것이었으리라. 어둠이 조금씩 엷어지고 날이 밝아오면서, 윤곽만을 드러내던 '머언 산이 다가 서'는 것처럼 보인다. 어둠이 물러가면서 멀리 형체만 보이던 산이 점점 뚜렷한 형상을 갖추어가는 과정을 형상화한 것이다.

4연에서는 '촛불을 꺼야 하리'라고 혼잣말을 하면서, '꽃이 지는' 것에 대한 화자의 아쉬움이 다시 한번 드러난다. 촛불을 끄는 것은 이미 날이 밝았음을 강조한 것이며, 그와 동시에 새벽의 어둠 속에서 나뭇가지에서 떨어지는 꽃의 그림자를 더 자세히 보기 위해서이기도 하다. 다만 잠시라도 시선을 꽃에서 거둘 수 없다는 심정에서, '촛불을 꺼야 하리'라고 독백을 했을 것이다. 그렇다면 4연의 두 행이 도치된 문장으로 '꽃이 지는데 / 촛불을 꺼야 하리'라고 파악할 수도 있을 것이다. 촛불을 끄는 행위는 분명하게 묘사되어 있지 않지만, 아마도 화자는 마당에 떨어진 꽃을 보기 위해 불을 끈 것으로 짐작해 볼 수 있다.

이어지는 5연에서 화자는 비로소 '꽃 지는 그림자 / 뜰에 어리어' 있음을 확인하게 된다. 아직 채 어둠이 가시지 않은 시점이라, 화자에게는 떨어지는 꽃의 그림자가 어릿하게 보였을 것이다. 그리고 화자의 방문은 한지를 바른 '하이얀 미닫이'였던 것으로 파악되는데, 6연에서는 마당에 떨어진 꽃잎들이 은은하게 반사돼 문의 빛깔이 붉게 비치는 상황으로 묘사되고 있다. '우련히'는 '보일 듯 말 듯 희미하게'라는 뜻의 부사로, '우련'은 이 단어에서 '~히'가 생략된 형태의 시어이다. 화자가 방 안의 촛불을 끄자, 마당에 떨어진 붉은 꽃잎의 빛깔이 은은하게 흰색의 방문에 비친 것이다. 마당에 떨어진 꽃들의 아름답지만 쓸쓸한 모습까지도 보고자 하는 화자의 심정이 감각적인 표현을 통해 잘 드러나고 있다.

떨어진 꽃의 모습을 다시금 확인한 화자의 의식은 이윽고 자신에게로 향하게 된다. 7연에서는 화자 자신을 가리켜 '묻혀서 사는 이'라고 표현하면서, 여전히 떨어진 꽃을 안타까워할 정도로 '고운 마음'을 간직하고 있음을 보여준다. 화자는 속세와는 멀리 떨어진 곳에서 지내고 있기에, 8연에서처럼 그것을 '아는 이 있을까 / 저허하'고 있는 것이다. '저허하다'는 '염려하거나 두려워하다'라는 의미의 '저이하다'의 방언으로 여겨진다. 세속적 관점에서 보자면, 꽃이 피었다가 지는 것은 너무도 자연스러운 현상이다. 그렇기에 꽃이 지는 것에 대해 아쉬움을 토로하는 화자의 태도는 다른 사람이 보기에는 쉽게 이해될 수 없었으리라.

그리하여 '꽃이 지는 아침은 / 울고 싶'다는 화자의 토로로 작품은 마무리된다. 화자에게는 꽃이 지고 그 자리에서 열매가 열린다는 자연의 이치 자체는 그리 중요하지 않다. '멀리 사는 이'로 표현된 화자에게 한때의 동반자로 여겼던 꽃의 소멸은 슬픔을 안겨준다. 아마도 화자는 낙화를 바라보며 문득 세상에 가득한 외로움을 느꼈을 것이다. 그러고는 머잖아 세상의 존재들이 생성과 소멸을 거듭한다는 깨달음에 도달했을지도 모르겠다.

13. 자유에의 열망

김수영
<푸른 하늘을>

문득 어린 시절 하늘을 올려다보며, 자유롭게 날고 싶다고 생각했던 기억이 떠오른다. 나에게도 딱히 특별한 이유 없이 그저 하늘을 나는 꿈을 간직하고 있었던 때가 있었다. 하지만 그 꿈을 여전하게 지니고 있던 때가 언제까지였던가. 이제 세상사에 대해서 무덤덤하게 느껴지는 나이가 되어가지만, 여전히 맑은 하늘을 쳐다보면 날고 싶다는 충동을 느낄 때가 있다. 하지만 나의 두 발은 하늘로 향하지 못한 채, 단단히 대지에 결박되어 있다. 이는 세월의 흐름과 더불어 꿈보다는 현실에 더 집착할 수밖에 없는, 그래서 그만큼 생활의 무게에 짓눌린 탓이라고 하겠다.

비상, 곧 하늘을 난다는 것은 무엇을 의미할까? 그것은 어떤 것에도 얽매이지 않는 자유를 상징한다. 우리는 현실에 깊이 뿌리를 내리고 있으면서도, 한편으로는 끊임없이 일탈을 꿈꾼다. 그러나 자유를 얻기 위해선 얼마나 많은 과정을 거쳐야 하고, 또 어떤 희생을 겪어야 하는가. 치열한 경쟁 속에서 살아가는 현대인은 무엇인가를 하지 않으면 불안하고, 내가 세상에서 쓸모없는 존재가 아닐까 하는 강박에 사로잡히곤 한다. 오로지 타인에게 인정받음으로써 자신의 존재를 확인하는 아이러니한 현실. 그렇기에 자유는 종종 현실을 벗어난 이상적인 것으로 치부되곤 한다. 하지만 영원한 자유란 어디에도 존재하지 않고, 인간은 여지없이 현실로 귀환해야만 하는 운명을 지니고 태어난 존재이다.

시인들은 흔히 새의 비상을 자유의 상징으로 그려낸다. 창공을 나는 새의 모습을 통해서, 그와는 정반대로 현실에 얽매여 살아가야만 하는 인간의 삶을 떠올린다. 때론 죽음과도 맞바꿀 수 있는 것처럼 자유를 예찬하고, 새의 비상 속에 인간의 자유에 대한 열망을 대입시킨다. 어쩌면 인간이 가장 소중하게 여기는 가치일지도 모르는 자유. "자유가 아니면 죽음을 달라."라는 외침은 자유에 대한 가치를 그대로 증명해 주는 말이라 하겠다.

김수영(1921~1968)의 〈푸른 하늘을〉은 자유에 대한 인식을 우리에게 잘 보여주는 작품이다. 이 작품에서 새의 비상은 자유를 상징하지만, 시인은 그 속에 담긴 '피의 냄새'에 주목할 것을 요구한다. 시인의 생각에 새의 본질은 나는 행위에 있지 않다. 오히려 새의 존재 이유는 '노래'에 있다. 많은 이들은 현상을 통해서 대상을 이해하고자 한다. 하지만 시인은 노래하는 대상이 지닌 본질을 꿰뚫어 보고, 현상은 그저 허상일 뿐임을 직시한다. 이런 점에서 현상에 얽매이지 않고, 그것과 구별되는 문제의 본질을 포착해 말하는 시인 김수영의 탁월한 현실 인식을 엿볼 수 있다. 이제 작품을 통해서 시인의 생각과 시의 의미를 하나씩 따져보기로 하자.

푸른 하늘을 제압하는
노고지리가 자유로웠다고
부러워하던
어느 시인의 말은 수정되어야 한다

자유를 위해서
비상하여 본 일이 있는
사람이면 알지
노고지리가
무엇을 보고
노래하는가를
어째서 자유에는
피의 냄새가 섞여 있는가를
혁명은
왜 고독한 것인가를

혁명은
왜 고독해야 하는 것인가를

-김수영, 〈푸른 하늘을〉

이 작품에는 '자유'와 '혁명'이란 단어가 빈번하게 사용되고 있다. 이러한 시어는 독자들로 하여금 이 작품을 역사적 현실과 결부시켜 이해하도록 한다. 이 시는 '4월 혁명' 직후인 1960년 6월에 지어졌다. 부패한 자유당 독재 정권을 학생과 시민의 손으로 끌어내리고, 비로소 이 땅에 새로운 민주의 기운이 싹트던 시기. 그렇기에 이 시는 4월 혁명을 겪은 시인의 생각을 여러모로 반영한다. 성공한 혁명에 대한 감격은 잠시 접어둔 채, 그 과정에서 겪은 절대적 고독감과 냉철한 자기반성에 집중하고 있다.

시인은 '고독한 혁명'의 과정을 거쳐서 찾은 자유의 의미를 강조하고 있다. '피의 냄새'를 맡으며 힘겹게 얻은 참된 자유. 막연한 관념 속에서 만들어낸 개념이 아니라, 구체적인 역사 속에서 지난한 투쟁을 통해 얻은 것이기에 더욱 값지다. 관념 속에서 논해지는 자유란 때로는 낭만적이기까지 하지만, 현실 속에서의 그것은 격렬한 투쟁의 과정을 통해서만 얻어질 수 있는 것이다. 이 작품은 바로 이러한 현실 상황을 설명하고자 한다.

전체 3연으로 이루어진 이 시는, 새의 비상에 대한 기존의 인식을 깨뜨릴 것을 독자들에게 단정적인 어조로 요구하면서 시작한다. '푸른 하늘을 제압하는 / 노고지리가 자유'롭다는 것은 사람들의 보편적인 생각이다. 하지만 김수영은 그렇게 표현하는 '어느 시인의 말은 수정되어야 한다'라고 단호하게 말한다. 동시대의 시인들에게 '언어에 대한 고통이 아닌 그 이전의 고통'을 요구했던 김수영의 입장에서는, 새가 날개를 파닥이는 행동을 곧장 자유로 환치시키는 것은 언어의 유희에 불과했을 수도 있다. 따라서 그것에 담긴 사회적 접근이 필요함을 역설하고, 희생을 겪으며 얻어낸 자유에 대해서 역사적 성찰을 하도록 요구한다. 자유로운 것처럼 보이는 새의 비상은 실상 힘겨운 날갯짓을 동반하고서야 가능하기 때문이다.

2연의 '자유를 위한 비상'의 의미는 구체적으로 4월 혁명의 진행 과정에서 불의에 맞서 싸웠던 사람들의 열정과 희생으로 해석할 수 있다. 그렇기에 사람들에게 새의 비상(飛翔)이라는 외적인 현상만을 볼 것이 아니라, '노고지리가 / 무엇을 보고 / 노래하는가를' 생각해 보라고 충고한다. 노고지리의 비상은 사람들에게 자유를 떠올리게 하지만, 그렇게 날기까지 수없이 많은 훈련과 위험을 감수해야 했을 것이다. 그러한 노고지리의 노래에는 하늘을 날기까지 거쳐온 힘겨운 투쟁의 역사가 담겨 있다. 자유는 단지 결과로서의 의미보다, 수없이 많은 시행착오를 거치고 희생을 감수하는 과정이 있기에 더 값진 것이다.

김수영은 다음 구절에서 시를 통해 말하고자 한 바를 분명하게 밝힌다. 결과로서 누리는 자유는 항상 그 과정에서 피를 흘렸던 사람들의 희생 때문에 가능했던 것이라고. 그렇기에 자유에는 항상 '피의 냄새가 섞여 있는' 것이며, 그 이유를 곰곰이 따져보는 것은 역사의 성찰이라는 점에서 매우 중요한 작업이라고. 그렇다면 '혁명은 / 왜 고독한 것인가를' 생각해 보자. 혁명은 그것을 억누르려는 세력에 의한 탄압과 그로 인한 고통을 동반하기 마련이다. 그 과정에서 수많은 사람이 이러저러한 이유로 혁명의 대열에서 낙오하기도 한다. 끝이 보이지 않을 것 같은 험난한 투쟁의 도정에서, 정의가 승리한다는 믿음만이 자신을 지키는 힘이 된다. 어떠한 확신도 보장해 주지 않는 혁명은 때로는 외롭고 고독한 여정일 수밖에 없다. 독자들은 여기에서 '피의 냄새'가 섞인 자유란 바로 '고독한 혁명'과 긴밀하게 연관되어 있음을 깨닫게 된다. 이러한 깨달음은 '자유를 위해서 / 비상하여 본 일이 있는 / 사람'의 심정을 깊이 이해하는 것으로 완성된다. 혁명이 성공하면 그 과실은 많은 사람이 공유하지만, 그러한 성공의 기저에는 필연적으로 소수의 혁명가들의 희생이 존재하기 마련이다.

마지막 연에서 혁명은 고독해야만 하는 것임을 강조하면서 작품을 종결짓는다. 자유를 위해 푸른 하늘을 비상하는 노고지리가 결국 혼자인 것처럼, 혁명도 정의를 위한 외롭고 고독한 싸움이라고 할 수 있다. 노고지리가 하늘을 날기까지 겪은 힘겨운 과정을 노래라는 결실로 드러냈듯이, 사람들은 자유를 쟁취하기 위한 고독한 혁명의 과정에서 수많은 피를 흘려야만 했다. 자유의 결과만을 누리며 이를 막연히 예찬하는 사람들에게는 그 투쟁의 과정이 피상적으로 이해될 수밖에 없다. 그러나 김수영은 눈에 보이는 것이 전부가 아님을 강조하면서, 현상보다 더 중요한 본질을 직시할 것을 요구한다. 시인의 곧고 냉철한 정신은 혁명이 고독하고 또 고독한 것임을 너무도 잘 알고 있기 때문이다. 결과만이 아닌 과정을 함께 사고하는 시인의 현실 인식이 돋보이는 순간이다.

평론가들은 이 작품을 김수영의 시를 대표하는 절창(絶唱)이라고 평가한다. 그러나 또 한편으론, 4월 혁명 직후에 지어진 이 시에서 승리에 대한 격정이나 낙관적 전망이 좀처럼 느껴지지 않기도 한다. 과연 그 이유는 무엇일까? 1년 후에 있을 5·16 군사쿠데타에 대한 예감이라면 지나친 생각일까? 어쩌면 이는 김수영이 그만큼 역사와 현실을 꿰뚫어 보는 탁월한 안목을 지녔음을 반증한다고 볼 수도 있겠다. 혁명은 항상 그것을 이룩하는 과정에서보다, 완성된 이후가 더 변질되기 쉬운 법이다.

역사가 보여주듯 4월 혁명은 1년여 만에 군사쿠데타라는 반동의 움직임에 의해 좌절되고 만다. 때로는 무질서처럼 보이기도 하는 자유에 대한 소명과 책임을 힘으로 억누르면서, 이 땅에는 다시 오랫동안 독재 정권이 사람들의 삶을 통제하게 된다. 흔히 '난해시'라고 평가되기도 하는 김수영의 시편들은 세심한 독법을 필요로 한다. 특히 1960년대 이전에 발표된 그의 시들이 바로 그러하다. 백낙청은 '김수영의 난해시야말로 바로 시 읽기의 초심자들이 진품에 대한 안목을 기르기에 안성맞춤인 교본'이라고 표현하기도 했다.

이 시도 사실 이해하기가 그리 만만한 작품은 아니다. 하지만 작품의 배경과 사용된 시어를 통해서 조금은 분명한 독해에 도달할 수 있다. 그 과정에서 자유라는 가치에 얼마나 많은 고통과 희생이 동반되는지를 깨닫게 된다. 혁명에 대한 환멸을 느끼고 돌아선 나약한 지식인들의 고독과는 질적으로 다른, 혁명의 고독을 노래하던 시인은 그것이 이룩된 순간까지 흥분하지 않고 차분한 어조로 현실을 직시할 것을 요구한다. 그러나 당시에는 혁명에의 열정과 흥분이 더 강했던 탓일까? 사람들은 그 열정을 제대로 다스리지 못해 끝내 자유를 빼앗기고 말았다. 그리고 다시 말할 자유를 얻기 위해 기나긴 시간을 투쟁으로 맞서야 했다. 진정 자유에는 '피의 냄새가 섞여 있'음을 절실히 실감하면서. 김수영이 세상을 떠난 뒤, 신동엽은 이 열정적인 시인의 죽음을 두고 "한반도는 오직 한 사람밖에 없는, 어두운 시대의 위대한 증인을 잃었다."라고 안타까워했다.

14. 분단에서 화해로

신동엽
〈술을 많이 마시고 잔 어젯밤은〉

간혹 학생들과 함께 문학 답사를 하면서 작은 규모의 초등학교를 마주칠 때면 교정에는 어김없이 크고 작은 동상들이 서너 개씩 세워져 있다. 우리나라 초등학교에서 가장 많이 세워진 동상은 과연 무엇일까? '어린이는 나라의 희망'이라는 표어에 충실한, 아이들이 본받아 마지않을 인물들의 동상일까? 단군이나, 이순신, 세종대왕 같은 위인들의 동상 말이다. 그러나 마주친 학교들에는 그러한 위인들의 동상과 함께, 이승복과 안데르센 동화에 나오는 '책 읽는 소녀' 그리고 조각가 로뎅의 '생각하는 사람' 등의 동상들이 더 많이 눈에 띄었다. 지금은 지방의 인구가 크게 줄면서 초등학교도 점차 폐교로 비워지는 상황이지만, 과거에는 그 가운데에서도 특히 이승복의 동상을 자주 볼 수 있었다. 무장 공비에 맞서 당당하게 "나는 공산당이 싫어요!"라고 외치며 죽어갔던 반공의 상징. 교과서에도 수록되었던, 어린 시절

내가 배웠던 이승복의 '자랑스러운 최후'의 모습이었다. 그러고는 어김없이 어린아이조차 처참하게 죽였던 공산당의 만행을 함께 공부하곤 했다.

내가 초등학교에 다니던 1970년대의 교실의 모습을 떠올려보면, 교실 뒤 게시판에는 항상 용감하고 씩씩한 국군의 총칼 앞에 허둥지둥 쫓겨가는 북한군이 그려진 그림이 전시되어 있었다. 그림 속 북한군은 머리에 뿔이 달려 있기도, 흉측한 늑대의 모습으로 묘사되기도 했다. 그림이 내걸린 학생은 그것으로 자신의 미술 실력을 인정받았다는 듯 공연히 우쭐거렸고, 다른 친구들에게 부러움을 사기도 했다.

지금도 생각나는, 초등학교 시절부터 배워왔던 반공 교육의 사례는 그뿐만이 아니다. 6월이면 반복되는 반공 글짓기와 웅변대회, 또 아무런 영문도 모르고 쫓아다녔던 반공 궐기대회 등은 자연스럽게 어린 학생들의 뇌리에 공산당의 악함과 무서움을 각인시켜 주었다. 그래서 북한 공산당은 가장 무섭고 피하고 싶은 단어 중의 하나였고, 친구들 사이에서 "이 공산당 같은 놈아!" 하는 것이 치욕스러운 욕이 되었다.

'빨갱이'라는 단어가 무슨 괴물이라도 되는 듯이 끔찍이도 무서워했던 시절. 그래서 북한과 그곳에서 살고 있던 사람들은 우리에게는 도저히 받아들여질 수 없는 존재들이었다. 여자아이들이 "무찌르자 공산당……" 하는 노래를 부르면서 고무줄놀이를 하였고, 사내아이들은 전쟁놀이를 하면서 서로 국군을 하겠다고 우기기도 했다. 결국 골목대장이 속한 편이 매번 국군 역할을 했고, 상대편은 억울해하면서도 북한군 노릇을 해야 했다. 그리고 전쟁의 결과는 항상 국군의 승리로 끝났다. 놀이에서조차 북한군이 이긴다는 것은 감히 상상도

하지 못했으니, 억울해도 북한군이었다는 것을 탓할 수밖에 없었다.

이렇듯 분단과 대결을 조장하는 반공 교육은 어린아이들의 놀이에도 깊숙이 영향을 미쳤다. 당시에는 영문도 모르고 그저 공산당은 나쁘고, 무찔러야 할 대상이라고 생각했다. 변변한 장난감조차 갖지 못한 시절, 아이들에게 자연은 그 자체로 커다란 놀이터였다. 지금은 아이들이 대부분 집 안에서 컴퓨터를 능숙하게 만지며 놀지만, 그 당시에는 주변에 보이는 모든 자연물이 놀이의 대상이었다. TV가 없던 시절, 우리에게는 커다란 건전지를 단 트랜지스터라디오만이 세상의 소식을 전해주는 유일한 매체였다. 아버지가 잠이 들면 조용히 들고 와서, 이불 속에서 이리저리 돌리며 주파수를 맞췄던 기억이 난다. 그렇게 주파수를 맞추다가 예기치 못하게 흘러나오는 북한 방송을 듣고는 소스라치게 놀랐던 기억도 생생하다. 간혹 뒷산에 올라가 발견한 삐라는 오래 들고 있기만 해도 '빨갱이'가 될 수 있다는 생각에, 만사를 제치고 달려가 파출소에 가져다주기도 했다.

그런데 우리는 커가면서 그 이유를 한 번도 진지하게 생각해 보지 않았다. '빨갱이'라는 단어가 아주 심각한 욕이 되는 상황에서 그 이유를 따지는 것은 무의미했다. 북한에는 '사람'이 사는 것이 아니라, '공산당'이 살고 있을 뿐이라고 생각했다. 이런 교육이 적절하지 못했다는 것을 알기까지는 너무도 오랜 시간이 필요했다. 그러나 차츰 북한을 다녀온 사람들의 기행이 남한에 소개되기 시작했고, 대학가에서는 통일에 대한 논의들이 다양하게 시도되었다. 그동안 철저히 통제되었던 북한에 대한 각종 정보가 봇물 터지듯 쏟아져 나왔고, 북한에도 우리와 똑같은 '사람'이 살고 있었다는 사실에 나는 적잖이 충격을 받았다. 그리고 마침내 남북 정상이 서로 손을 잡고 활짝 웃는 모습이 방송과 신문을 통해 소개되었다. 이제 지구상의 유일한 분단 국가인 한반도에서 통일이란 누구도 부정하지 못할 당위가 되었다.

1950년 '한국전쟁' 이후로도, 문학 작품에서 남북문제를 다룰 때는 조심스러울 수밖에 없었다. 다양한 장치를 통해 은유적이고 상징적인 수법을 사용해야만 했다. 영화 속에 등장하는 북한군이 인간적이고 멋있게 그려졌다는 이유 하나만으로 반공법에 저촉되어 옥고를 치르던 시절이었기 때문이다. 그래서 남북문제를 다룬 작품들은 대체로 선과 악의 이분법에 입각한 대립적인 구도에서 자유로울 수 없었다. 남한에서는 작가가 표현하고 싶은 것이 있더라도, 그것이 반공이라는 이념과 사상에 조금이라도 어긋나게 되면 자칫 사상범이 되어 감옥에 갈 수도 있는 시대가 한동안 지속되었다. '빨갱이' 혹은 '좌경'이라는 말은 민주화가 된 지금도 여전히 상대방을 이념적으로 매도하기 위해 사용되곤 한다.

신동엽(1930~1969)의 〈술을 마시고 잔 어젯밤은〉이라는 작품은 비록 꿈이라는 장치를 빌렸지만, 남북의 화해를 지향한다는 점에서 독자들에게 생각할 거리를 던져주고 있다. 실상 이 작품에서 묘사한 꿈속의 모습은 시인이 진정으로 바라는 이상적 상황이다. 더욱이 군사정권의 통치 아래에 있었던 1968년에 이 작품이 발표되었다는 사실은, 오늘날의 관점에서 생각하더라도 놀랄만한 것이다. 신동엽은 시인의 사회적 역할을 강조했고, 시인들에게 '역사적 토대나 사회적 상황에 뿌리내린 시 정신과 작가 정신'의 중요성을 강조했다. 그렇기에 이 시를 포함한 그의 사회성 짙은 일련의 작품들은 그대로 그의 시 정신을 보여준다.

술을 많이 마시고 잔
어젯밤은
자다가 재미난 꿈을 꾸었지.

나비를 타고
하늘을 날아가다가
발아래 아시아의 반도
삼면에 흰 물거품 철썩이는
아름다운 반도를 보았지.

그 반도의 허리, 개성에서
금강산 이르는 중심부엔 폭 십리의
완충지대, 이른바 북쪽 권력도
남쪽 권력도 아니 미친다는
평화로운 논밭.

술을 많이 마시고 잔 어젯밤은
자다가 참
재미난 꿈을 꾸었어.

그 중립지대가
요술을 부리데.
너구리새끼 사람새끼 곰새끼 노루새끼들
발가벗고 뛰어노는 폭 십 리의 중립지대가

점점 팽창되는데,
그 평화지대 양쪽에서
총부리 마주 겨누고 있던
탱크들이 일백팔십도 뒤로 돌데.

하더니, 눈 깜박할 사이
물방게처럼
한 떼는 서귀포 밖
한 떼는 두만강 밖
거기서 제각기 바깥 하늘 향해
총칼들 내던져 버리데.

꽃피는 반도는
남에서 북쪽 끝까지
완충지대,
그 모오든 쇠붙이는 말끔히 씻겨가고
사랑 뜨는 반도,
황금이삭 타작하는 순이네 마을 돌이네 마을마다
높이높이 중립의 분수는
나부끼데.

술을 많이 마시고 잔
어젯밤은 자면서 허망하게 우스운 꿈만 꾸었지.

–신동엽, 〈술을 마시고 잔 어젯밤은〉

화자는 자신이 간밤에 술을 많이 마시고 자는 동안의 꾼 꿈 이야기를 한다. 작품 속의 상황을 표현하기 위해서 세 번씩이나 거듭 자신이 술을 마시고 꾼 꿈이라고 강조하는 것은 이념적 공격에 대비하기 위한 일종의 방어 장치라고 할 수 있다. 비록 꿈속의 이야기일지라도, 분단과 대결의 상징인 비무장지대에서 '중립의 평화'를 노래한다는 것은 당시로서는 위험을 감수해야만 하는 행위였다. 반공을 내세우며 서슬 퍼런 압제의 칼을 휘두르던 군사정권 하에서 남과 북의 화해를 표현하는 것 자체가 금기시되던 상황이었기 때문이다. 두 번은 '재미난 꿈' 그리고 마지막 부분에서는 '허망하게 우스운 꿈'이라고 표현했지만, 실상 화자가 허망하다고 생각한 것은 실제로 그러한 상황이 불가능했던 답답한 현실이라고 해석할 수 있다.

〈술을 마시고 잔 어젯밤은〉은 이해하기 어려운 작품은 아니다. 다만 작품이 발표된 시대적 상황을 충분히 고려해야 할 것이다. 마치 장자(莊子)의 호접몽을 연상시키듯 화자는 꿈속에서 '나비를 타고 / 하늘을 날아가다가' 까마득한 지상에 자리를 잡은 '아름다운 반도'를 보게 된다. '삼면에 흰 물거품 철썩이는' 한반도의 중심에 자리한 '폭 십리의 / 완충지대'는 이념의 대결로 인해 남과 북 사이에 만들어진 곳이다. 분단의 상징이라 할 수 있는 이 지역을 시인은 '북쪽 권력도 / 남쪽 권력도 아니 미'치는 '평화로운 논밭'이라고 표현한다. 평소에는 한가롭고 평화로운 듯 보이는 이곳도 실은 남과 북이 서로 총구를 겨누고 있는 장소이다. 이렇듯 앞부분의 세 개의 연은 시의 공간적 배경이 되는 비무장지대에 대해서 정서적으로 서술하고 있다.

화자는 여전히 하늘 높이 날고 있는 나비의 등 위에서 그곳을 내려다보고 있다. 눈앞의 모습은 자못 요술을 보는 것 같은 상황으로 변한다. '폭 십 리의 중립지대'가 갑자기 '발가벗고 뛰어노는' 사람을 비롯한 동물들의 잔치 마당으로 바뀐 것이다. 그 '양쪽에서 / 총부리 마주 겨누고 있던 / 탱크들이 일백팔십도 뒤로' 도는 극적인 상황이 연출된다. 여기에서 발가벗는 행위는 곧 무엇인가를 숨기거나 하지 않고, 가식이 없는 순수 그 자체를 의미한다. 그것은 바로 이념적 편견을 지워버리고, 상대방에 대한 진정한 화해의 정신을 되찾는 것을 형상화한 것이라 하겠다. 비무장지대에 존재하는 생명체들이 순수의 상태를 회복하자, 그동안 숨어서 서로를 겨누고 있던 대결의 실상이 적나라하게 드러난다. 그러나 그것은 오래 지속되지 못하고 마침내 서로 등지고 돌아선다. 가식 없는 순수의 모습이 대결과 힘의 상징으로 마주 보던 탱크를 돌려세운 것이다.

그리하여 그 힘이 이번엔 한반도에서 총칼을 사라지게 하는 결과를 가져오게 된다. 이제 한반도 전역이 군사적 긴장과 그로 인한 전쟁의 공포가 사라진 '완충지대'가 된 것이다. 언제든 무기로 바뀔 수 있는 쇠붙이는 이 땅에서 완전히 사라지고, 남과 북의 사람들이 함께 어울려 타작하는 평화로운 세상이 도래한 것이다. 남과 북의 이념적 대립은 소멸되고, '중립의 분수'가 나부끼는 세상. 대결 상황이 지속되는 분단 구조에서는 통일의 길이 멀고 험할 수밖에 없다. 사람들이 모든 사심을 버리고 평화를 지향하는 마음을 지닌다면, 끝내 통일은 성취될 수 있다는 시인의 이상이 낭만적으로 표출된 순간이다.

하지만 그것은 시인의 낭만으로 빚어낸 환상일 뿐이다. 그러나 그것은 단순한 환상이 아니라, 반드시 이뤄져야만 하는 환상이다. 분단의 극복은 반드시 우리가 이뤄야 할 과제이기 때문이다. 남과 북이 서로를 이해하려는 어떠한 노력도 보이지 않는 역사적 상황에서, 시인은 그것이 '허망하게 우스운 꿈'이라고 생각할 수밖에 없었을 것이다. 그러나 신동엽은 이 둘의 화해가 결코 불가능하다고 생각하지는 않았다. 비록 오랜 시간이 걸리더라도 언젠가는 오고야 말 것이라고 확신했을 것이다. 그렇기에 시인이 진정으로 하고 싶었던 말을 꿈의 형태를 빌려 작품으로 형상화했다고 하겠다.

신동엽은 "시인 자신의 생명으로 털어놓는 정신 어린 이야기가 있다면 그것은 가히 우리 시대 최고의 시가 될 수 있다."라고 이야기한 바 있다. 그는 "두뇌의 참여를 거부하고 그 부드러운 가슴만으로 노래"하는 가인(歌人)들을 호의적으로 바라보지 않았다. 그는 스스로가 '참여, 즉 자기와 자기 이웃에의 인간적인 애정, 성실성'을 갖춘 시인이기를 원했다. 역사에 대한 책임 의식이 절실하게 묻어나는 신동엽의 시들은 그리하여 '가히 우리 시대 최고의 시'라고 불러 마땅하다. 그는 이 작품에서도 우리에게 가장 절실한 남과 북의 진정한 화해를 역설한다. 비록 꿈이라는 소재를 빌렸지만, 분단을 극복하고 화해로 나아가고자 하는 그의 진정한 바람과 이상을 엿볼 수 있다.

15. 삶의 기억과 흔적

박목월
<하관(下棺)>

누구나 한 번쯤 자신의 삶을 정리하는 의미로 자서전을 쓰고 싶다고 생각해 본 적이 있을 것이다. 삶의 흔적을 자신의 기억 속에만 가둬두는 것이 아니라, 타인과 공유할 수 있는 객관적인 기록으로 남기고 싶은 욕구는 누구에게나 자연스러운 것이 아닐까? 자서전을 어떻게 시작할 것인가 하는 생각은 사람마다 다르겠지만, 대체로 평범한 일상을 서술하면서 가족들과의 관계 그리고 삶 가운데 있었던 영광과 좌절의 순간들을 정리해 볼 것이다.

그렇다면 만약 내가 자서전을 쓰게 될 경우, 책의 첫머리를 여는 화두는 과연 무엇일까? 아마도 그것은 지금도 생생하게 기억하는 까마득한 어린 시절에 느꼈던 죽음에 대한 공포일 것이다. 사춘기 무렵부터 시작된 삶과 죽음 같은 인간의 실존에 대한 나의 고민은 지금까지도 지속되고 있다. 이제는 죽음이란 문제를 조금은 담담하게 받아들일 수 있는 나이가 되었지만, 죽음의 문제는 다른 여러 방식으로 여전히 나의 삶을 지배하고 있다.

누구에게나 죽음은 피하고 싶으면서, 결국 언젠가 한 번은 맞닥뜨려야 할 대상이다. 대체로 사람들은 주변 사람들의 죽음을 마주하는 경험을 통해, 새삼 죽음에 관한 진지한 고민을 시작하곤 한다. 자신과 친밀했던 가족이나 친지의 죽음이 삶의 의욕을 송두리째 앗아가기도 했던 경험, 얼마 전까지 전화로 안부를 물었던 친구의 부음(訃音)을 듣고서 황망했던 경험 등, 이 나이쯤 되면 직간접적으로 죽음을 경험할 일이 늘어난다. 시간이 지남에 따라 죽음에 대한 기억은 점점 희미해지겠지만, 어찌 되었든 이 같은 경험은 사람들을 한층 더 성숙하게 만들기도 한다.

박목월(1916~1976)의 〈하관(下棺)〉은 동생의 장례 현장에서 느끼는 시인의 생각을 서술한 작품이다. 하관은 죽은 사람의 관을 땅속에 묻고 영원히 이별하는 의식이다. 관이 내려가고 흙 속에 파묻히면, 비로소 산 자와 죽은 자의 세계가 선명하게 구분된다. 산 자와 죽은 자의 경계가 극명하게 대비되어 나타나는 이 작품은 삶과 죽음이란 문제에 대해 우리로 하여금 진지하게 성찰하도록 한다. 이 작품을 읽는 독자들은 화자와의 거리를 두고서 감상하는 것이 필요하다. 그리고 단어를 적절히 배치하는 시인의 탁월한 언어 능력을 감상하는 것도 하나의 방법이 될 것이다.

관(棺)을 내렸다.
깊은 가슴 안에 밧줄로 달아 내리듯
주여

용납하옵소서
머리말에 성경을 얹어주고
나는 옷자락에 흙을 받아
좌르르 하직했다.
그 후로
그를 꿈에서 만났다.
턱이 긴 얼굴이 나를 알아보고
형님!
불렀다.
오오냐 나는 전신으로 대답했다.
그래도 그는 못 들었으리라
이제
네 음성을
나만 듣는 여기는 눈과 비가 오는 세상.
너는 어디로 갔느냐
그 어질고 안쓰럽고 다정한 눈짓을 하고
형님!
부르는 목소리는 들리는데
내 목소리는 미치지 못하는
다만 여기는
열매가 떨어지면
툭하고 소리가 들리는 세상.

—박목월, 〈하관(下棺)〉

이 작품을 읽으면서 나는 영화의 한 장면이 떠올랐다. 제목이나 영화의 내용은 구체적으로 기억나지 않고, 사실 그것이 어떤 작품이든 별로 중요한 것도 아니다. 어쩌면 내가 보았던 영화가 아니라, 그저 머릿속에서 상상해 낸 장면인지도 모른다. 아마도 공동묘지인 듯 파헤쳐진 구덩이와 관이 놓여 있고 주위에는 상복을 입은 사람들이 둘러서 있다. 가족들과 지인들이 죽은 사람과 영결(永訣)하고 있다. 사람들의 슬픔과는 무관하게, 영결 의식을 돕는 인부들의 손길이 바쁘게 움직인다. 아마도 망자(亡者)의 부인인 듯한 여인이 힘없이 옆 사람에게 기대어, 연신 손수건으로 눈물을 찍어내고 있다.

신부의 영결 미사에 이어 관이 천천히 구덩이 속으로 내려간다. 인부들의 바쁜 손놀림과는 대조적으로, 주위에 둘러선 사람들 사이에서는 이따금 흐느끼는 소리가 들려온다. 망자의 가족과 친지들이 한 사람씩 앞으로 나서서 관 위에 흙과 흰 국화 한 송이를 던지고 자리로 돌아간다. 친지들의 영결 의식이 끝나자, 인부들은 삽으로 흙을 떠서 구덩이를 메우기 시작한다. 흐느끼는 소리가 오열로 바뀌고, 누군가가 구덩이로 뛰어들려는 여인을 붙들며 함께 소리쳐 운다. 둥그런 봉분이 만들어지자, 여인도 체념한 듯 자리에 앉아 멍하니 망자가 묻힌 무덤을 바라본다. 이제 마지막으로 조촐한 제수(祭需) 음식이 차려지고, 사자(死者)에 대한 술을 올리면서 장례의 절차는 모두 마무리된다. 이러한 상상을 토대로 이 작품을 감상해 보도록 하자.

이 작품은 자신보다 먼저 세상을 떠난 동생의 주검을 묻는 형이 화자로 등장한다. 내용으로 보아 죽은 동생과 화자의 관계는 아주 각별했던 것으로 보인다. 평생을 함께 지낸 동생을 먼저 떠나보낸 형의 심정이야 오죽하겠는가. 혈육을 잃은 슬픔, 그리고 그 육신을 땅에 묻는 순간의 비통한 심경은 자신의 '깊은 가슴에 밧줄로 달아 내리듯' 아픔을 동반한다. 이 순간 화자는 절대자에게 동생의 죽음을 받아들여 주십사 하고 간절히 기원한다. 동생의 영생과 편안한 안식을 바라는 종교적 기원은 성경을 함께 묻는 것으로 표현된다. 그리고 담담하게 한 줌의 흙을 자신의 옷자락에 받아서 동생의 관에 뿌린다. 사랑하는 사람과 마지막으로 이별하는 순간, 화자는 커다란 슬픔을 밖으로 드러내지 않으려 감정을 다스린다. 산 자와 죽은 자 사이의 거리를 절제된 언어로 표현함으로써, 역설적으로 슬픔에 북받치는 화자의 심정을 독자들에게 효과적으로 전달하고 있다.

동생의 죽음 이후 화자는 자주 과거의 기억과 흔적 속에서 동생과 함께 지냈던 시간을 회상한다. 그리움이 깊으면 소원은 이루어진다고 했던가. 육신은 이미 사라졌어도, 함께했던 시간에 대한 기억만큼은 쉽게 지워지지 않는다. 동생을 저승으로 떠나보냈지만, 화자의 꿈속에는 동생이 자주 보인다. 살아 있을 때와 마찬가지의 '턱이 긴 얼굴'로 나타나서 화자를 돌아보며 "형님!" 하고 부른다. 화자는 매번 생시의 그인 듯 반갑게 '전신으로 대답'하며 동생을 맞이한다. 하지만 산 자와 죽은 자 사이의 거리는 꿈과 현실의 그것만큼 결코 좁혀질 수 없는 법이다. 동생이 자신의 목소리를 듣지 못한다는 사실에서, 화자는 사랑하는 사람과 교감할 수 없다는 현실이 더욱 슬프게 다가올 수밖에 없다. 둘 사이에는 이미 서로 건널 수 없는 심연의 강이 자리하고 있기 때문이다.

산 자는 죽은 자의 목소리를 들을 수 있는데, 그 반대의 경우는 성립하지 않는다는 사실이 이 작품을 통해서도 드러난다. 화자가 서 있는 곳은 '눈과 비가 오는 세상'이며, 오직 자기에게만 동생의 목소리가 들리는 공간이다. '눈과 비'는 계절의 변화가 존재하는 현실 세계를 표현한다. 그러나 죽음의 세계는 이미 계절의 변화마저 초월한 곳이 아니던가. 볼 수는 있지만 어디에 있는지 모르는 곳, '어질고 안쓰럽고 다정한 눈길을 하고 / 형님! / 부르는 목소리는 들리는데 / 내 목소리는 미치지 못하는' 공간. 이 시의 묘미는 이렇게 산 자와 죽은 자의 거리를 감각적으로 표현하고 있다는 점이다. 삶과 죽음의 차이를 막연한 느낌이 아닌, 생생한 비유를 통해서 효과적으로 전달하는 시인의 언어 구사 능력에 독자들은 그저 감탄할 수밖에 없다.

특히 마지막 부분의 '다만 여기는 / 열매가 떨어지면 / 툭 하는 소리가 들리는 세상'이라는 대목은 인간의 힘으로 극복할 수 없는 삶과 죽음의 경계를 절묘하게 표현하고 있다. 열매가 떨어지면서 내는 소리를 듣느냐 듣지 못하느냐의 여부가 바로 이승과 저승을 가르는 표지인 셈이다. 또한 열매의 떨어짐은 바로 삶의 세계에서 죽음의 세계로 진입하는 순간이기도 하다. 나무에 매달려 있는 열매는 생명을 지니고 있지만, 그것이 가지에서 분리되는 순간 더는 살아 있는 것이 아니다. 또한 죽음에 이르는 순간의 생생한 느낌을 살아 있는 자는 보고 듣고 느낄 수가 있다. 반면에 죽은 자는 그 소리를 인식할 수 없다. 누구나 알고 있으나 막연한 느낌으로 표현할 수밖에 없는 죽음에 대한 인식. 이 시는 이처럼 감각적인 단어를 사용해 죽음에 대한 감각을 독자들에게 적절하게 인식시킨다.

이 작품은 삶과 죽음의 경계를 감각적인 시어를 사용해 효과적으로 그려내면서, 자칫 감정의 과잉으로 흐르기 쉬운 주제를 절제된 언어로 서술하고 있는 점이 특징이다. 또한 지나온 삶의 기억을 반추하면서, 자신이 살아왔고 또 앞으로 걸어가야 할 삶의 궤적에 대하여 독자들에게 화두를 던지고 있는 작품이기도 하다. 과연 우리들에게 죽음이란 무엇인가 하고 말이다.

이제 죽음이라는 화두를 넘어서, 나의 자서전을 어떻게 서술할 것인지를 다시 한번 진지하게 생각해 본다. 나의 지나온 삶의 기억과 흔적을 더듬어 보면서.

16. 불면의 기억 속에서

김지하
<새벽 두시>

유신 정권 하에서 독재에 온몸으로 저항하던 시인 김지하(1941~). 그런 그가 1990년대 초반, 생명 사상을 내세우며 나타나자 사람들은 당황스러움을 감추지 못했다. 기나긴 세월을 독재 정권에 맞서 싸웠던 그가 세상사에 초탈하여 도를 깨우친 듯, 자신의 새로운 '이념'을 전파하기에 여념이 없었다. 주변에는 변함없이 그를 지지하는 사람들이 적지 않았다. 생명의 존중을 내용으로 하는 그의 사상은 민주화의 도정에 서 있던 당시에 적지 않은 우려를 낳기도 했지만, 그의 세계관이 이전보다 한층 더 성숙했을 것이라 애써 믿으려 했다. 그러나 한 일간신문에 기고한 '죽음의 굿판을 걷어치워라'라는 제목의 칼럼은 그를 향한 사람들의 기대에 가차 없이 비수를 내리꽂았다. 그의 기고문은 민주화를 외치며 목숨을 버려야 했던 한 젊은이의 죽음을 결과적으로 난도질하고, 당시의 독재 정권이 공안정국을 조성해 민

주화 운동을 탄압하도록 하는 결정적인 역할을 했다. 오랜 침묵 이후 그는 생명 사상의 또 다른 이름인 '율려(律呂) 사상'을 들고 깊이 관념 속으로 침잠해 갔다.

그로부터 얼마 후 김지하는 과거의 '동지'들에게 큰 상처를 입혔던 글에 대해 한마디 변명도 하지 않은 채, 사람들에게 이후로는 '지하'란 이름으로 부르지 말 것을 요구했다. 지하라는 필명으로 불리기를 거부하고, '영일'이라는 본명을 되찾겠다는 그의 말은 과거와 결별하겠다는 분명한 선언이었다. 그로서는 이미 충분한 시간을 두고 숙고한 결과이겠지만, 김영일이 아닌 김지하를 사랑했던 많은 독자들은 그의 말에 당혹감을 감추지 못했다. 오래전 그가 일간신문에 발표한 기고문 때문에 받은 충격이 아직도 채 가시지 않았는데, 이러한 그의 선언은 여전히 김지하라는 이름이 지녔던 '반동성'을 기억하던 이들에게 더 깊은 실망감을 안겨주었다.

군사 독재가 맹위를 떨치던 1980년대 초·중반, 김지하는 몇몇 시인들과 문학을 공부하던 문학도들에게 신앙의 대상처럼 여겨지곤 했다. 판매 금지가 된 그의 시집을 가슴에 품고서 조심스레 복사해서 돌려보던 당시의 기억은 지금도 생생하게 남아 있다. 영문판《타임》에 실린 그에 관한 기사를 읽기 위해, 몇몇 친구들과 함께 아침 일찍 학교 잔디밭에 두툼한 영한사전을 들고 모였던 기억도 난다. 국내의 신문에서는 그의 이름조차 찾아볼 수 없었던 시절이었다. 그의 시에 노래를 붙인 〈타는 목마름으로〉라는 곡은 학내에서 시위가 벌어지고 매캐한 최루탄을 흠뻑 뒤집어쓴 날에는 암울한 현실에 울분을 참지 못하고 절규하듯 부르던 노래였다. 그러나 나는 김지하와 관련된 기억을 언제부턴가 그저 아련한 추억으로 묻어두겠다고 굳게 다짐했다.

그러다가 이 글을 쓰기 위해 정말 오랜만에 한동안 서가에 방치하다시피 했던 김지하의 시집을 다시 끄집어내었다. 처음에는 거북할 것 같았던 감정이 그의 시를 읽는 동안에 차츰 풀어졌고, 나는 현재의 김영일이 아닌 과거의 김지하와 다시 만났다. 작품 속에서 만난 과거의 김지하는 '중심의 괴로움'이니 하는 말로 엄살을 부리지 않고, 변함없이 자신의 중심을 굳게 지키며 불의를 꾸짖는 목소리를 내고 있었다. 한동안 그와의 소원했던 감정을 접어두고 내가 먼저 그에게 손을 내밀었다. 그리하여 이 글은, 한동안 소식조차 듣지 못하고 지냈던 대학 동창과 오랜만에 만나 소주잔을 마주하고 대화를 나누는 기분으로 쓴 것이다.

새벽 두시는 어중간한 시간
잠들 수도 얼굴에 찬 물질을 할 수도
책을 읽을 수도 없다
공상을 하기는 너무 지치고
일어나 서성거리기엔 너무 겸연쩍다

무엇을 먹기엔 이웃이 미안하고
무엇을 중얼거리기엔 내 스스로에게
너무 부끄럽다, 가만 있을 수도 없다

아무것도 할 수 없다
새벽 두시다
어중간한 시간

이 시대다

-김지하, <새벽 두시>

한밤중까지 잠을 이루지 못했던 경험이 한 번이라도 있는 사람이라면 화자의 심정을 충분히 공감하고도 남을 것이다. 차라리 지워버리고 싶었던 불면의 밤들. 그 원인이 무엇이든, 남들이 다 자는 새벽녘까지 잠을 이루지 못하고 깨어 있는 것은 차라리 고통에 가깝다. 사위가 어둠에 묻혀 고즈넉한 침묵이 흐르고, 이따금 들리는 자동차 바퀴 소리만이 깨어 있음을 확인시켜주곤 한다. 억지로라도 잠을 청할라치면, 이제는 아주 조그만 소리까지도 엄청난 소음으로 다가온다. 평소에는 전혀 의식하지도 못했던 냉장고와 같은 전열기 소리가 시시각각 신경을 자극하고, 벽에 걸린 시계의 초침 소리마저도 수면으로 향하는 길을 막아선다. 방 안의 모든 불을 끄고 누워 숫자를 세어보지만, 그마저도 신통치가 않다. 끝내 엎치락뒤치락하며 잠을 청하는 힘겨운 투쟁을 하다가, 어느 틈엔가 사르르 잠이 들던 경험은 대부분 한 번쯤은 해봤을 것이다.

깨어 있을 수도 잠을 잘 수도 없던 기나긴 불면의 기억. 도대체 무엇 때문에 잠을 이루지 못했던 걸까? 불면의 밤을 보낸 경험이 적지 않지만, 그 원인은 매번 달랐던 것 같다. 실연의 고통, 친구의 죽음, 미래와 삶에 대한 막연함, 그리고 자신의 목숨을 바쳐 사회에 저항하고자 했던 내 또래 젊은이의 죽음을 안타까워하고 때론 분노하던 경험 등등. 실로 그 원인은 지극히 개인적인 것에서부터 사회적인 문제에 이르기까지 너무나 다양했다. 분노 혹은 고뇌, 아마도 잠을 이루지 못하는 동안 나의 머릿속을 가득 채웠던 감정은 이런 것들이었다. 그러고 보면 불면의 경험이 많다는 것은 그만큼 삶과 사회에 대한 열정이 크다는 증거가 아닐까. 고민의 무게만큼 불면의 시간도 길어지는 법이니까.

새벽 두 시는 고전시가에서 흔히 삼경(三更)이라고 부르는 시각과 비교해 볼 수 있다. 실제로 1시부터 3시까지의 시간은 사경(四更)에 해당하지만, 시조나 한시에서는 흔히 잠을 이루지 못하는 한밤중을 일컬어 '삼경'으로 표현한다. 낮 동안 바쁘게 움직이던 만물이 휴식을 취하는 시간. 이 시간에 잠을 이루지 못하고 있다면, 이는 분명 그 사람의 마음을 짓누르는 어떤 고민이 있기 때문일 것이다. 아마도 예나 지금이나 불면에 대한 사람들의 반응은 비슷했던가 보다. 그래서 야심한 시각에 깨어 있음을 강조하면서, 누군가 자신이 불면에 이를 정도로 고뇌하고 있음을 헤아려주길 바라고 있었는지도 모른다. 그만큼의 절실한 심정을 호소하기 위하여.

이제는 진부한 표현으로 이해되는 삼경이라는 단어는 따지고 보면 화자의 절실한 심경을 전달하려는 시적 장치인 셈이다. 그리고 김지하의 〈새벽 두시〉는 이 같은 '진부한' 시간적 배경을 취하고 있으면서, 나름대로 '진지한' 독법을 요구하고 있는 작품이다. 이러한 표현이 주는 의미를 식상하다고만 할 게 아니라, 관습의 껍질에서 벗어나 진지하게 접근해 볼 필요가 있다.

먼저 시적 화자의 입장이 되어 작품을 읽어보도록 하자. 잠을 이루지 못하고 깨어 있는 '새벽 두시는 어중간한 시간'이다. 주변의 사람들도 이미 깊은 잠에 떨어져 있을 시간이기에, 누구와 더불어 대화를 나누기도 곤란하다. 이미 달아난 잠을 다시 청하는 것도 쉽지 않고, 무슨 일을 새로 하려고 시도하기에도 적당하지 않다. 화자처럼 '잠들 수도 얼굴에 찬 물질을 할 수도 / 책을 읽을 수도 없'는 '어중간한 시간'임이 틀림없다. 그렇다고 자유로운 상상의 세계로 빠져드는 '공상을 하기는 너무 지'친 상태이다. 공연히 부산스럽게 '일어나 서성거리기엔 너무 겸연쩍'은 시간이기도 하다. 이미 몸은 지쳐 피곤한 상태이지만, 정신만은 말짱하게 깨어 있기에 더욱 괴롭기만 하다.

다소 허기진 배를 채우기 위해 음식을 만들어 먹기엔 그로 인한 소음 때문에 '이웃이 미안하고', 공연스레 '무엇을 중얼거리기엔 내 스스로에게 / 너무 부끄럽'기만 하다. 그렇다고 지친 몸을 끊임없이 배반하는 맑은 정신의 상태로 도무지 어떤 일도 하지 않고 '가만 있을 수도 없다'. 무엇보다 남들처럼 편안하게 잠을 잘 수 있다면 더할 나위가 없겠으나, 깨어 있는 채로 어쩌지 못하는 자신의 처지가 어중간하기만 하다. 이 작품은 이러한 상황을 그려냄으로써, 화자가 느끼는 괴로운 상황을 독자들에게 적절하게 전달하고 있다. 이쯤 되면 독자들은 이 불면의 고통을 마치 자신이 겪고 있는 듯한 심경으로 이 작품에 몰입하게 된다.

무엇이 화자를 불면의 상태에 이르게 한 것일까? 이 시에서는 불면의 고통을 겪고 있는 화자의 처지만이 제시되어 있을 뿐, 그 이유에 대한 어떠한 단서도 보이지 않는다. 다만 마지막 부분에서 그 원인의 일단만을 확인할 수 있다. '아무것도 할 수 없'는 '어중간한 시간'인 새벽 두 시는 바로 화자가 사는 '이 시대'와 같은 의미를 지니고 있다. 화자가 잠을 이루지 못하는 이유는 바로 자신이 살고 있는 '시대' 때문이다. 그렇다면 '이 시대'의 어떤 점이 화자로 하여금 불면에 이르게 한 것일까? 민중들의 삶을 철저하게 유린했던 독재 정권, 그리고 그들이 통제하는 정의롭지 못한 현실을 제대로 비판하지 못하는 지식인으로서의 고뇌가 화자를 잠 못 들게 한 것 아닐까?

정권에 대한 비판은 고사하고 대통령이나 정부의 시책에 대한 비판조차도 범죄 행위로 처벌받기 십상인 시절이었다. 불법적인 계엄령과 긴급조치가 난무하던 시절, 사람들은 잘못된 정책에 대해서 어떠한 불만도 표출할 수가 없었다. 최근 법원에서 그 당시에 무고하게 투옥되었던 이들에게 재심을 거쳐 무죄를 선고하고, 합당한 보상금을 지급하도록 판결하기도 했다. 당시의 상황에서 불의에 대해 적극적으로 나서지도 못하고, 그렇다고 그러한 현실을 목도하고 외면할 수도 없는 화자의 입장이 '어중간한' 처지로 놓여 있었다고 하겠다. 잠을 이룰 수도, 그렇다고 무엇을 붙잡고 일을 할 수도 없는 '어중간한 시간'인 새벽 두 시처럼 화자의 처지가 꼭 그와 같은 입장이었다. 문인들에게조차 검열의 눈초리를 늦추지 않았던 시대에, 시인은 자유가 억압된 현실을 이처럼 은유적인 수법으로 표현하는 것에 만족해야만 했다.

하지만 시인 김지하는 여기서 멈추지 않는다. 독재 정권의 부패상을 직설적으로 고발한 장시 〈오적(五賊)〉은 시인 자신의 투옥으로 이어졌고, 민주주의에 대한 절절한 목소리를 담은 〈타는 목마름으로〉 등의 시로 인해 한동안 그의 시집들은 판매 금지를 당하기도 했다. 부정한 현실과 타협하지 않는 그의 작품들은 문학을 공부하던 학생들에게 커다란 영향을 끼쳤다. 서점에서는 찾아볼 수 없었던 그의 시들은 복사되거나 필사되어 대학가에서 빠른 속도로 전파되었고, 노래로 만들어져 시위 현장이나 술자리 등에서 널리 불리곤 했다.

김지하가 몇몇 문인들과 함께 2001년 가을에 '박정희 기념관 건립'을 반대하는 1인 시위에 나섰다는 소식을 듣게 되었다. 그리고 한 문예지에 과거 자신이 썼던 칼럼에 대해서 사과하는 의견을 발표했다는 사실도 알게 되었다. 나는 이런 소식을 접하면서, 때늦은 감이 있지만 그래도 긍정적인 변화라고 생각했다. 하지만 이러한 행동에도, 김지하는 자신의 새로운 사상에 대해서 쉽게 포기하지 않으리라는 생각이 들었다. 역시나 김지하는 지난 2012년의 대선에서 박정희의 딸인 박근혜 대통령 후보를 공개적으로 지지한다고 밝히기도 했다. 이후 후회한다는 변명을 털어놓기도 했지만, 그의 행동으로 보아, 이미 그는 과거의 김지하와는 다른 사람임이 분명해 보였다. 김지하의 과거 작품에 대한 나의 애정은 식지 않겠지만, 그의 작품을 다시 진지하게 읽는 일은 없으리라.

17. 길에서 만난 사람들

신경림
<산그림자-영암에서>

대학 졸업을 앞두었던 무렵, 나는 혼자서 떠나는 여행을 무척이나 즐겼다. 언제나 준비되어 있던 배낭과 텐트, 그리고 그밖에 소요되는 여러 가지 물건들을 주섬주섬 챙겨서 훌쩍 떠나곤 했다. 경제적으로 여유가 없던 때였기에, 주머니에는 여행에 필요한 차비를 제외하면 돈이 얼마 없었다. 돈과 시간을 절약하기 위해 밤에 출발하는 기차를 즐겨 이용했고, 새벽녘 도착한 역의 대합실에서 불편한 자세로 잠깐 잠을 청한 다음 버스를 타고 목적지로 향했다. 지금도 마찬가지이지만, 산을 좋아했던 나는 갑작스런 여행의 목적지를 주로 산으로 정했다. 대체로 혼자서 여행을 떠날 때면 지리산을 가장 많이 가곤 했다.

지리산으로의 여행은 대개 남원이나 구례에서 시작했다. 기차가 역에 도착한 이후, 새벽에 출발하는 첫 버스 시간을 기다려 등산로의 입구에 도착한다. 산어귀에서 배낭을 추슬러 한나절을 오르다 보면, 오후에는 산등성에 도착했다. 계곡의 정경도 나무랄 것이 없었지만, 지리산 산행의 백미는 역시 능선을 따라 걷는 것이었다. 맑은 날은 아스라하게 서해의 바다가 보일 듯한 전망이 장관이었고, 흐리거나 비가 오는 날은 자욱한 안개가 아늑하게 몸을 감싸주었다. 운무(雲霧)를 헤치며 산행하는 기분이란 특별한 맛을 느끼게 해주었다. 딱히 특별한 목적 없이 그저 주변의 경치를 감상하며 산에 오르는 일은 일상에 찌든 정신을 맑게 깨워주었다. 이렇게 등산을 사나흘 하다 보면, 어느 틈엔가 활력이 나의 몸속에 가득 채워지는 느낌이었다.

때로는 종주를 계획하고 시작한 산행이었음에도, 어느 순간 마음이 바뀌어 낯선 계곡에서 머물다 하산하는 일도 종종 있었다. 그저 답답한 일상에서 벗어나 삶에 활력을 불어넣어 줄 재충전의 기회였기 때문에, 도중에 멈춘 산행조차 나에게는 많은 의미를 안겨주었다. 매번 다른 등산로를 찾아다니며 산행을 즐기는 일도 내게는 특별한 기억으로 남아 있다. 간혹 길을 잃고 갔던 길을 더듬어 내려와 다시 등산로를 찾아 헤맬 때도 있었다. 오랫동안 산속에서 방황하다 제 길을 찾으면 그렇게 기쁠 수가 없었다. 산에서 내려와 들어간 식당에서 제대로 된 밥을 먹을 때의 기분도 특별하다. 그 당시를 회상하면 지금도 가끔 배낭을 메고 훌쩍 떠나고 싶은 충동이 일곤 한다.

산은 오를 때마다 다른 모습으로 나를 맞이했다. 봄철의 산이 온갖 꽃으로 사람들을 기다린다면, 여름에는 짙푸른 신록이 그것을 바라보는 사람들에게 한결 시원한 느낌을 선사한다. 가을철의 산행은 때론 울긋불긋한 단풍과 이리저리 나뒹구는 낙엽들이 빚어내는 풍광을 연출하고, 겨울철에는 앙상한 가지에 내린 설화(雪花)가 보는 사람들의 탄성을 자아낸다. 산을 찾는 사람들은 언제나 여유가 있어 보였다. 산

속에서 만난 사람들은 대부분 처음 보는 낯선 사람들에게도 항상 웃는 모습으로 인사를 건넸다. 또한 같은 방향으로 산행하는 사람들을 만나면 쉽게 동행을 제안하기도 제안받기도 했다. 그래서 대체로 혼자서 출발한 여행이었지만, 산행 중에는 언제나 누군가와 함께였다.

생긴 모양이나 생각 그리고 하는 일의 종류도 각각 다른 사람들이지만, 산행 중에는 언제나 다른 사람들과 공유할 수 있는 주제를 가지고 쉽게 친해졌다. 처음에는 어색하고 겉도는 듯한 대화도 시간의 흐름과 함께 어느 순간 공통 관심사를 찾아내었고, 저녁 무렵에는 서로의 텐트를 넘나들면서 술잔을 기울이는 관계로 발전하기도 했다. 적어도 그 순간만큼은 서로의 처지나 나이를 떠나 서로를 가장 잘 이해하는 친구가 되었다. 비록 다음날 자신을 기다리는 일상과 복잡한 업무가 있다손 치더라도, 자연과 함께 하는 시간만큼은 그것을 훌훌 털어버릴 수 있게 된다.

신경림(1935~)의 〈산그림자 – 영암에서〉라는 시는 여행 중에 마주친 사람들에 대한 느낌을 표현한 시이다. 이 작품을 포함하여, '기행시집'이라는 부제가 달린 《길》에 수록된 시들은 대체로 인간에 대한 애정을 가득 담고 있다. 여행 중에 그냥 스쳐 지날 수도 있는 사람과 사물들은 신경림의 넉넉한 시선 속에 포착된 순간, 놀라울 정도의 생동감을 가지고 형상화된다. 그것은 아마도 시인 자신이 그만큼 넉넉하고 따뜻한 마음을 지니고 있기에 가능한 것이리라. 〈산그림자 – 영암에서〉에서 역시 세상에 대한 탐구욕으로 가득 찬 시인의 시선과 그 속에서 만나는 사람들과의 인간적 교감이 짙게 묻어나고 있다.

이른 새벽 여관을 나오면서 보니

밤새 거리에 벚꽃이 활짝 피었다
잠시 꽃향기에 취해
길바닥에 주저앉았는데
콩나물 사 들고 가던 중년 아낙
어디 아프냐며 근심스레 들여다본다
해장국집으로 아낙네 따라 들어가
창 너머로 우뚝 솟은 산봉우리를 본다
창틀 아래 웅크린 아낙의 어깨를 본다

하늘과 세상을 떠받친 게
산뿐이 아닌 것을 본다

–신경림, 〈산그림자–영암에서〉

이 시의 화자는 지금 혼자 여행 중이다. 배경은 부제에서 확인할 수 있듯 전라남도 영암이지만, 실상 특정한 지명은 이 시를 이해하는 데 그리 중요하지 않다. 이제 이 시의 상황을 머릿속에 그려보도록 하자. 마을의 뒤편으로 산이 있고 그것을 배경으로 길 양편에는 줄지어 심어진 벚나무에 물이 오른 듯 벚꽃이 만개해 있다. 그리 요란하지 않은 조그마한 소읍의 저잣거리는 한산하기만 하다. 이곳에서 오일장이 열리면 오랜만에 세상 사는 이야기라도 나누려는 사람들이 모여들어 떠들썩하게 난장을 형성하지만, 평소에는 이따금 찾아오는 외지의 손님들과 일상에 바쁜 읍내 사람들의 발길만이 분주하다. 그 거리의 한편에는 작은 규모의 초등학교가 있고, 주변에는 우체국과 문방구점 그리고 조그만 가게들이 손님들을 맞고 있다. 그 길이 끝나는 곳에는 시내버스 정류장이 있는데, 그 근처 허름한 국밥집이 있다. 연기를 뿜어내고 있는 솥이 있는 어디를 가더라도 쉽게 찾아볼 수 있는 낯익은 풍경들.

어제 도착해 늦게까지 마을 주변을 돌아본 화자는 오늘은 또 다른 목적지를 찾아가기 위해 아침 일찍 머물던 여관을 나서는 길이다. 어제는 주변이 어두웠던 탓에 자세히 보지 못했던 길거리의 나무에 '밤새 벚꽃이 활짝 피었다'. 살랑거리는 바람에 실려 온 꽃향기가 향기롭기도 하다. 어젯밤 늦도록 오지 않는 잠을 청하기 위해 마신 술 탓에 머리가 지끈거린다. 짙은 꽃냄새와 숙취 기운이 섞여 현기증이 나는 바람에, 한숨을 돌리기 위해 잠시 '길바닥에 주저앉았'다. 마침 가게에서 무엇인가를 사 들고 지나가던 중년의 아주머니 한 분이 '어디 아프냐며 근심스레 들여다'보며 걱정을 한다. 전혀 모르는 사람일지라도 어려움에 처한 사람을 보면 따뜻한 말 한마디라도 건네는 것이 우리네 인정이다.

다시 정신을 차리고, 마침 국밥집으로 들어가는 아주머니를 따라 아침을 먹기 위해 식당으로 들어선다. 국밥 한 그릇을 시키고 식당 내부를 둘러본다. 벽 한쪽에는 메뉴판이 붙어 있고, 어디서나 볼 수 있는 풍경화 한 점이 다른 벽면을 차지하고 있다. 이곳저곳이 패어 있는 낡은 탁자는 술손님과 함께 한 국밥집의 오랜 역사를 말해주는 듯하다. 특별한 장식이라곤 없는 그저 평범한 식당의 모습이다. 밥이 나오기를 기다리던 화자의 시선은 벚꽃이 활짝 핀 길거리로 향한다. 그 화려한 경치에 잠시 넋을 잃고 쳐다본다. 꽃은 언제나 그렇듯 사람의 마음을 부드럽게 만든다.

문득 주방에서 음식을 준비하는 아주머니를 바라본다. 단 한 그릇의 국밥이라도 최선을 다해 준비하는 아주머니의 정성이 느껴진다. 이쪽을 등지고 음식을 마련하는 아주머니의 모습이 어떤 힘에도 움직이지 않을 믿음직한 산처럼 보인다. 때마침 아주머니의 어깨 너머에 있는 '창 너머로 우뚝 솟은 산봉우리'의 모습이 시야에 들어온다. '창틀 아래 웅크린 아낙의 어깨를' 보는 순간 변함없이 제자리를 지키고 있는 두 개의 산이 겹쳐진다. '아 이런 힘들이 세상을 지켜나가는 힘이구나!' 평범한 사람들의 진솔한 마음을 통해서 새삼스레 삶의 깨달음 얻는다. 화자가 자신의 세상 나들이가 헛되지 않았음을 확인하는 순간이다.

'하늘과 세상을 떠받친 게 / 산뿐이 아닌 것을' 보는 순간, 화자는 삶의 의미에 대하여 진지하게 생각해 본다. 우리는 흔히 이 세상을 이끌어가는 것이 위정자나 지식인들이란 생각을 하게 된다. 물론 그들의 노력이 세상에 투영되고, 사회의 발전을 이루는 원동력이 되기도 한다. 그러나 그러한 사람들의 뒤에서 묵묵히 자신의 자리를 지키는 사람들이 없다면, 위정자나 지식인의 노력은 빛을 발하지 못할 것이다. 역사를 이끌어가는 힘은 평범한 민중에게서 나온다. 변함없이 산처럼 동요하지 않고 넉넉한 인정과 따뜻한 품성을 지닌, 저잣거리에서 마주치는 사람들. 그들이 바로 진정으로 이 세상을 떠받치는 존재들이다. 화자는 오늘 길에서 마주친 국밥집 아낙을 통해 이러한 진리를 새삼 확인하게 된다.

나는 이 시를 읽으면서, 평범한 일상의 모습에서 삶의 진실을 발견해 내는 신경림의 뛰어난 능력에 새삼 놀라곤 했다. 보통의 경우 그냥 스쳐 지날 수도 있는 상황에서, 그 의미를 천착해 들어가는 시인의 넉넉하고 세심한 시선은 세상과 사람들에 대한 애정에서 비롯된 것이다. 삶과 사람들에 대한 따뜻한 마음을 지니지 못했다면, 결코 이와 같은 작품은 나올 수 없었을 것이다. 여전히 가진 자와 힘 있는 자들이 목소리를 높이며 살아가는 세상이지만, 그래도 우리네 주변에는 다른 사람을 배려하고 나의 이익보다 공동체의 문제에 더 큰 관심을 기울이면서 살아가는 사람들이 더 많다. 우리는 그들을 통해 혹시 그동안 이기적으로 굴진 않았는지 스스로 되돌아보기도 하고, 더불어 산다는 것의 의미를 발견하기도 한다.

이 작품은 어찌 보면 그저 스쳐 지나갈 수 있는 하나의 소묘에 불과하다. 우리는 살면서 수많은 사람을 만나고 또 그들을 쉽게 잊곤 한다. 그럼에도 이렇듯 길에서 마주친 사람들을 통해서 세상의 모습을 그려낼 수 있다는 것은 분명 시인의 탁월한 능력 덕분일 것이다. 아무리 사소한 것일지라도 신경림의 시야에 포착된 순간, 그 대상은 시인과의 정서적 교감을 거쳐서 생생하게 되살아난다. 그것을 놓치지 않고 따뜻한 필치로 그려내는 시인의 애정 어린 시선이야말로 진정 이 사회를 따뜻하게 만드는 힘이 된다.

18. 사라져 가는 것들을 위하여

고은
〈문의 마을에 가서〉

우리 주변으로 시선을 돌려보면 점차 사라져 가는 것들이 참 많다. 어린 시절 주변에서 흔히 볼 수 있었던 초가집은 이제 일상에서는 거의 볼 수 없다. 수송 수단으로 요긴하게 이용되던 우마차 역시 까마득한 역사 속으로 사라졌다. 그 대신, 우뚝 솟은 아파트 단지나 신형 자동차들이 그 자리를 메우고 있다. 우리의 주변에서 사라져 가는 것들이 어디 이것들뿐이겠는가. 오로지 앞으로 나아가야만 직성이 풀리는 사람들의 속성이 끊임없이 새로운 것들의 탄생을 부추기고 있는 게 아닐까? 마치 옛것은 모두 없애도 좋다는 듯 말이다.

고은(1933~)의 〈문의 마을에 가서〉라는 작품은, 거대한 댐 속에 수몰된 마을을 보고 떠오른 느낌을 적은 시이다. 제목에 보이는 문의(文義)는 충청북도 청원군의 대청호 주변을 가리키는 지명이다. 이 시는 모친상을 당한 동료 문인의 고향에 문상을 다녀왔던 시인의 자

전적 경험을 바탕으로 하고 있다. 죽은 사람을 마지막으로 보내는 상주를 위로하기 위해 찾았던 낯선 마을에서, 아마도 시인은 삶과 죽음이라는 문제를 깊이 생각하게 되었을 것이다. 망자를 마지막으로 보내는 장례 의식을 지켜보며, 죽음이라는 문제를 떠올리는 것은 어찌 보면 너무도 자연스럽다. 매서운 바람이 불고 눈마저 내리는 추운 겨울날, 근처를 배회하던 시인은 물속에 잠겨버린 마을 하나를 발견한다. 아마도 과거에는 그 마을에 적지 않은 사람들이 살고 있었을 것이다. 한겨울이라 댐을 채운 물의 양이 많이 줄어 있었을 테고, 그러면서 수몰된 마을이 아주 조금 수면 위로 모습을 비췄을 것이다. 물속에 잠긴 이후 사람들의 기억 속에서 잊힌 마을이 낯선 방문객에게 자신의 실체를 드러내 보인 것이다.

마을을 이루며 살았던 사람들은 이제 어디론가 뿔뿔이 흩어져 행복하던 과거 한때의 삶을 회상하고 있을지도 모른다. 대개는 형편없는 보상금에 내쫓기다시피 했기에, 이주민들의 생활은 고향에서의 모습보다 더 어려울 수밖에 없었다. 농업용수 확보와 국토의 효율적 개발이라는 명분 아래 고향이자 삶의 터전이었던 장소를 내어줘야만 했던 수몰민들의 아픔이 자연스럽게 연상된다. 이따금 부는 바람은 물 위로 드러난 마을에 먼지를 날려 보내고 있다. 불어오는 바람과 먼지에 그저 무방비 상태로 노출된 물속의 마을에는 더 이상 삶의 모습이 느껴지지 않는다. 시인은 수몰된 마을을 보면서, 방문의 계기가 된 죽음의 문제와 겹쳐 시상을 떠올린다.

> 겨울 문의에 가서 보았다.
> 거기까지 닿은 길이

몇 갈래의 길과
가까스로 만나는 것을.
죽음은 죽음만큼 길이 적막하기를 바란다.
마른 소리로 한 번씩 귀를 닫고
길들은 저마다 추운 쪽으로 뻗는구나.
그러나 삶은 길에서 돌아가
잠든 마을에 재를 날리고
문득 팔짱 끼어서
먼 산이 너무 가깝구나.
눈이여 죽음을 덮고 또 무엇을 덮겠느냐.

겨울 문의에 가서 보았다.
죽음이 삶을 껴안은 채
한 죽음을 받는 것을.
끝까지 사절하다가
죽음은 인기척을 듣고
저만큼 가서 뒤를 돌아다 본다.
모든 것은 낮아서
이 세상에 눈이 내리고
아무리 돌을 던져도 죽음에 맞지 않는다.
겨울 문의여 눈이 죽음을 덮고 또 무엇을 덮겠느냐.

-고은, 〈문의 마을에 가서〉

이 시는 한적한 시골 마을의 겨울철 풍경을 배경으로 하고 있다. 길

양편에 자리 잡은 나무들도 매서운 바람에 잎들을 떨구어 앙상한 가지만이 남았다. 평소에도 왕래하는 사람이 드문, 마을 외곽으로 통하는 길에는 쓸쓸한 정적만이 감돈다. 산 쪽으로 난 길의 끝자락은 넓은 호수를 향하고 있다. 이제는 막다른 길이 되었지만, 과거에는 또 다른 마을로 향하는 통로의 역할을 했을 것이다. 겨울철로 접어들어 호수의 물이 줄어들자, 예전에 사람들이 나다녔을 길들이 호수 쪽으로 이어진다. 그러나 그 길은 두꺼운 퇴적물에 뒤덮여 좀처럼 사람의 발길을 허락하지 않는다. 군데군데 시들어버린 채 방치된 앙상한 나뭇가지만이 예전에 그곳이 길이었음을 말해준다. 화자가 걸어온 길과 이어진, 호수로 향하는 '길'은 이미 길로서의 역할을 하지 못하게 된 지 오래이다. 강 아래 펼쳐진 마을, 그 안에 반쯤 허물어진 낡은 저택의 풍경은 바라보는 사람의 마음을 을씨년스럽게 만든다.

이제는 사람들의 삶에서 사라진, 또 다른 마을로 향하는 길은 그곳을 덮고 있는 퇴적물의 두께만큼 깊은 침묵 속에 있다. 화자가 문의 마을에서 마주친 죽음의 인식이 물 위로 드러난 '잠든 마을'의 형상과 겹쳐지게 된다. 깊은 잠에 빠져 영영 깨어나지 못하는 '잠든 마을'의 모습은 곧바로 죽음의 이미지와 연결된다. 뜻하지 않은 이유로 방문한 낯선 마을에서 삶과 죽음의 본질에 대한 시인의 철학적 사유가 발생하는 지점이다. 그리하여 평범한 지명에 불과할 따름이었던 문의라는 곳은 시인의 작품 속에서 삶과 죽음이 교차하는 마을로 탈바꿈하게 된다.

이 작품은 크게 두 개의 연으로 이루어져 있다. 두 연은 모두 '겨울 문의에 가서 보았다'로 시작해 '눈이(여) 죽음을 덮고 또 무엇을 덮겠느냐'라는 구절로 마무리되고 있다. 문의 마을에서 느낀 경험이 그만큼 화자에게 중요했음을 보여주는 것일까. 시인은 그곳에서의 경험을 통해 죽음의 문제를 인식하게 되었고, 죽음과 삶에 대한 절실한 깨달음으로 이어졌음을 고백한다. 첫째 연에서 화자가 죽음을 인식하게 된 계기를 노래하고 있다면, 둘째 연에서는 죽음과 삶이 긴밀하게 연결되어 있음을 자각하고 그 느낌을 서술하고 있다. 이제 구체적으로 작품의 내용을 해석해 보도록 하자.

화자에게 문의 마을은 누군가의 죽음을 전송하기 위한 장소이다. 구체적인 죽음의 실체와 마주쳤던 화자에게 길은 곧 인생의 역정(歷程)과도 마찬가지이다. '거기까지 닿은 길'이 자신이 걸어왔던 삶의 행적을 지칭한 것이라면, 그 길과 '가까스로 만나는' 또 다른 '몇 갈래의 길'은 화자가 앞으로 살아가야 할 길을 표현한 것이라 하겠다. 앞으로 자신이 걸어야 할 길이 어떠한 모습일지 알 수 없겠지만, 겪어야 할 여러 가지 삶의 양상들을 염두에 둔 표현이라고 할 수 있다. 하지만 어떤 길이든지 그 길이 종국에는 죽음으로 연결되는 것을 피할 수는 없다. 그리하여 최종적인 종착지로서 죽음을 생각한다면, 앞으로 살아가는 어떠한 삶의 형태도 결국 적막할 뿐이다. '죽음은 죽음만큼 적막하기를 바란다'라는 구절은 바로 이러한 점을 염두에 둔 표현이라고 해석할 수 있다.

화자의 앞에 펼쳐진 길들은 죽음과 이어진 '추운 쪽으로 뻗'어 있기에, 삶의 세계에서 들려오는 '마른 소리'에 애써 '귀를 닫고' 있다. 그러나 삶은 끈질긴 힘을 지니고 있어, 그동안 걸어왔던 생명력을 기반으로 이미 죽음의 그림자가 짙게 드리워진 '잠든 마을'에 바람을 불어넣는다. 마을 곳곳에 죽은 자를 위한 '재를 날리고', 이미 회생의 가능성을 찾지 못해 '문득 팔짱 끼'고 그 모습을 지켜볼 뿐이다. '먼

산이 너무 가깝구나'라는 표현은, 죽음의 그림자가 걷어낼 수 없을 정도로 짙게 표출되고 있음을 의미한다. 결국 현상적인 모습은 다르게 보일지라도, 본질적인 면에서는 삶과 죽음이 크게 차이 나지 않음을 의미한다고 하겠다. 겨울철 하늘에서 흩뿌리는 눈은 '잠든 마을'을 뒤덮고, 죽음의 색깔마저 하얗게 채색한다. 죽음과 함께 눈으로 뒤덮인 것은 바로 살아 있는 사람들의 다양한 삶의 모습일 것이다. 결국 죽음으로 돌아가면 모두가 같은 처지에 불과할 따름이라는, 현세적 삶에 대한 무상(無常)함을 노래하고 있다고 하겠다.

오랜 고민의 과정을 거친 후에 화자는 '죽음이 삶을 껴안은 채 / 한 죽음을 받는 것을' 인식하게 된다. 죽음과 삶의 경계에 대하여 깨닫게 된 바를 드러내는 이 구절은 아마도 장례 의식을 치르는 과정에서 느낀 생각을 형상화한 것으로 보인다. 삶이 다하는 것이 죽음이기에, 삶은 언제나 죽음과 떨어뜨려서 생각할 수 없다. 다만 사람들이 마치 영속적인 삶이 가능하다고 착각하면서 살고 있을 따름이다. 죽음은 사람들의 생을 자신의 영역으로 받아들이는 것을 '끝까지 사절하'는 모습으로 인식된다. 그만큼 삶이 모질기 때문일까? 그리하여 죽음은 살아 있음을 나타내는 '인기척을 듣고 / 저만큼 가서 뒤를 돌아다 본다.' '저만큼'은 삶과 죽음의 거리를 뜻하고, 돌아본다는 표현은 궁극적으로 이 두 세계가 만날 수밖에 없다는 것을 말해주고 있다. 죽음과 삶은 서로 양립할 수 없는 모순된 존재이면서, 끝내는 인생의 어느 한 지점에서 만나게 되는 것이다.

'모든 것이 낮'다는 말은 아마도 천차만별로 살아가는 사람들의 삶도 죽음이라는 관점에서 보면 크게 차이가 나지 않음을 의미한다고 할 수 있다. 따라서 '이 세상에 눈이 내리'면, 모든 것은 그저 눈 속에 뒤덮이는 똑같은 존재들일 뿐이다. 죽음이란 사람들이 결코 피할 수 없는 숙명이다. 사람들은 어떻게든 죽음에 대항하기 위해 '돌을 던져' 보지만 '죽음에 맞지 않는다'. 이 시점에서 화자는 눈이 아닌 '겨울 문의'에게 거듭 묻는다. '눈이 죽음을 덮고 또 무엇을 덮겠느냐'고. 삶과 죽음이 공존하는 현장을 목도한 문의 마을에서, 시인은 삶과 죽음에 대한 본질적인 질문을 독자들에게 던진다. 시를 찬찬히 읽은 사람들이라면 이 질문에 대한 답을 각자 마련해 볼 수 있을 것이다.

이 작품에는 이처럼 동료 문인의 모친상과 수몰된 마을의 적막한 풍경이 겹쳐지면서, 삶과 죽음에 대한 시인의 진지한 성찰 과정이 그대로 드러난다. 죽음이란 이 세상에서 그 실체가 사라지는 것이지만, 또한 그를 추억하는 누군가에게는 한동안 사라지지 않는 기억으로 남게 될 것이다. 하지만 그를 기억해 주는 사람도 죽음의 세계에 편입될 때, 이 세상에는 먼저 죽은 이의 삶에 대한 어떠한 흔적조차 남지 않게 된다. 한때는 사람들의 왕래가 빈번했을 수몰된 마을의 풍경 역시 이제는 희미해진 누군가의 삶의 흔적일 것이다. 그곳에 마을이 있었다는 사실조차 희미해진 기억 속으로 사라지면, 그때는 누구도 그곳을 추억하지 않을 것이다. 이러한 사실이야말로 삶과 죽음이 공존하고 있다는 징표가 아닐까?

19. 해 저무는 들녘에서

정희성
<저문 강에 삽을 씻고>

우리는 일찍부터 생산에 종사하는 노동이란 대단히 소중하고 존귀하다고 배워왔다. 그러나 그러한 가르침과는 달리 노동과 노동자들은 사회적으로 정당한 대우를 받고 있지 못한 게 현실이다. 취업난이 극심해진 탓에 곳곳에서 일자리를 구하려는 사람들이 넘쳐나고 있지만, 그러는 한편으론 생산직 사원을 모집하는 소규모 사업체 같은 곳에서는 직원을 구하지 못해 공장을 가동하지 못하는 일이 벌어지고 있다. 특히 농촌에는 외국인 노동자를 제외하면 건장한 청년 자체를 보기가 쉽지 않다. 좀 더 나은 미래를 위해 젊은이들은 모두 도시로 향하고, 농촌에는 선대부터 농사를 지었던 나이 든 이들만이 자리를 지키고 있기 때문이다. 농사를 짓는 부모들 역시도 자식들에게 가업인 농사일을 물려주고 싶어 하지 않는다.

이러한 인식도 따지고 보면 농업이란 결코 안정적이지 못하고, 미래 지향적인 산업이 될 수 없다는 생각이 밑바닥에 깔려 있기 때문은 아닐까? 신문이나 방송에서는 심심찮게 귀농하는 사례를 소개하고 있다. 이러한 현상이 뉴스가 될 정도라면, 역설적으로 그만큼 농촌 지역의 인구 감소 현상은 심각하다는 것을 의미하는 것 아닐까. 농업 혹은 농촌의 위기는 새삼스러운 현상은 아니다. 근대화를 부르짖던 박정희 정권 시절, 공업화를 추진하면서 값싼 노동력을 이용하기 위해 주식이었던 농산물의 가격을 함부로 인상하지 못하게 하는 정책을 취했다. 이른바 저임금 저곡가 정책이 그것이다. 그러자 농가는 인건비는커녕 생산비조차 건지지 못하는 상황이 지속되었고, 농업은 천덕꾸러기 신세로 전락해 버리고 말았다. 그러고는 또 한참의 세월이 흘러 식단의 변화로 인해 쌀의 소비가 줄자, 이제는 남아도는 쌀을 소비하자는 운동까지 벌어지고 있는 형편이다.

기후 변화에 민감한 농업의 특성상, 풍작이라고 해서 반드시 농민들에게 높은 소득을 보장해 주는 것은 아니다. 여전히 농작물에 대한 수요 예측이 과학적으로 이루어지지 못하고 있는 현실에서, 풍작이 되어도 걱정을 하고 때로는 생산비조차 건지지 못한다는 이유로 농작물을 갈아엎는 현상이 벌어지기도 한다. 풍년이 들어도 흉년이 되어도 농민들은 그저 걱정해야 하는 구조적인 악순환이 거듭되는 것이다. 피와 땀으로 가꾼 농작물을 포기해야만 하는 농민의 심정은 얼마나 참담하겠는가. 풍요로운 들판 이면에 드리워진 농민들의 절박한 현실은 바로 이런 것이다.

고등학교에 다니던 무렵, 기차를 타고 야유회를 간 적이 있다. 단체로 여행을 가면 항상 오락 시간이 있었고, 그때의 가장 큰 이벤트랄 것은 지금과는 달리 그저 개인 혹은 단체로 노래를 부르는 것이

고작이었다. 그럴 때면 빠지지 않고 부르던 노래들이 여러 곡 있었는데, 아주 낭만적인 내용을 담고 있는 〈진주조개잡이〉란 제목의 곡도 그 가운데 하나였다. '오늘도 즐거워라 조개잡이 하는 소녀야'로 끝나는 그 노래를 단체로 부르고 있었는데, 친구 하나가 갑자기 심각한 표정으로 나에게 묻는 것이었다. "조개를 잡는 소녀는 과연 즐거울까?" 뜬금없이 던진 질문이었지만, 분명 나 역시 노랫말의 의미에 대해서 한 번도 진지하게 생각해 본 적이 없긴 했다. 당시 내가 어떤 대답을 했는지는 기억이 나지 않지만, 상당히 당혹스러움을 느꼈다는 기억만큼은 지금도 생생하다.

그저 밖에서 바라보는 낭만적 시선이 아니라, 내 또래의 소녀가 생업을 위해서 조개를 캐야만 한다면 과연 노래 속 가사처럼 즐겁기만 할까? 지금도 마찬가지지만 당시에도 "그렇다."라고 자신 있게 대답하지 못했다. 역지사지라 했던가. 지금 생각하면 그 질문을 했던 친구는 빈부 격차 등의 사회문제에 대해, 나와 같은 또래보다 앞서 진지하게 고민을 했던 것이리라. 비슷한 나이의 친구들이 모두 학교에 다니는데, 혼자서 돈을 벌기 위해 일을 해야 했던 소녀는 무척이나 고달팠을 것이다.

이처럼 모든 사회 현상은 직접 안으로 들어가서 체험해 보면 밖에서 보는 것과는 커다란 차이가 있다. 문학 작품 역시 마찬가지일 것이다. 그저 관념 속에서 타인의 삶을 바라볼 수도 있지만, 그들의 삶을 느끼고 체험하면서 상대방과 동등한 입장에 서보는 것은 문학을 하는 사람들에게도 필요한 자세이다. 그러기 위해서는 단순한 관념이 아닌 절실한 심정으로 사람들에게 다가서야만 한다. 1970~80년대에 활동한 일군의 시인들은 당시 그들이 몸소 체험한 불평등한 사회의 구조와 현실을 작품에 담아내고자 노력했다. 문학은 시인이 살았던 시대의 아픔과 고민을 형상화해 작품 속에 담아내야 한다는 자각이 있었기 때문이다.

정희성(1945~)의 〈저문 강에 삽을 씻고〉라는 시는 힘든 노동을 마치고 힘없이 집으로 돌아가는 나이 든 농민의 실루엣을 포착해 한 편의 시로 형상화한 작품이다. 이 시는 담담한 어조로 작품을 이끌어가면서, 독자들이 시적 대상의 심정을 자연스레 짐작하도록 한다. 시를 분석한 평론가들은 이 시의 화자를 단순히 노동자라고 보고 있으나, 일과에 지친 농민의 모습이라고 보는 게 더 타당할 듯싶다. 실상 노동자냐 농민이냐의 문제는 이 시를 이해하는데 중요하지 않을 수 있다. 농민 역시 농업 노동자의 처지로, 이른바 산업화 정책의 피해자였기 때문이다.

흐르는 것이 물뿐이랴
우리가 저와 같아서
강변에 나가 삽을 씻으며
거기 슬픔도 퍼다 버린다
일이 끝나 저물어
스스로 깊어가는 강을 보며
쭈그려 앉아 담배나 피우고
나는 돌아갈 뿐이다
삽자루에 맡긴 한 생애가
이렇게 저물고, 저물어서
샛강 바닥 썩은 물에

달이 뜨는구나
우리가 저와 같아서
흐르는 물에 삽을 씻고
먹을 것 없는 사람들의 마을로
다시 어두워 돌아가야 한다

–정희성, 〈저문 강에 삽을 씻고〉

이 시를 읽고 나면 어두워지는 들녘을 뒤로하고, 구부정한 모습으로 농기구를 들고 가는 한 농민의 모습이 연상된다. 논길을 벗어나면 마을을 가로질러 조그만 샛강이 흐르고, 뉘엿뉘엿 지는 해가 반쯤 걸린 먼 산이 그 강물 속에 그림자를 드리운다. 농민은 강가에 이르자 잠시 걸음을 멈추며 어깨에 메고 온 삽을 옆에 던져두고, 주머니에서 담배를 꺼내어 성냥불을 붙인다. 예전과 달리 맑은 빛을 잃고 검어진 강물은 마치 자신의 모습을 보는 듯 을씨년스럽기만 하다. 담배를 피우고 있노라니, 조금은 마음이 차분해지는 것 같다. 석양이 지는 노을이 강물에 드리워 그 강렬한 빛깔로 잠시나마 강물의 더러움을 덮어주는 듯하다. 도시로 나가 공부를 하는 자식만 아니라면 당장이라도 농사를 때려치우고 싶지만, 그래도 한평생 해오던 일이라 농사를 그만둘 수도 없다. 집에서 기다리고 있는 아내는 어느덧 자신만큼 늙어버렸고, 요즈음은 농사지으면서 늘어난 빚 때문에 걱정을 하느라 며칠째 잠도 제대로 이루지 못한다. 논과 밭에서 몸을 놀려 일을 하는 동안에는 그래도 온갖 시름을 잊을 수 있었는데, 일을 마치고 집으로 돌아갈 시간이 되니, 자신을 옥죄고 있는 고단한 현실이 성큼 다가선다. 아무리 생각해도 곤궁의 악순환을 끊어낼 방도가 있을 것 같지 않다. 이러한 생각을 토대로 작품을 읽어보기로 하자.

공자가 흐르는 냇물을 보며 "흐르는 것이 이와 같도다! 밤낮을 쉬지 않는구나(逝者如斯夫 不舍晝夜)."라는 말로, 세월의 흐름을 탄식했다는 내용이 《논어》〈자한(子罕)〉편에 기록되어 있다. 이 말에는 물과 같이 쉬지 않고 흐르는 세월에 대한 성현의 깨달음이 담겨 있다. 이 작품의 첫 부분은 흡사 공자의 말을 떠올리는 듯 '흐르는 것이 물뿐이랴'라는 탄식으로 시작되고 있다. 삶이 매일 반복되는 듯 보여도 때로는 희망을, 때로는 좌절을 겪으며 우리는 조금씩 다른 매일을 살아간다. 여기에는 어디론가 흘러가는 강물처럼, 세월이 흐르면서 자신의 삶도 변화되었으면 하는 바람이 내포되어 있기도 하다.

그러나 화자를 둘러싸고 있는 현실은 그리 낙관적이지 못하다. 무엇보다 일상적 삶을 영위하기에도 벅찬 이러저러한 고민이 그를 사로잡고 있다. 고단한 하루의 노동을 끝내고 강변에서 잠시 쉬면서, 흙과 오물이 묻어 있는 '삽을 씻으며 / 거기 슬픔도 퍼다 버린다'. 정화의 의식이라고나 할까, 더러워진 삽을 씻으며 화자는 현실의 슬픔을 삽에 묻은 오물과 함께 씻어내린다. 흐르는 강물은 언제 보아도 '스스로 깊어가는' 것처럼 보인다. 스스로 깊어간다는 것은 세월의 흐름과 더불어 연륜이 쌓이고 주변의 사물들을 포용하는 힘이 더욱 커진다는 의미일 것이다. 그러한 강물에 비해서 화자의 모습은 한없이 초라하기만 하다. 그리하여 강가에서 '쭈그려 앉아 담배나 피우고 / 나는 돌아갈 뿐이다'. 강물은 흐르면서 점차 자신의 깊이를 더해가지만, 화자의 삶은 오히려 세월이 흐를수록 보잘것없어지는 듯하다.

천직인 줄로만 알았던 '삽자루에 맡긴 한 생애가 / 이렇게 저물고, 저물어서' 끝내는 슬픔과 빈곤의 악순환을 떨쳐내지 못하는 처지에 이르게 되었다. 이미 검게 썩어버린 샛강에 생명이 존재하기란 쉽지 않겠지만, 어둠에 묻혀 떠오른 달이 수면 위에 비치는 순간 잠시나마 강을 둘러싼 풍경이 아름답다고 생각을 해본다. 문득 밤이 되었음을 알아채고, 다시 일상의 공간으로 돌아가야 한다는 것을 깨닫게 된다. 썩어버린 샛강 바닥은 희망 없는 화자의 삶을 상징한다. 강물의 표면은 흘러가지만, 그 바닥은 오랫동안 온갖 오물들이 겹겹이 쌓여 서서히 죽어가는 곳이다. 하지만 그 위에 떠오른 달을 보며, 화자는 노동으로 지친 심신에 위안을 받는다.

그렇게 일과를 마친 화자는 이제 '먹을 것 없는 사람들의 마을로' 발길을 향한다. 강물은 그저 자신이 받는 만큼 흘려보내고, 또 그러면서도 그만큼 바닥에 가라앉아 오염되는 존재이다. 그렇게 본다면 삽에 씻겨진 오물은 그대로 강바닥에 쌓이고, 강을 오염시킬 것이다. 화자는 뚜렷한 지향 없이 물 흐르듯 노동을 하며 살아왔다. 그러다 어느 날 문득, 가슴 밑바닥에 슬픔이 가득하다는 것을 깨닫게 된다. 이 부분에서 화자가 처음에 느꼈던 일말의 희망이 어느덧 체념으로 바뀌어가고 있음을 알 수 있다. 자신이 돌아갈 곳이 '먹을 것 없는 사람들의 마을'이기에, 그곳에는 그를 기다리는 또 다른 슬픔과 고민이 있을 것이기 때문이다. 따라서 '어두워 돌아가야' 하는 현실은 화자의 앞날에 대한 암시라고 해석할 수 있다.

이 작품은 이처럼 화자의 비관적인 삶의 형상을 담담한 어조로 그려낸다. 배반당한 노동의 가치에 대한 무력감과 체념이 작품의 전체를 관통한다. 결코 만족할 수 없는 일상으로 향하는 발걸음은 어쩔 수 없는 선택이면서, 또한 화자와 같은 사람들이 이룬 공동체에 대한 나름의 긍정이다. 경제적으로는 궁핍할지라도, 실의와 체념이 어우러진 현실 속에서 나름대로의 삶의 가치를 찾을 수도 있을 것이다. 그것은 미래를 향한 희망일 수도 있고, 서로를 위하는 가족들의 따뜻한 시선일 수도 있다. 집으로 향하는 화자의 발걸음을 통해서 시인은 포기할 수 없는 삶의 가치를 노래하고 싶었던 것이리라.

20. 일상 속에서 찾는 진실

김준태
<참깨를 털면서>

사람들은 살아가면서 누구나 다 한 번쯤은 힘들고 어려운 시기를 겪게 된다. 죽도록 사랑했던 사람과의 이별, 가까운 사람의 죽음, 대학 입시나 사업 실패 등…. 사람들은 생활 속에서 힘든 상황에 부딪히게 되면, 대부분 손쉽게 일상에서 벗어나기를 꿈꾼다. 하지만 현실도피는 근본적인 해결책이 아닌 임시방편일 뿐이다. 그래서 우리는 때때로 누군가에게 도움을 구하기도 한다. 대개는 만족스러운 반응을 얻기 힘들지만, 자신의 고민을 털어놓는 것만으로도 한결 마음이 편해지는 경험을 누구나 한 번쯤은 해봤을 것이다. 기쁨은 나누면 배가 되고, 슬픔은 나누면 반이 된다고 하지 않았던가. 그 과정에서 어려움을 겪었던 자신에게 따뜻한 반응을 보여주었던 사람에 대한 기억은 아주 오랫동안 마음속에 간직될 것이다.

그렇다면 나는 어떠했던가. 나의 경우 힘든 시기를 겪을 때면, 좋아하는 시인의 시를 찾아 읽곤 했다. 시를 읽는다고 현실 속에서의 어려움이 해결되는 것은 물론 아니다. 하지만 작품을 통해 세계와 나 자신을 돌아볼 수는 있다. 특히 현실과 삶의 세세한 문제들에 대해서 진지한 의식을 보여주는 작품을 읽고 있노라면, 조금은 내가 겪고 있는 문제들에 대해서 객관적인 시야를 확보하게 된다. 내가 추상과 관념이 아닌, 사람들의 삶의 문제가 물씬 녹아 있는 시들을 좋아하는 이유가 바로 여기에 있다. 기교보다는 삶에 대한 치열한 고민을, 수사(修辭)보다는 현실 속에 발붙이고 사는 인간과 그들이 풍기는 인간적인 냄새를 더 좋아한다.

대학원에 다닐 무렵, 나는 한동안 시집을 손에 닿는 대로 사서 읽곤 했다. 시를 좋아했던 탓도 있겠지만, 무엇보다 시집의 가격이 싸다는 것도 하나의 이유였다. 당시에는 학업과 생활을 병행하느라 경제적으로 넉넉하지 못했다. 아니, 한순간 공부를 포기할까 고민할 정도로 궁핍한 생활을 하던 때였다. 하지만 그럴 때마다 나는 오히려 문학 작품과 자료들 속에 더욱 파묻혀 지냈다.

그러나 생활에 여유를 찾은 지금이 외려 그때보다도 시를 읽기가 더 어려워졌다는 건 아이러니하다. 바쁜 일상에 치여 까마득하게 시를 잊고 있노라면, 그래도 매 학기 교양 강의를 하느라 수업 자료를 준비하며 문학 작품을 만나지 않느냐고 스스로를 위해 변명해 보기도 한다. 마음 한편으로는 여전히 근래에 쏟아져 나오는 작품들을 읽어야 한다는 의무감을 가지고 있지만, 그저 소극적인 독자의 역할에 만족하고 있다. 간혹 서점에 들러 아직 읽지 못한 시인들의 시집을 사기도 하는데, 시간이 지날수록 그럴 기회가 점점 줄어들고 있다. 물론 시간 여유가 있더라도 다른 일을 하느라, 정작 문학 작품을 차분하게 읽으며 보내는 경우가 그리 많지 않다. 그리하여 한동안 서가에 방치해 둔 시집을 꺼낼 때마다 왠지 모를 자책감이 들기도 한다.

김준태(1948~)의 시집은 그런 식으로 방치되어 있다 꺼내 든 가장 최근의 시집이다. 그는 첫 시집인 《참깨를 털면서》의 후기에서 스스로 "나는 촌놈이다."라고 고백한 바 있다. '촌놈'인 그의 작품에는 유난히 농촌의 현실이 자주 등장한다. 농촌은 곧 그의 고향이기도 하다. 그리하여 그의 시 속에서 그리고 있는 고향은 "찾아가야 할 것 같고, 깊이 어루만져야 할 것 같고, 사방팔방으로 입 맞추어야 할 것 같고, 노래해야 할 것 같고, 울어주어야 할 것 같고, 우리가 진짜로 (고향이) 돼버려야 할 것 같은" 그런 곳이다. 나 자신도 '촌놈'이라는 생각을 지니고 있기에, 이런 그의 고백은 매우 친근하게 느껴지기도 한다. 세상 사람들이 모두 약삭빠르고 똑똑한 것을 추구하며 사는 이 시대에, 나 하나쯤 어리숙하게 사는 것도 의미가 있지 않을까? 하지만 그의 어리숙함 속에는 역사와 현실에 대한 깊은 애정이 자리하고 있다. 그렇기에 도시화와 산업화로 피폐해진 농촌의 현실 속에서도 사람들의 정겨운 모습을 포착할 수 있었던 것이다.

그의 시에 드러난 농촌의 모습은 현실적 맥락을 풍부하게 담아내고 있다. 때로는 힘겹고, 때로는 흥겨운 삶의 모습이 그대로 작품 속에 녹아 있다. 그만큼 자신이 감싸고 있던 현실을 아파하고 사랑했던 시인이었다. 그런 까닭으로 그의 작품 속에 등장하는 고향에는 언제나 사람들의 살아 숨 쉬는 모습이 드러난다. 이제 그의 대표작이라 할 수 있는 〈참깨를 털면서〉를 읽어보기로 하자. 이 작품에는 할머니와 손자가 함께 참깨를 추수하는 가을날의 풍경을 정겨운 시선으로 담아내고 있다. 하지만 그 속에서 우리는 평범하지만 놓치기 쉬운 삶의 진실을 새삼 발견하게 된다. 이것이 바로 김준태의 시가 담고 있는 매력이라고 할 수 있다.

산그늘 내린 밭귀퉁이에서 할머니와 참깨를 턴다.
보아하니 할머니는 슬슬 막대기질을 하지만
어두워지기 전에 집으로 돌아가고 싶은 젊은 나는
한번을 내리치는 데도 힘을 더한다.
세상사에는 흔히 맛보기가 어려운 쾌감이
참깨를 털어대는 일엔 희한하게 있는 것 같다.
한번을 내리쳐도 셀 수 없이
쏴아쏴아 쏟아지는 무수한 흰 알맹이들
도시에서 십년을 가차이 살아본 나로선
기가 막히게 신나는 일인지라
휘파람을 불어가며 몇 다발이고 연이어 털어댄다.
사람도 아무 곳에나 한 번만 기분 좋게 내려치면
참깨처럼 쏴아쏴아 쏟아지는 것들이
얼마든지 있을 거라고 생각하며 정신없이 털다가
'아가, 모가지까지 털어져선 안되느니라'
할머니의 가엾어하는 꾸중을 듣기도 했다.

-김준태, <참깨를 털면서>

이 시를 한번 찬찬히 읽고, 작품을 통해 그려지는 모습을 떠올려보자. 가을철의 해가 저물 무렵, 젊은이와 그의 할머니가 농촌의 외진 밭 한구석에서 참깨를 털고 있다. 작업장이 되어버린 밭에는 널따란 포장이 바닥에 깔려 있고, 한쪽에는 충분히 마른 참깨 다발이 수북하게 쌓여 있다. 그리고 바닥에는 다발에서 쏟아져 나온 참깨들이 여기저기 흩어져 있다. 포장의 바깥에는 이미 그 알갱이를 빼앗긴 다발들이 자기의 역할을 다하고 무질서하게 버려져 있다. 어느덧 해가 많이 기울면서, 두 사람은 일손을 바삐 재촉하고 있다.

작업장의 한구석에는 할머니 한 분이 바닥에 앉아, 다발을 한 손에 들고 천천히 내리치며 그리 힘들이지 않고 참깨를 털고 있다. 농촌의 고된 삶의 흔적을 그대로 간직하고 있는 듯, 노인의 얼굴은 건강한 구릿빛으로 그을려 있고 또한 잔주름이 가득하다. 참깨 수확을 한다는 사실이 고된 노동마저도 잊게 하는 듯, 노인의 얼굴은 이따금 옅은 미소가 온화하게 감돈다. 간혹 신이 나서 일손을 돕는 손주를 대견하게 바라보는 것도 잊지 않는다. 할머니와는 달리 얼굴이 말쑥한 젊은이가 조금 떨어진 곳에서 열심히 손을 놀리고 있다. 아마도 그의 행색으로 보아 도시에서 생활하다가 집안의 농사일을 도우려고 고향에 잠시 돌아온 젊은이인 듯싶다. 그는 마치 자신의 젊음을 자랑이라도 하는 듯이 좀 많다 싶을 정도의 참깨 다발을 두 손에 쥐고 힘차게 내리치고 있다.

대학에 진학하기 위해 도시로 가면서 고향을 떠난 지 10여 년이 되었고, 이제 그에게는 농촌 생활보다는 도시에서의 생활이 훨씬 익숙하다. 매일 반복되는 도시에서의 일상은 그에게 언제나 현실을 벗어나고픈 충동을 불러일으킨다. 그때마다 생각나는 고향은 언제나 그를 따뜻이 맞아줄 수 있는 정겨운 곳이었다. 직장에서는 업무와 상사들에게 치여 언제나 주눅이 들어 살아야 했고, 집에서는 변변치 못한 월급으로 힘들어하는 아내의 모습이 그를 힘들게 했다. 하지만 오랜만에 찾은 고향에서 일손을 돕는 동안 그의 마음은 상쾌함 그 자체이다. 그동안 쌓인 도시 생활에서의 스트레스를 말끔히 씻어주는 듯 말이다. 한 번 내리칠 때마다 좌르르 쏟아져 나오는 알갱이들을 보고 있자니, 기분이 좋아 휘파람이 절로 나온다.

해가 뉘엿뉘엿 지고 있는 것을 보고 있자니 마음이 더욱 급해진다. 아직도 털어야 할 참깨 더미가 많이 남았다. 빨리 일을 끝내고 싶은 욕심에 온몸에 저절로 힘이 더 들어간다. 자신이 움직일 때마다 참깨들이 줄기에서 쏟아져 나오는 것이 곧바로 보이니, 매일매일 반복되는 도시 생활에서는 좀처럼 맛볼 수 없는 쾌감이 느껴진다. 적어도 이 순간만큼은 노동이 아니라, 신나는 놀이를 하고 있는 것만 같다. 일에 열중하다 보니 그동안 자신을 둘러싸고 있던 온갖 고민이 순식간에 사라지는 것 같다. 일상에서도 이처럼 힘을 들이면 금방 그 효과가 나타나는 일이 많았으면 좋겠다고 생각한다. 그때 갑자기 자신의 상념을 깨뜨리는 목소리가 들려온다. 할머니께서 가엾은 표정으로 바라보며, '아가, 모가지까지 털어져선 안되느니라' 하고 말씀을 하신다. 아차 싶어 바닥을 내려다보니, 참깨를 감싸고 있는 주머니까지 떨어진 것들이 적지 않게 보인다. 결국 그것들은 다시 일일이 손으로 털어야만 한다. 비로소 젊은이는 세상에 결코 힘으로 될 수 없는 일도 있다는 것을 깨닫는다.

작품 속에 전라도 사투리가 섞여 있다는 점으로 보아, 아마도 화자가 체험한 것을 근거로 창작한 것이라 여겨진다. 내 손으로 직접 일을 해서 무엇인가를 수확할 수 있다는 기쁨은 이를 경험해 보지 못한 사람은 결코 알 수 없다. 이 시의 화자 역시 오랜만에 찾은 고향에서 일손을 도우며, 참깨를 수확하는 보람을 직접 느꼈을 것이다. 그 일이 아무리 고될지라도, 도시의 일상에서는 경험하지 못할 쾌감을 선사한다. 하지만 이 작품에서 보듯 힘만 믿고 일을 하다가는 낭패를 보기가 쉽다. 참깨는 그것을 둘러싼 주머니를 다치지 않고 살살 털어야만 한다. 그렇지 않으면 참깨는 털리지 않고 주머니까지 떨어져, 일일이 그 알갱이를 털어내야만 한다.

우리는 살면서 마주치는 아주 사소한 일을 통해서 커다란 깨달음을 얻곤 한다. 흔히 일상이 비속하다고 여기는 사람들은 거창한 이념과 관념 속에서 진리를 찾으려고 한다. 그러나 진리는 언제나 우리의 일상 속에 놓여 있다. 평범한 삶 속에서 진리를 찾을 수 있는 눈을 갖는 것은 그리 어려운 일이 아니다. 난지 자기중심적인 생활 태도가 일상의 진실에 대해서 애써 눈을 감게 만들 뿐이다. 마치 힘도 들이지 않고 일을 하는 듯이 보이는 할머니의 모습에서 그 진리를 찾아내지 못한 젊은이처럼 말이다.

21. 그 속에 진실이 있다

황지우
<새들도 세상을 뜨는구나>

1980년대에는 신문을 읽으면서 기사를 보는 것이 아니라, 그 속에 숨은 의미를 찾는데 많은 시간을 투자해야만 했다. 내가 느끼고 부딪히는 사회는 분명히 억압된 체제의 부조리한 현실에 대해서 끊임없이 저항하고 있는데, 신문에는 도대체 그러한 현실의 모습이 제대로 반영되지 않았다. 그리하여 기사 혹은 시사만화에 언뜻 비친, 은유로 점철된 언어유희에서 어떤 의미를 찾아내곤 하는 버릇이 생겼다. 아마 나뿐만이 아니라, 독재 정권 시절을 살아간 많은 사람들이 그렇게 신문을 대했으리라.

그 같은 행위를 일러 행간을 읽는 것이라 했던가. 당시에는 행간의 의미를 더듬는 행위가 마치 현실을 제대로 해석하는 능력인 것처럼 여겨지곤 했다. 당시의 언론은 정권의 부정은 물론, 권력자들에 의해 자행된 부정한 현상조차 제대로 비판하지 못했던 까닭에 '사회의 목탁'임을 자처했다. 대중들을 선동하는 '가짜뉴스'를 양산하면서 마치 여론을 선도하는 듯한 허세를 부리는 오늘날 역시 언론의 상황은 크게 달라지지 않았다. 그래서 우리는 정의롭지 못한 그들을 향해 '기자'와 '쓰레기'라는 단어를 조합해 '기레기'라는 별칭으로 부르곤 한다.

1980년대 중반 무렵, '보도지침'이라는 이름으로 그동안 정권이 행했던 언론 통제의 현실이 한 사람의 기자에 의해 폭로되면서, 굴종하는 언론의 행태는 독자들에게 적나라하게 그 실체를 드러냈다. 엄연히 보도해야 할 사회의 현실을 그저 행간에 숨기기 위해 노력했던 기자들의 허위의식이 부끄러운 모습으로 표출된 것이다. 광주민주화운동을 제압하고 탄생한 '5공 정권'은 전격적으로 언론사 통폐합 조치를 실시했다. 독재 정부는 통제하기 쉽도록 소수의 언론사만을 남겨두었고, 그 대신 언론 종사자들의 처우를 개선하는 정책을 시행했다. 그리하여 사회적 지위로나 경제적 처지로나 벌써 상류층에 근접한 당시의 기자들은 대중들과 호흡하는 것이 아니라, 높은 자리에 앉아 현실을 내려다보기 시작했다.

물론 한편으로는 기자로서의 사명을 다하려는 사람들도 여전히 존재했지만, 그런 사람들은 정권과 언론사의 탄압으로 차츰 해직의 길을 밟게 되었다. 그 이후 이른바 민주화의 과정을 거치면서 기자들이 정권으로부터 억압을 받는 경우는 현저하게 줄었지만, 그 자리를 대신해 막강한 권력을 차지한 언론사주의 영향력은 더욱 확대되었다. 탈세 혐의로 검찰에 출두하던 언론사주의 뒤에 줄지어 서서, "사장님 힘내세요!" 하고 외치던 모습이 바로 이 시대 기자들의 자화상인 것이다. 또한 언론사의 탈세에 대한 수사조차 언론 탄압으로 규정하고, 투쟁을 다짐하는 일부 언론사 기자들의 모습은 논의할 가치조차 없다고 하겠다.

지금도 자신들의 입맛에 맞는 '가짜뉴스'를 양산하는 언론사들의 행태는 이미 언론이기를 포기한 것처럼 생각될 정도이다. 몇몇 신문사는 정권을 마음대로 비판하면서 언론 탄압을 받고 있다는 주장을 지면에 떳떳하게 펼친다. 그와 동시에 자신들의 입장에 호응하는 유명 인사들을 동원해, 언론의 행태를 비판하는 이들을 '홍위병'이니 '악령'이니 하는 섬뜩한 용어로 매도하는 것을 서슴지 않는다. 이런 현실에서 상식을 지닌 보통 사람들의 눈에는 그야말로 언론의 자유가 만개한 것으로 느껴질 것이다. 너무도 많은 주장이 넘치다 보니, 행간의 의미를 찾던 시절의 언론 모습이 차라리 낫겠다 싶다.

1980년 한 중앙 일간지를 통해 등단한 황지우(1952~)의 작품에는 1980년대 초반의 현실 상황에 대한 냉소적인 시각이 짙게 배어 있다. 그의 작품은 우리가 알고 있었던 시의 형식과 내용을 여지없이 파괴하고 있다. 신문의 날씨 기사나 외신 기사를 그대로 옮겨 시로 만드는가 하면, 시사만화의 일부를 작품 속에 배치하기도 한다. 자신이 겪은 생활을 연대순으로 나열하고, 때로는 내용 없이 제목만으로 시를 짓기도 한다. 사람들이 사소하게 지나칠 수 있는 주변의 벽보를 옮겨 작품으로 만들기도 하고, 자신이 읽은 책이나 연속극에 대한 감상까지도 시의 소재로 활용한다. 시인은 《새들도 세상을 뜨는구나》의 자서(自序)에서 자신의 이러한 시작(詩作) 경향을 두고, "사진과 상형문자 사이를 오락가락하며" 작품을 지어 "시를 불신했고 모독했다."라고 언급한 바 있다.

그러나 황지우가 불신하고 모독했던 것은 시가 아니라, 바로 시인이 살았던 부조리한 현실 사회였다. 옳지 못한 현실에 애써 눈감으며 그저 아름다움만을 노래하는 문학이란 얼마나 공허한 것인가. 사실이 사실로 알려지지 못하고 진실이 진실로 통용되지 못하는 상황에서, 그는 전통적인 시 형식을 파괴함으로써 그 속에서 진실을 찾고자 했다. 그리하여 그는 당시 사람들이 많이 보던 대중 매체를 시적 소재로 활용해 작품으로 창작했다. 그는 일부 작품을 통해 자신이 읽은 신문 기사를 그대로 옮겨, 행간의 의미를 파악할 것을 주문하기도 했다. 상식이 통하지 않는 시대에 그는 그릇된 '상식'을 파괴함으로써, 오히려 다시 정상적인 '상식'으로 돌아갈 것을 촉구한 셈이다.

불합리한 현실 속에서 너무나 오랫동안 살아왔던 탓일까, 이미 사람들은 '일상적인' 방식으로는 도저히 진실을 깨우칠 수 없는 지경에 다다라 있었다. 사람들이 기사의 행간을 통해 진실을 찾는 것에 익숙해졌다면, 그 사회는 이미 정상적인 모습이라고 할 수 없다. 따라서 그의 작품을 읽는 것은 그 속에 숨겨진 행간의 의미를 찾는 작업이 될 것이다.

같은 시집에 수록된 〈새들도 세상을 뜨는구나〉는 영화가 시작하기 전에 항상 연주되어 사람들을 곤혹스럽게 하던, 영화관에서의 애국가 연주에 대한 경험을 소재로 하고 있다. 지금은 없어졌지만, 과거에는 영화관에서 영화가 상영되기 전에 주로 정부의 시책을 홍보하는 내용으로 이루어진 '대한뉴스'와 애국가를 반드시 틀어야만 했다. 특히 애국가의 연주 음악이 울리면 영화관을 찾은 사람들은 모두 일어서서 부동자세를 취해야만 했다. 가벼운 마음으로 찾은 영화관에서 마주치는 애국가는 그 장소와는 전혀 어울리지 않았고 유쾌한 기분을 앗아갈 뿐이었다. 황지우의 시는 이러한 당시의 모습을 떠올리도록 하며, 그것이 담고 있던 억압적인 체제의 현실을 적나라하게 드러내고 있다.

영화가 시작하기 전에 우리는
일제히 일어나 애국가를 경청한다
삼천리 화려 강산의
을숙도에서 일정한 군(群)을 이루며
갈대숲을 이룩하는 흰 새떼들이
자기들끼리 끼룩거리면서
자기들끼리 낄낄대면서
일렬 이열 삼렬 횡대로 자기들의 세상을
이 세상에서 떼어 메고
이 세상 밖 어디론가 날아간다
우리도 우리들끼리
낄낄대면서
깔쭉대면서
우리의 대열을 이루며
한 세상 떼어 메고
이 세상 밖 어디론가 날아갔으면
하는데 대한 사람 대한으로
길이 보전하세로
각자 자기 자리에 앉는다
주저앉는다

–황지우, <새들도 세상을 뜨는구나>

이 작품의 제목은 새 떼의 화려한 군무(群舞)로 시작하는 애국가의 배경 화면에서 비롯된 것이다. 영화를 보기 위해서는 새 떼의 비상(飛翔)으로부터 시작해 '삼천리 화려 강산' 곳곳의 아름다운 경치와 함께 울리는 애국가를 관객들은 '일제히 일어나 경청'해야만 했다. 그러나 사람들은 대부분 그저 어떤 의무감에 자리에서 일어나 있었을 뿐, '애국심'을 자발적으로 느낀다거나 하는 일은 없었다. 영화관을 찾은 이들이 이런 상황에 대해 문제의식을 가졌을 것은 자명함에도, 공개적으로 이에 대한 불만을 표출하는 일은 상상할 수 없었다. '애국 아니면 매국'이라는 이분법적 논리가 뿌리 깊게 자리를 잡고 있던 시대적 배경 탓일까. 어떤 문제에 대해 합리적인 이해와 분석의 기회가 주어지지 않고, 맹목적인 실천만을 강조하는 교육의 탓도 한몫했을 것이다.

화자는 노래의 내용과는 어떤 상관도 없이 등장하는 새 떼들의 비상을 '자기들끼리 끼룩거리면서 / 자기들끼리 낄낄대면서' 날아가는 것으로 묘사한다. 화자를 포함한 사람들을 '우리들'이라고 지칭함으로써 '자기들'로 표현된 새 떼의 대열과 분명하게 대비시킨다. 특히 날고 있는 새 떼들을 '일렬 이열 삼렬 횡대'라는 군대식 용어로 표현하여, 그것이 지향하고 있는 바가 조직적인 새 떼들의 모습과 같이 사회를 효율적으로 통치하기 위한 독재 정권의 비전임을 암시적으로 드러내고 있다. 따라서 여기에서 '자기들의 세상'은 억압적인 체제를 나타낸다. 그에 반해 새 떼가 날아가기 이전의 '이 세상'은 인간들과 어울려 있는 세계로, 이중적인 의미를 지닌다. 겉으로는 자유로운 삶을 보장하는 듯하지만, 실제로는 영화관에서조차 특정한 이념을 강제하는 현실 세계라는 이중적 의미를 말이다.

'이 세상 어디론가 날아'가는 새들처럼 화자는 그것이 상징하는 억압적인 체제의 소멸을 바라고 있다. 그리하여 '우리도 우리들끼리 / 낄낄대면서 / 깔쭉대면서 / 우리의 대열을 이'룬다는 표현은 일사불란한 모습의 새 떼들과는 달리 인간의 자유로운 의지를 보여준다 하겠다. '우리의 대열'이 꼭 새 떼처럼 질서정연한 모습일 필요는 없다. 새 떼가 나는 것을 받아서 '우리들'의 모습을 '낄낄대면서 / 깔쭉대면서'라고 표현한 것은 어느 정도의 냉소적인 시선이 개재되어 있다고 하겠다. 따라서 '우리들'은 새 떼들과는 달리 '이 세상'에서 자유로운 삶을 보장하는 '한 세상'을 떼어내 어딘가 또 다른 세계로 옮겨서 살고 싶은 것이다. 여기에서 새 떼들과 '우리들'이 지향하는 바가 분명하게 드러난다.

화자는 이처럼 영화관에서 짧은 시간 동안 상영되는 음악과 그 배경 화면을 소재로, 인간의 삶을 억압하는 체제의 문제를 화면의 새 떼와 화면 밖에 있는 자신과의 대비를 통해 드러낸다. 그러나 화자의 그런 바람은 당시에는 상상 속에서나 가능한 일이었다. 화자는 음악이 끝남과 동시에 다시 현실로 돌아와, 자기 자리에 앉을 수밖에 없다. 음악의 배경 화면을 바라보면서 지녔던 억압적 현실에 대한 비판적인 시각은 이제 화자의 의식 속으로 깊이 가라앉는다. 마지막 행에서 사용된 '주저앉는다'라는 표현은 그만큼 화자를 둘러싸고 있는 현실이 강고했음을 역설한 것이리라. 실제 음악은 새 떼들의 군무로 시작해 다양한 장면을 보여주지만, 화자의 의식은 새가 날고 있는 처음 부분에 멈춰 있다. 아마도 음악이나 화면에 집중할 수 없었던 자신의 상황을 표현한 것이라고 이해된다.

돌이켜보면 그 시절을 겪었던 사람들은 이렇듯 개인의 일상적인 삶 속에 깊이 뿌리내리고 있는 갖가지 억압적인 현실들을 너무도 당연한 것으로 받아들이면서 살아왔다. 초등학교 시절 학교 운동장에서 공을 차며 놀다가, 갑자기 울리는 애국가에 부동자세로 서서 가슴에 손을 대고 태극기를 향해 경건한 자세로 서 있어야 했다. 또한 고등학교 시절에는 매학기 교련이라는 과목을 수강하면서 강제로 군사훈련을 받아야만 했다. 오로지 '애국심의 고취'와 '전쟁 상황에 대한 대비'를 위해 개인들의 일상적인 생활조차도 거대한 이념적 명분의 담보로 내어놓아야만 했던 시대. 그로 인해 겪어야 했던 사회적 비용의 손실은 결코 만만치 않았다.

엄연한 사실조차 보도하지 못했던 신문에서 '숨은그림찾기' 하듯이 행간을 더듬던 것도 따지고 보면, 정상적이지 못한 현실의 모습을 적나라하게 보여주는 것이었다. 황지우는 이 작품을 통해 비정상적인 사회의 현실을 정상적으로 되돌려야 한다는 당위를 말하려 했다. 공권력 혹은 관습의 힘으로 개인의 자유를 강제하기보다, 각자의 개성과 다양한 가치들이 존중받을 수 있는 사회가 더 바람직한 사회라 할 수 있기 때문이다.

22. 인식으로부터의 자유

오규원
<비가 와도 젖은 자는-순례 1>

오래전 강원도에 살던 때의 일이다. 2학기 개강이 얼마 남지 않았던 여름철의 어느 날, 모처럼 계곡 나들이를 하자는 생각에 우리 가족을 포함한 몇 가족이 길을 나섰다. 아이들은 맑은 계곡에 들어가 물놀이를 하고, 어른들은 청정 계곡에서 다슬기를 잡겠다는 계획이었다. 다슬기는 해가 질 무렵이 돼야 바위 위로 모습을 나타낸다고 들은 터라, 느지막한 오후에 집을 나섰다. 출발하기 전부터 구름이 잔뜩 끼었던 하늘은 목적지에 가까워지자 비를 뿌리기 시작했다. 목적지에 도착할 때까지도 그칠 기미가 보이지 않았기에, 일행은 어떻게 할 것인지를 놓고 잠시 동안 망설였다. 그러나 물놀이 간다는 말에 이미 마음이 들떠 있는 아이들을 보니 차마 집으로 돌아갈 엄두가 나지 않았다. 이왕 왔으니 잠시라도 물놀이를 하자는 생각에 우리 일행은 계곡으로 향했다.

처음에는 비를 피하려고 간혹 우산을 쓰기도 했지만, 이내 물속에서 노는 아이들을 쫓아다니느라 어른들도 비에 흠뻑 젖게 되었다. 내리다가 그치기를 반복하는 변덕스러운 날씨에도 아랑곳하지 않고, 아이들은 물로 뛰어들어 마냥 신이 나 물장구치며 놀고 있었다. 물놀이 기구에 몸을 싣고 노는 다른 아이들의 모습을 보고, 당시 두 돌이 채 되지 않은 내 아들까지 덩달아 즐겁게 놀았다. 처음에는 비를 피하느라 조심스러웠던 어른들도 일단 옷이 비에 젖게 되자, 동심으로 돌아가서 물속으로 뛰어들어 아이들과 금세 어울리게 되었다. 정말 오랜만에 비를 흠뻑 맞으며 아이들과 함께 즐겁게 놀았던 기억이 선명하다.

다시 세차게 내리는 빗줄기를 뒤로하고 집으로 돌아가면서, 이런 생각이 들었다. 물가에서 놀게 되면 옷이 물에 젖는 건 너무나도 당연한 일이다. 그런데 아이들과 달리 어른들은 물가에 있으면서도, 옷이 젖지 않으려고 애를 쓰곤 한다. 막상 누군가에 의해 물을 뒤집어쓰게 되면 차라리 홀가분한 마음이 된다. 남들의 시선이나 옷이 젖는다는 문제 등등, 처음에 생각하던 이런저런 고려들은 그때부터는 걸림돌이 되지 않는다. 그리고 물속으로 뛰어들어 아이들보다 더 신이 나서 즐거워하며 시간을 보낸다. 어린아이들과 달리 어른들은 왜 물에 젖거나, 혹은 그 속에서 노는 것에 대해 여러 가지를 고려하는 것일까? 조심스러운 어른의 모습과 천진난만한 아이의 마음이 갈리게 되는 건 결국 인간의 인식(認識) 때문이 아닐까.

오규원(1941~)의 〈비가 와도 젖은 자는－순례 1〉이란 시를 읽으면서, 나는 문득 그때의 경험을 떠올렸다. 작품의 마지막이 '비가 온다, 비가 와도 / 젖은 자는 다시 젖지 않는다.'라는 구절로 끝맺기에,

비에 흠뻑 젖었던 당시의 기억이 떠올랐다. '젖은 자는 다시 젖지 않는다'라는 말은 엄밀히 따지면 오류를 내포하고 있는 표현이다. 흔히 사람들은 이런 경우에 '계속 젖는다'라고 연속성을 강조하여 표현하지만, 시인은 '다시 젖지 않는다'라고 서술한다. '젖다'라는 단어가 사전적으로 '물이 배어들다'라는 의미를 지닌다고 할 때, 시의 표현은 명백히 잘못되었다고 할 수 있다. 젖는다는 말은 마른 것뿐만 아니라, 이미 젖은 물체에도 해당이 되는 표현이기 때문이다. 그러나 사람들은 마른 상태에서는 젖는다는 것을 강하게 의식하는 한편, 한번 물에 젖게 되면 더 이상 '젖음'에 크게 의식하지 않는다.

따라서 이것은 논리적인 차원이 아니라, 어떤 상황에 대한 인간의 인식에 대한 문제가 아닐까 하는 생각에 도달하게 되었다. 옷이 젖기 전에는 조심스럽게 행동하다가, 막상 물속에 들어서면 거리낌이 없어지는 사람들이 바로 이 경우에 해당한다고 볼 수 있다. 사람들은 그동안 자신을 둘러싼 환경과는 전혀 다른 새로운 환경에 처할 때, 여러 가지 고민을 하기 마련이다. 그러나 일단 새로운 환경을 접하고 일을 시작하면, 그동안의 고민이 오히려 기우(杞憂)에 불과하다는 것을 체험하곤 한다. 결국 선험하는 인간의 인식에 따라 상황과 환경은 그 의미가 결정된다는 말이다. 그런 맥락에서 이 시는 언어와 그것을 받아들이는 인간의 인식에 대한 문제에 대해서 많은 것을 시사한다.

강가에서
그대와 나는 비를 멈출 수 없어
대신 추녀 밑에 멈추었었다.
그 후 그 자리에 머물고 싶어

다시 한번 멈추었었다.

비가 온다, 비가 와도
강은 젖지 않는다. 오늘도
나를 젖게 해놓고, 내 안에서
그대 안으로 젖지 않고 옮겨가는
시간은 우리가 떠난 뒤에는
비 사이로 혼자 들판을 가리라.

혼자 가리라, 강물은 흘러가면서
이 여름을 언덕 위로 부채질해 보낸다.
날려가다가 언덕 나무에 걸린
여름의 옷 한 자락도 잠시만 머문다.

고기들은 강을 거슬러 올라
하늘이 닿는 지점에서 일단 멈춘다.
나무, 사랑, 짐승 이런 이름 속에
얼마 쉰 뒤
스스로 그 이름이 되어 강을 떠난다.

비가 온다, 비가 와도
젖은 자는 다시 젖지 않는다.

-오규원, 〈비가 와도 젖은 자는-순례1〉

이 작품의 의미를 제대로 파악하기란 그리 쉬운 일이 아니다. '순례(巡禮)'라는 부제를 지닌 연작시 한 편을 통해 시인이 무엇을 표현하고자 했는지를 이해하는 작업은 마치 숨은그림찾기를 하는 것과 같다. 흔히 순례는 종교인이 자신이 믿는 종교의 성지를 두루 돌아다니며 신앙심을 다지는 행위를 말한다. 이 작품을 통해서 종교적인 구도(求道)를 드러내고자 하는 것이 아니라면, 시인에게 순례는 어떤 의미를 지니고 있을까? 혹시 시를 쓰는 것 또는 언어의 의미를 탐구하려는 노력을 '순례'라고 표현한 것은 아닐까? 개개의 단어들이 결합되어 한 작품을 이루면서 새로운 의미를 파생시키고 있기에, 오규원의 시를 제대로 읽어내는 데에는 독자들의 적지 않은 노력을 필요로 한다. 그리고 이는 시인 자신만이 아니라 독자들에게도 언어의 역할과 의미를 진지하게 생각하도록 만든다. 그의 작품에서는 같은 단어가 지닌 의미 분화의 다양함을 보여주기도 하고, 때로는 우리가 알고 있는 언어의 일상적 인식을 깨뜨리기도 한다. 이 작품 역시 그러한 측면에서 접근할 필요가 있다.

이 작품에서 화자가 서 있는 공간은 '강가'이며, 그 시점은 과거이다. 이 시에서는 사람과 자연물인 강과 비와의 관계를 끊임없이 문제 삼고 있다. '그대와 나는 비를 멈출 수 없어 / 대신 추녀 밑에 멈추었었다.' 이 구절에서 시인은 '멈추다'라는 같은 단어를 사용하고 있지만, 비를 멈추는 것은 '그치다'로 추녀 밑에 멈추는 것은 '머물다'로 바꾸어 쓸 수 있다. 실상 사람이 인위적으로 비를 멈추게 하는 것은 불가능하다. 따라서 동어반복적인 듯이 보이는 '멈추다'라는 단어는 그 속에 내포된 몇 개의 의미 범주로 분화된다. 그러나 다음 구절에서 확인할 수 있듯이, 사람의 행위는 행을 달리하여 '머물다'와 '멈추다'로 표현하고 있다. 따라서 이 작품에서 이러한 단어의 사용은 의도적이라고 할 수 있다. 이처럼 첫 연에서는 운동하고 있는 존재들과 그것을 멈추는 것 사이의 대립적 인식을 강하게 드러내고 있다. 화자가 처해 있는 공간인 강가는 강물이 계속해서 흐르고 있으며, 비 또한 끊임없이 내리고 있다. 이러한 상황 속에서 자연물과 달리 인간만이 자신의 의지에 따라 멈출 수 있는 존재이다. 사람과 자연물의 대립적 인식을 표현하기 위해, 사람의 행위에는 세 번을 거듭하여 '멈추다' 혹은 '머물다'라는 시어가 사용된 것이다.

둘째 연에서 시인은 '비가 와도 / 강은 젖지 않는다.'라고 언명한다. 여기서 과거의 시점이 현재로 이동한다. 앞에서도 지적했듯이, 비가 오면 그 대상이 비록 강이라도 다시 젖기 마련이다. 그러나 시인은 '다시 젖지 않는다'라고 표현한다. 이 구절의 뒤에 '오늘도'라는 시어를 엇붙여 놓아, '오늘도 강은 젖지 않는다'라는 의미와 '오늘도 나를 젖게 해놓고'라는 복합적인 의미를 파생시킨다. 시행의 엇붙임은 비록 그것이 문법적인 표지로 구분되어 있다고 할지라도, 일상적인 독법과는 다른 시적인 의미로 파악하기를 요구한다. 다음 행의 '내 안에서'의 역할도 마찬가지로 이해할 수 있다. 그런데 비와 달리 '시간'은 '나를 젖게 해 놓고, 내 안에서 / 그대 안으로 젖지 않고 옮겨' 간다. '시간에 젖는다'라는 표현은 시간에 대한 특별한 인식을 지니고 있다는 의미일 것이다. 따라서 이 구절은 그대와 함께한 시간에 대하여 절실한 느낌을 품고 있는 화자와는 달리, 오히려 그것에 대해 특별한 의미를 부여하지 않는 '그대'의 심정을 대비적으로 드러내려는 표현으로 파악된다. 즉 화자의 감정이 '그대'에게 전달되지 못한 것을 나타내고 있다고 해석할 수 있다. 또 과거의 기억을 공유한다고 할지라도, 현재 느끼는 시간에 대한 의미를 공유하지 못한다는 뜻이기도 하다. 그뿐만 아니라 '시간은 우리가 떠난 뒤에는 / 비 사이로 혼자 들판을 가리라.'고 예견한다. 결국 시간이란 인간의 의지와는 무관하게 흘러가는 존재임을 표현한 것이라 하겠다.

다음 연에서는 주체가 시간에서 다시 강물로 바뀐다. '혼자 가리라'는 말은 화자의 의지이면서, 강물이 인간 혹은 시간과 무관하게 흐른다는 것을 드러낸다. 그러나 실상 강물의 흐름은 시간 속에서 이루어지는 작용일 뿐이다. '여름을 언덕 위로 부채질해 보낸다.'라는 것도, 그리고 '날려 가다가 언덕 나무에 걸린 / 여름의 옷 한 자락'이라는 표현도 시간의 흐름과 그에 대한 화자의 아쉬움을 토로한 것이다. 강물이 끊임없이 흘러가듯, 시간의 흐름은 결국 계절의 변화로 이어진다. 그렇다면 '혼자 가'겠다는 말은 이제는 '그대'와 헤어져 혼자가 된, 화자가 느끼는 외로움을 강조하기 위한 표현에 다름 아니다. 객관 세계의 대상들은 자연의 순환에 따른 흐름을 지속하고 있지만, 화자는 오히려 시간의 흐름과는 무관한 주관적인 인식을 보여주고 있다.

그리하여 강물의 흐름과는 반대로 '고기들은 강을 거슬러 올라 / 하늘이 닿는 지점에서 일단 멈춘다.' 고기들의 역류는 어쩌면 화자의 의식 속에서 이루어지는 작용일 수도 있겠다. '하늘이 닿는 지점'은 이 세상의 끝이면서, 또 다른 세계로 향하는 출발점으로서의 경계라고 할 수 있다. '나무, 사랑, 짐승 이런 이름'들은 고기로 상징된 화자가 세상을 살면서 부딪친 인연을 지칭한 것이다. 따라서 그러한 이름들 속에서 잠시 쉬는 것은 초월적 세계로 향하기 전에 돌아보는 세상에 대한 일종의 미련이라고 할 수 있다. 현실적으로는 '고기들'이 '나무, 사랑, 짐승'이 될 수는 없지만, 이름에 대한 집착을 버리는 순간, 우리의 인식에서는 그것들이 서로 넘나들 수 있게 된다. 그렇기에 고기들이 '스스로 그 이름이 되어 강을 떠'나는 순간, 이제 세상에 대한 미련의 끈은 없어지게 된다. 이것은 어쩌면 사물의 본질보다 현상에 집착하는 인식의 오류를 지적하고 있는 것인지도 모른다.

마지막 연은 '비가 온다, 비가 와도 / 젖은 자는 다시 젖지 않는다.'라는 구절로 끝맺고 있다. 비가 오면 모든 사물이 젖는 것은 당연하다. 하지만 한번 젖게 되어 젖는 것에 대해 더 이상 의식하지 않게 된다면, 그 뒤로 젖는 것은 아무런 문제가 되지 않는다. 그리하여 '젖은 자는 다시 젖지 않는'다는 깨달음에 도달할 수 있세 된다. 이것은 아주 단순한 차이인 듯 보이지만, 실상 이 깨달음에 도달하기까지는 엄청난 인식의 편차가 존재한다. 그런 까닭에 누구나 쉽게 얘기할 수는 있어도, 집착을 끊고 자유로운 삶에 대하여 인식하는 것은 무척이나 힘겨운 여정을 수반한다. 이 작품은 이처럼 언어와 그것으로 표현되는 현상과의 관계를 설명해 준다.

누구나 사물의 본질을 보려고 노력하지만, 때로는 현상에 지나치게 집착한 나머지, 보려고 하는 바를 놓치게 되는 경우가 발생한다. 언어의 통상적인 의미를 벗어난 지점에 놓인 오규원의 시어들은 이런 측면에서 언어와 인간의 인식 작용에 대해서 깊이 생각하도록 한다. 같은 행위를 다른 단어로 표현하는가 하면, 오히려 서로 다른 의미에 대해서 같은 표현을 사용하기도 한다. 이것은 언어가 불러일으키는 다양한 효과를 시험하고자 한 것이리라. 또한 작품 속에 일상적 인식을 넘어서는 표현을 사용함으로써, 독자로 하여금 언어의 표면적 의미에 집착하지 않고 보다 심층적인 접근을 하도록 유도한다. 오규원은 때로 광고문을 그대로 나열해 작품으로 만들기도 했는데, 그것은 분명 대중 매체를 통해 보았을 때와 전혀 다른 감각을 불러일으킨다. 그러한 작업이 지니는 의미는 어쩌면 문학과 일상 언어 사이의 간격을 확인하려는 노력이라는 점에서 찾아야 할 것이다. 어쨌든 언어와 그것의 의미 사이의 간극을 확인하고, 그 차이를 줄이려는 시도는 바람직하다고 할 수 있을 것이다.

23. 여성으로 살아가기

김승희
〈달걀 속의 생 5〉

이 땅에서 여성으로 살아간다는 것은 어떤 의미일까? 남성으로 태어나서 자란 나는 그것을 어렴풋하게 짐작만 할 뿐이다. 그렇지만 나는 어린 시절부터 어머니와 누이들에게서 한국에서 여성의 사회적 처지가 어떠한지를 보고 느끼면서 자랐다. 같은 여성인 할머니에게 온갖 구박을 당하면서도 아무런 항변도 하지 못하고 묵묵히 당신의 할 일만을 하시던 어머니를 보면서, 나는 왜 아무런 대꾸도 없이 그저 당하고만 사실까 하는 안타까운 마음이 들 때가 많았다. 늘 어머니를 닦달하고 손녀들에게만 엄했던 할머니와, 그런 상황에 무관심한 태도로 일관했던 아버지. 그리고 아무런 행동도 하지 못한 채 무기력했던 나 자신. 이렇듯 나는 남자와 여자의 차별을 너무나 당연한 것으로 인식하며 성장했다.

실상 이러한 모습은 30여 년 전의 우리 사회에서는 너무나도 일상적인 풍경이었다. 요즘도 과거의 풍속을 다루고 있는 TV 드라마에서 심심찮게 볼 수 있듯이, 경제적으로 여유가 없었던 서민들의 가정에서는 아들은 빚을 내서라도 상급학교에 진학을 시키는 것이 일반적이었다. 하지만 딸은 아무리 공부를 잘하고 특출한 재능이 있더라도, 남자 형제들에게 경제적 지원을 양보해야만 했고 때로는 학교에 보내지 않는 경우도 적지 않았다. 남성 중심의 문화가 지배했던 과거의 전통적인 관념에서 딸과 아들, 아니 여성과 남성의 사회적 지위를 단적으로 드러내는 사례라 할 것이다. 그리고 그것은 일개 평범한 가정에서뿐만 아니라, 우리 사회에 만연해 있던 여성에 대한 차별의 구체적인 모습이기도 했다.

그래서인지 과거의 어머니들은 아들이 사회적으로 성공하는 것을, 당신의 인생에 대한 보상으로 여기는 경향이 강했다. 그렇기에 가정과 사회에서의 온갖 차별은 아들이 사회적으로 성공을 거두는 순간 해소될 수 있다고 믿었다. 그러나 이미 장성한 아들에게는 대개 다른 여성인 며느리가 생기기 마련이다. 그런 식으로 아들을 사이에 두고 맞섰던 현상이 바로 '고부갈등'이다. 대가족 중심의 전통사회에서 어머니의 권위는 남성인 아버지의 그것을 대신한 것이었기에, 시어머니는 가족에서 중심적인 위치를 차지하고 있었다. 하지만 이는 남성 중심의 체제가 만들어낸 기형적인 권위일 뿐이었다. 이 땅에 살았던 어머니들은 여성이 겪는 불합리한 현실을 깨부수기 위한 노력을 하기보다, 오히려 가부장 체제를 유지하는 데 절대적인 역할을 담당했다고 할 수 있다.

그러나 대가족 형태가 그 형해(形骸)만이 남은 현대 사회에서는 경제권을 쥐고 있는 며느리의 위치가 더 중요할 수밖에 없다. 핵가족

사회가 보편적인 현대 사회에서는 자식 내외는 부모 세대와 따로 사는 게 일반적이기 때문이다. 그러나 이러한 변화 역시도 남성의 경제력에 의존한 것이라는 점에서 남성 중심의 문화가 변형된 것이라는 한계를 지닌다. 따지고 보면 고부 갈등이란 아들이라는 남성을 사이에 두고 벌어진 현상이다. 애초에 어머니가 아들로부터 일찌감치 사회적·경제적으로 독립해 자신의 삶을 영위할 수 있었다면, 여성들 간의 고부 갈등이라는 것이 과연 지금처럼 심각한 사회 문제로 대두될 수 있었을까?

실상 이러한 현상의 근본적인 원인은 남성만이 사회를 이끌어갈 수 있다고 믿었던 신화에 기인한다. 과거의 여성들은 그러한 체제를 당연한 것으로 여기며 살았다. '삼종지도(三從之道)'라는 낡은 윤리가 말해주듯, 여성들의 삶은 철저히 남성들을 위한 것으로 치부되었다. 그 내용은 곧 결혼하기 이전에는 아버지, 결혼 후에는 남편, 그리고 남편이 죽은 이후에는 아들에게 매어 사는 것이 바로 여자의 일생이라는 관념이다. 이러한 그릇된 가치관은 일부 남성들에 의해 여전히 상당한 영향력을 행사하고 있다. 지금은 많이 개선되어 가고 있다 하지만, 개별 가정과 초·중등 교육 과정에서 차별적인 여성 인식이 암묵적으로 통용되고 있는 것도 사실이다. 여성의 사회적 영향력이 점점 강화되어 가고 있는 지금도, 사회의 많은 영역에서 여성이기 때문에 겪는 차별과 불평등의 실체를 쉽게 발견할 수 있다.

문제는 여성에 대한 사회적 차별이 점차 개선은 될망정 앞으로도 쉽게 없어질 수는 없다는 점이다. 여성은 여전히 남성에 비해 불평등한 위치에 놓여 있다. 문학 작품에서도 여성은 대체로 남성 인물에 대한 대타적(對他的) 존재로 다뤄지는 것이 일반적이다. 특히 남성 작가들의 작품에서 이러한 경향은 더욱 두드러진다. 그러나 실제 생활에서 여성들의 사회적 위치가 향상되는 만큼 문학 작품에서도 여성을 형상화하는 방식이 변하고 있다. 이러한 변화는 근래 활발하게 전개되고 있는 페미니즘의 영향으로 더욱 빨라질 것으로 생각된다. 하지만 문단 주류를 형성하고 있는 남성 작가들의 견고한 가부장적 인식의 틀은 결코 쉽게 깨어지지 않을 것이다.

특히 이들과 함께 문단에서 활발한 활동을 해온 여성 작가들의 작품에서는 자신의 정체성을 둘러싼 인식과 그 분투의 과정이 작품 속에 고스란히 드러나기도 한다. 그들의 작품에는 대체로 남성 중심적인 사회에서 겪어야 하는 여성들의 자의식을 다각적으로 형상화하고 있다. 이러한 맥락에서 김승희(1952~)의 연작시 〈달걀 속의 생 5〉을 살펴보자.

〈달걀 속의 생 5〉는 같은 제목으로 발표한 연작시 중의 한 편이다. 깨어지기 쉬운 껍질에 둘러싸여 있는 달걀은 바로 여성들의 삶의 실체를 비유한 것이다. 이 삶은 아주 위태롭게 스스로를 지탱하고 있으므로 조그만 충격에도 깨어지기 쉽다. 자신의 정체성을 확인하며 그것을 지켜나가려고 노력을 하는 순간, 여태까지는 보이지 않았던 수많은 벽이 막아서는 듯한 감각. 제목인 〈달걀 속의 생〉은 그러한 처지에 놓인 여성의 현실을 지칭하는 것이라 할 수 있다.

> 달걀을 보면
> 알 수 있지.
> 아, 저렇게 해방을 기다리는 사람도
> 있구나.

조그맣게 차갑게
두 눈을 감고
아, 어찌해,
저리도 못다한
벙어리 사랑을.

외치고 싶고
깨지고 싶어도
시간의 실금이 온몸에 강물처럼 퍼지기를
기다려. 배꼽 같은 씨눈이
노른자위를 먹어 치워
흰자위를 먹어 치워
아, 그 안에서 원무처럼 일어서는
열애 같은 혁명을 기다려.

달걀을 보면
눈물이 어리지.
아, 저렇게 미해방의 절벽 위에서
꿈꾸는 사람!

-김승희, 〈달걀 속의 생 5〉

이 시는 탁월한 비유와 형상으로 주제를 도출하고 있다는 점에서 인상적이다. 화자는 '달걀을 보면'서 '해방을 기다리는 사람'이 있음을 서술하고 있다. 도대체 어떻게 달걀에서 해방으로의 비약적인 유추가 가능할까? 달걀은 인간에게는 음식물이면서, 또한 자체의 생명력을 지닌 존재이기도 하다. 그것이 자신의 참다운 가치를 찾는 것은 음식물로 바뀌어 소비되는 순간이 아니라, 바로 달걀 속에서 새로운 생명이 탄생하는 순간이라고 할 수 있다. 인간에게는 그저 식도락(食道樂)을 만족시켜 줄 뿐인지는 몰라도, 달걀의 참다운 진가는 그 속에서 생명이 움터 이 세상으로 나오는 순간 비로소 발현된다. 따라서 사소한 존재인 달걀을 통해 해방을 떠올리며 노래하는 시인은 그만큼 생명에 대한 통찰력이 뛰어나다고 할 수 있다.

새로운 생명에 이르기까지 험난한 과정을 겪어야 하는 달걀로서는 자신이 생명력을 지니고 있음을 누구에게도 말하지 못하는 '벙어리' 신세이다. '조그맣게 차갑게 / 두 눈을 감고' 깊이 침잠해야 하는 상황이 마치 자신의 마음을 제대로 표현하지 못하는 '벙어리 사랑'과도 같다. 실상 달걀이 새로운 존재로 탈바꿈하기 위해서는 반드시 껍질이 깨져야만 한다. 그러나 그것은 오랜 숙성을 거쳐 안으로부터 스스로 깨어져야지, 외부의 힘에 의해 파괴되어서는 안 된다. 따라서 자신이 살아 있음을 '외치고 싶고 / 깨지고 싶어도 / 시간의 실금이 온몸에 강물처럼 퍼지기를 / 기다려'야 한다. 마침내 투명한 달걀 속에서 '배꼽 같은 씨눈이' 형성되고, 그에 의해 노른자위와 흰자위가 자양분이 되어 사라지는 순간 '원무처럼 일어서는 / 열애 같은 혁명'으로서의 새 생명이 탄생하게 된다.

달걀은 이처럼 자신이 처한 현재의 상태를 부정함으로써, 더 큰 생명을 얻게 된다. 그렇게 새로운 생명을 얻기 위한 달걀의 처절한 몸부림을 보는 순간, 화자의 눈에는 '눈물이 어리'고 만다. 온갖 어려움이 도사리고 있는 현실이야말로 달걀로서는 '미해방의 절벽 위에서'

서 있는 셈이라 하겠다. 조금만 잘못 디뎌도 깊은 나락으로 떨어지게 되는 위태로운 상황 속에서 최후의 승리를 얻기 위한 각고의 노력. 그것을 통해 화자는 다시 해방을 '꿈꾸는 사람!'을 연상한다. 이 같은 결론은 달걀 속에서 찾은 진정한 자아의 확인이라 할 수 있다.

어쩌면 시인이 겪는 사회 속에서의 처지를 생활 속에서 흔히 볼 수 있는 달걀이라는 존재에 투영한 것인지도 모른다. 앞서도 논했듯이, 이 작품에서 달걀은 바로 현재 여성이 처해 있는 현실적인 상황을 비유한 것이라고 해석할 수 있다. 새로운 생명으로의 질적인 전환을 이룰 수도 있고, 그런 한편으로 한낱 음식물로도 바뀔 수 있는 달걀의 속성은 바로 현실 사회에서의 여성의 처지와 긴밀히 대응된다. 세상의 틀에 자신을 맞추어 살아가다 보면, 여성들은 그저 남성 중심 사회에 깊이 동화될 수밖에 없다. 하지만 자신의 정체성에 대한 자각과 그것을 찾으려고 시도를 하는 순간, 여성은 견고한 가부장적 사회 체제에 맞서서 험난한 투쟁의 대열에 참여하게 된다.

이 과정에서 여성의 사회적 역할을 결코 인정하려고 하지 않는 일부 남성들은 여성들을 향해 감정에 치우친 비난을 퍼붓기도 했다. 여성들은 자신의 커다란 오류를 인정하지 않고 상대의 사소한 잘못을 물고 늘어지는 남성들과의 전쟁에서 때로는 그저 거친 '싸움꾼'의 이미지로 남게 되기도 했다. 그렇기에 진정 자신의 내면적인 성숙과 실력을 키워 아직도 견고하게 구축되고 있는 가식적인 가부장적인 이념의 벽에 당당하게 맞서야 한다. 그것이야말로 쉽게 깨지지 않고, 오랫동안 안으로부터의 숙성을 통해 새로운 생명을 획득하는 달걀의 생(生)에 비유될 수 있는 것이다.

결국 남성 중심적인 체제와 이념의 부당성을 자각하고 여성으로서의 정체성을 회복하는 것이 가장 선결되어야 할 과제라 하겠다. 가부장적 사회 체제에 순응하고 주어진 현실을 인정해 버리면, 아무런 갈등 없이 편안한 삶을 영위할 수 있을지도 모른다. 하지만 자신의 존재 가치를 진지하게 고민하는 순간, 편안한 현실은 오히려 자신을 옥죄는 굴레임을 깨닫게 된다. 그 굴레를 벗어버려야만 온전한 존재로서의 자신의 정체성을 찾게 되는 것이다. 아직도 여성의 불합리한 현실을 깨닫고 고치려고 노력하는 의식을 지닌 사람들은 소수에 불과하지만, 사회의 평등과 인간의 존엄이라는 측면에서 남녀평등은 언젠가는 반드시 이루어져야만 한다. 그리고 그 시작은 우리의 생활 속에서 여전히 견고한 틀로 존재하는 가부장제의 허구성을 하나하나 제대로 인식하는 것에서 출발해야 한다. 그렇게 된다면 언젠가는 단지 '해방을 기다리'거나 '꿈꾸는' 것에서 멈추지 않고, 반드시 성취할 때가 도래할 것이다. 달걀이 결국은 험난한 투쟁을 통해서 병아리로 탄생하게 되듯이.

24. 부부는 무엇으로 사는가

박노해
<이불을 꿰매면서>

명절을 전후한 시기에 주부들이 느끼는 심적인 부담을 표현한 '명절 증후군'이란 용어가 근래 들어서 보편적으로 사용되고 있다. 이렇듯 주부들이 명절을 부담스럽게 여기는 이유는 무엇일까? 명절을 전후한 연휴 기간은 주부들에게 일상과는 다른 생활이 기다리고 있기 때문일 것이다. 차례를 지내고 명절을 넉넉하게 치르기 위해 시장을 보고 온갖 음식 장만을 해야 하며, 오랜만에 모인 친지들이 불편을 느끼지 않도록 대접을 해야 하는 것도 온전히 주부들의 몫이다. 더구나 서로 모여 흥겹게 놀다 간 자리를 말끔히 정리하고, 들떠 있던 가족의 분위기를 다시 일상으로 되돌리는 역할도 해야 한다.

실상이 이러한데도 남성들 대부분은 주부들이 느끼는 부담과 일거리에 대한 고통을 그다지 심각하게 여기지 않는다. 명절 음식을 함께 준비하는 남성들이 점차 늘어나는 추세라고 하지만, 여전히 그것을 자신과는 거리가 먼 상황일 뿐이라고 생각하고 있는 남성들도 적지 않다. "아내를 명절 증후군에서 해방시키자"라는 제목의 요란한 신문 기사와 방송 보도는 구호에 지나지 않는 경우가 대부분이고, 아직도 가문의 위상 운운하는 대다수의 집안에서는 남성과 여성들의 일거리를 엄격하게 구분하고 있다. 남자가 부엌 근처에만 가도 큰일이 나는 것처럼 생각하는 고리타분한 의식을 그대로 간직하고 있는 경우도 적지 않다.

여성들이 가사를 전담하고 남성들이 가족의 경제를 책임지던 시절에는, 사람들의 의식 속에서 이러한 모습이 너무도 당연하게 여겨졌다. 남성과 여성의 상반된 모습을 볼 수 있는 이러한 풍경이 어디 명절에만 국한된 것이겠는가? 그러나 최근에는 맞벌이 가정이 늘어나고, 꼭 직장이 아니더라도 여성들의 사회 활동의 범위와 역할은 크게 확대되고 있다. 사회 활동의 기회가 많다는 것은 그만큼 여성들에게 요구되는 사회적 역할이 커졌다는 것을 의미한다. 따라서 이제는 가사를 여성들에게 전적으로 떠맡기는 것이 타당한지를 진지하게 따져봐야 할 시점이 되었다. 실제로 근래에는 부부를 중심으로 구성된 한 가족 내에서 '가사 분담'이란 말이 어색하지 않게 사용되고 있다. 가정과 사회에서 각자의 일을 하면서, 서로의 입장을 충분히 배려해 주면서 살아가고 있는 '평등 부부'의 모습을 언론에서 어렵지 않게 찾아볼 수 있다. 그러나 그것이 '뉴스거리'가 된다는 측면에서, 아직은 그러한 부부 관계가 보편적인 현상이라기보다는 예외적인 상황으로 이해되고 있는 것도 사실이다.

대학을 다니던 1980년대 중반 무렵, 우연히 접한 박노해(1956~)의 시 한 편은 나에게 남녀의 역할에 대해 진지하게 고민하게끔 했다. 당시 그는 노동자의 삶을 시로 형상화한 〈노동의 새벽〉을 비롯한 '노동 시편'들을 발표해 문학계에 관심을 불러일으켰다. 형이상학적인 관념을 노래하기보다 노동자들의 진솔한 생활을 꾸밈없이 그려낸 그의 시는 수많은 독자에게 상당한 기간에 걸쳐 적지 않은 반향을 불러일으켰다. 이제는 우리 문학사에서 뚜렷한 성과로 자리 잡은 '노동 문학'은 박노해라는 한 노동자 시인의 지속적인 시작 활동에서 비롯되었다. 한때 '얼굴 없는 시인'으로, 또 '노동 해방의 전사'로 기억되던 그는 오랜 기간의 도피와 감옥 생활을 마치고, 독자들의 곁으로 다시 돌아왔다. 그의 필명인 '노해'가 '노동 해방'의 준말이라는 것도 이제는 익히 알려신 사실이 되었나.

그는 사회적 약자의 위치에 있는 노동자들의 현실을 직시하면서, 자연스럽게 남성보다 상대적 약자인 여성의 처지에 대해 눈을 돌렸던 것으로 보인다. 그의 시에는 노동자의 현실 못지않게, 여성의 입장을 따뜻한 시선으로 그려낸 작품이 적지 않다. 나는 그의 시편 가운데 한 남자가 우연히 집안일을 거들다가 남편과 아내의 역할에 대해서 반성하는 내용의 〈이불을 꿰매면서〉란 시를 보고 깊은 감명을 받았다. 그의 시집 《노동의 새벽》에 실린 이 시에서 화자인 남편은 맞벌이를 할 수밖에 없는 처지임에도 집안일은 모두 아내에게 맡기는 자신의 모습을 반성하고 있다. 이 시는 거창한 이념과 원칙의 문제에 대해서는 자신의 주장을 강하게 내세우지만, 주변의 사소한 문제에 대해서는 애써 눈감는 소시민적이고 위선적인 화자의 태도를 신랄하게 질타한다. 나 역시 결혼하고 아이를 키우는 남편의 처지에서, 여전히 가정에서의 평등을 제대로 실천하지 못하는 스스로를 반성하면서 가끔 이 시를 꺼내 읽곤 한다.

이불홑청을 꿰매면서
속옷 빨래를 하면서
나는 부끄러움의 가슴을 친다

똑같이 공장에서 돌아와 자정이 넘도록
설겆이에 방 청소에 고추장 단지 뚜껑까지
마무리하는 아내에게
나는 그저 밥 달라 물 달라 옷 달라 시켰었다

동료들과 노조 일을 하고부터
거만하고 전제적인 기업주의 짓거리가
대접받는 남편의 이름으로
아내에게 자행되고 있음을 아프게 직시한다

명령하는 남자, 순종하는 여자라고
세상이 가르쳐 준 대로
아내를 야금야금 갉아먹으면서
나는 성실한 모범근로자였었다

노조를 만들면서
저들의 칭찬과 모범표창이
고양이 꼬리에 매단 방울 소리임을,
근로자를 가족처럼 사랑하는 보살핌이
허울 좋은 솜사탕임을 똑똑히 깨달았다

편리한 이론과 절대적 권위와 상식으로 포장된
몸서리쳐지는 이윤추구처럼
나 역시 아내를 착취하고
가정의 독재자가 되었었다

투쟁이 깊어 갈수록 실천 속에서
나는 저들의 찌꺼기를 배설해 낸다
노동자는 이윤 낳는 기계가 아닌 것처럼
아내는 나의 몸종이 아니고
평등하게 사랑하는 친구이며 부부라는 것을
우리의 모든 관계는 신뢰와 존중과
민주주의에 바탕해야 한다는 것을
잔업 끝내고 돌아올 아내를 기다리며
이불홑청을 꿰매면서
아픈 각성의 바늘을 찌른다

–박노해, <이불을 꿰매면서>

부부는 과연 무엇으로 사는가? 이 질문에 사람들 대부분은 '사랑'이라고 답하는 것을 주저하지 않을 것이다. 이렇듯 일치된 의견에 '그렇다면 배우자를 사랑한다는 것은 구체적으로 어떤 것인가?'라는 한 가지 질문을 던져보면, 아마도 사람 수만큼이나 천차만별의 답변이 쏟아져 나올 것이다. 자신의 배우자를 아끼고 위해주는 것이 사랑의 함의라면, 그 방법은 각자가 처한 상황에 따라 다양할 수 있기 때문이다. 이제 남성들은 각자 스스로 이 질문에 답을 할 차례이다. 때로는 사랑이란 이름으로 상대를 힘들게 한 적은 없는지, 혹은 자신의 이익을 추구하면서 사랑이란 명분으로 아내의 희생을 강요한 적은 없는지. 배우자가 어려움을 호소했을 때 자신은 과연 어떻게 행동했는지. 그럼 이제 한 노동자의 반성적인 목소리를 들으면서, 각자 사랑의 의미에 대해서 생각해 보도록 하자.

이 작품의 화자는 잔업 때문에 공장에서 늦게까지 돌아오지 못하는 아내 대신 집안일을 하면서, 비로소 가정에서의 남편과 아내의 역할을 생각하게 된다. 남편들은 가사와 육아는 당연히 아내의 몫이라고 생각하는 경향이 있다. 그 이유를 물으면, 남성들은 대부분 "그것이 여자가 할 역할이기 때문"이라고 대답한다. 이에 반해 남편은 가정의 경제를 책임지기 위해 힘든 직장 생활을 한다는 명분으로, 적어도 가정에서는 다른 가족들이 자신에게 편안한 환경을 만들어주어야 한다고 생각한다. 그렇다면 맞벌이 부부의 경우는 어떨까? 여전히 남편들 대부분은 그래도 가사는 여자가 해야 하는 일이라고, 아내가 담당해야 할 몫이라고 강변한다. 그러면서 자신이 집안일을 할 경우, 그것은 마땅히 해야 할 일을 하는 것이 아니라 아내를 '돕는다'라고 주장한다.

시의 앞부분에서 이전에는 아내의 일이라고 치부했던 '이불홑청을 꿰매면서 / 속옷 빨래를 하면서' 화자는 '부끄러움의 가슴을 친다'. 이 부끄러움의 정체는 무엇일까? 아마도 그때까지 화자는 아내와 똑같이 힘든 공장 생활을 하면서, 그래도 가사는 여자의 몫이라고 생각했을 것이다. 퇴근 후 집안일로 바쁜 아내의 모습을 보면서, 화자는 '그저 밥달라 물달라 옷달라 시켰'던 자신의 모습을 떠올린다. 남편인 자신이 그렇게 요구하는 것은 너무도 당연하다고 여겼기 때문이다.

과거에 평범한 노동자였던 화자는 노동조합에 가입해 활동하면서, 누구보다도 노동자와 사주의 관계가 불평등한 것임을 알게 되었다. 그런데 바로 그 자본가의 행태가, '거만하고 전제적인 기업주의 짓거리'가 '대접받는 남편의 이름으로 / 아내에게 자행되고 있음을 아프게 직시'하게 된 것이다.

실상 지금까지 우리 사회는 이러한 남녀 관계를 너무도 당연한 것으로 생각했다. '명령하는 남자, 순종하는 여자라고 / 세상이 가르쳐' 주었다. 화자는 아무런 의심도 없이 당연하다고 여겼던 삶의 방식이 '아내를 야금야금 갉아먹'는 것이었음을 깨닫게 된다. 화자는 사회적으로는 언제나 자신의 역할에 충실한 '성실한 모범근로자'로 대우를 받아왔지만, 노동조합을 만들고 활동을 하면서 노동자의 근로 조건과 열악한 현실을 직시하게 된다. 그리하여 '근로자를 가족처럼 사랑하는 보살핌이 / 허울 좋은 솜사탕임을 똑똑히 깨'닫게 된다. 결국 자본주의 체제에서는 '편리한 이론과 절대적 권위와 상식으로 포장된 / 몸서리쳐지는 이윤추구'가 자본가의 궁극적인 의도이다. 지난 세기 후반에 우리는 이를 여실히 경험했다. 몇 년 동안 혹독한 'IMF 체제'를 겪으면서 무수한 직장인들이 구조조정이라는 명목으로 직장에서 내쫓겨 실업자로 전락할 수밖에 없었다. 그리고 이후 도입된 이른바 '신자유주의 체제'는 '노동 유연성'이라는 명분으로 노동자를 더 쉽게 해고 할 수 있도록 했으며, 정규직보다는 비정규직의 직종을 양산해냈다. 어쨌든 직장에서와 달리 가정에서는 남편이라는 자신의 위치와 삶의 방식이 결과적으로 '아내를 착취하고 / 가정의 독재자'로 군림하게 했으며, 그것은 노동자인 자신이 경멸해 마지않았던 자본가들의 행태와 닮아 있었다.

화자는 노동 운동을 통해 노동자에게 닥친 현실을 절실히 체험하고 느끼면서, '아내는 나의 몸종이 아니고 / 평등하게 사랑하는 친구이며 부부라는 것을 / 우리의 모든 관계는 신뢰와 존중과 / 민주주의적이어야 한다는 것을' 비로소 깨닫게 된다. '잔업 끝내고 돌아올 아내를 기다리며' 사소하고 귀찮다고 느낄 수 있는 집안일을 하면서, 화자는 그동안 자신이 행했던 삶의 태도에 대해서 '아픈 각성의 바늘을 찌른다'. 좌절 가운데 끝내 도달한 화자의 이러한 인식이야말로 가장 명쾌하면서도, 또 동시에 가장 실천하기 힘든 평등한 부부로의 한 걸음 아닐까?

부부는 가장 가까운 친구로서 서로 사랑하고, 남은 일생을 함께 걸어가야 할 존재이다. 하지만 막상 어떤 경우에는 상대를 배려하기보다 나의 입장만을 고집해 버리곤 한다. 경험으로 보건대 부부싸움의 원인은 보통 아주 사소한 문제에서 비롯된다. 그 과정에서 서로의 감정이 충돌하면서 감정의 골은 더욱 깊게 패어간다. 결국 누군가가 조금만 양보를 하면 쉽게 해결될 상황이 때론 걷잡을 수 없는 지경에 이르기도 한다. 그러나 한편으론 가정이 큰 위기에 닥쳤을 때, 서로 위로하고 감싸면서 문제를 잘 해결해 나가는 경우가 많다. 진정한 부부애란 상대방을 먼저 배려하는 가운데 싹트는 것은 아닐까?

25. 가난은 나의 직업

천상병
<나의 가난은>

사람들은 누구나 자유롭게 살고 싶어 한다. 무엇에도 얽매이지 않고 자신이 하고 싶은 일을 마음껏 하면서 살 수 있다면 얼마나 좋을까? 하지만 그렇게 살기에는 너무도 많은 제약이 우리들의 앞을 가로막고 있다. 우선 가족이나 학교, 혹은 직장의 구성원으로 살아가면서 자기에게 맡겨진 역할을 충실히 해내는 것이 우선이다. 그러나 역설적으로 대개는 자신을 얽매는 다양한 조건들이 사회 속에서 자기의 대외적인 위치를 확인시켜 주기도 한다. 흔히 사람을 평가하는 요소 중의 하나인 사회적 지위라는 것이 바로 이런 것이다. 그렇기에 사회인으로 살아가는 한, 어떤 일을 하더라도 남의 시선을 의식하지 않을 수 없게 되는 것이다.

사회생활을 하면서 사람들은 타인에게 자신의 존재를 뚜렷하게 인식시키기 위해 애를 쓴다. 그러한 목표에 도달하기 위해서는, 누구라도 그에 상응하는 노력을 해야만 한다. 때로는 자신이 하고 싶지 않은 일이라도 어쩔 수 없이 해야 하며, 하고 싶은 일을 부득이하게 포기해야만 하는 경우도 발생한다. 사람들이 단 하루만이라도 일상에 얽매이지 않고 자유롭게 지내고 싶다는 생각을 하면서도, 쉽게 자신의 위치를 벗어나지 못하는 것도 바로 이런 까닭에서 비롯되는 것이다. 이와는 달리 어떤 일을 하고자 해도 경제적인 문제나 기타의 요인 때문에 마지못해 포기해야 하는 경우도 생긴다. 이처럼 자유롭게 살고자 하는 욕망과 자신이 부딪쳐야 하는 현실은 늘 어느 정도의 온도 차가 있기 마련이다.

모든 것이 빠르게 변화해 가는 사회 속에서 구속받지 않는 자유를 꿈꾼다는 것은 점점 더 어려운 일이 되어 간다. 빠르게 발전하는 현대 사회에서 물질문화의 속도에 제대로 적응하기란 그리 만만치 않다. 아무리 발버둥 치면서 사회의 변화를 따라잡으려고 해도, 언제나 남들보다 뒤처지고 있다는 기분을 맛보곤 한다. 모든 분야에서 만족하며 살기란 사실상 불가능에 가까운 상황 속에서, 사람들은 결국 그 가운데에서 무엇인가를 포기하곤 한다. 단적인 예로 인터넷이 발달하면서 검색을 통해 더 많은 정보를, 더 빠르게 얻을 수 있게 되었지만, 오히려 컴퓨터 속 세계에 빠져 실제 현실에서는 다른 사람들과의 교류에 폐쇄적인 반응을 보이는 사람들도 그만큼 늘어나고 있다. 이런 현상이 지나쳐서, 때로는 가상 현실과 실제의 삶을 혼동하는 모습을 보이기도 한다.

사회가 점점 빠른 것을 추구하는 것은 그만큼 사람들이 경제성을 중시하기 때문이다. 사회생활을 하면서 행해지는 모든 일은 경제적인 가치를 따져 우선순위가 결정되기도 한다. 때로는 인간관계마저도 자신에게 이익이 되는지 그렇지 않은지를 따져 결정하는 경우가 적지 않다. 요즘은 어린아이들마저 집이 잘사는지 못사는지를 따져 친구를 사귀는 경향이 있다고 한다. 그렇기에 가정 형편이 넉넉지 못한 집의 부모는 아이들에게 죄를 짓고 있는 듯한 기분을 때때로 맛보곤 한다.

이처럼 오늘날의 현실에서 경제력의 유무는 인간을 평가하는 중요한 기준이 되고 말았다. 태어날 때부터 경제적 조건에서 차이가 나는 사람들은 살아가면서 그 격차를 좁히기가 좀처럼 쉽지 않다. 바로 그런 차원에서 부모의 경제력에 의해 자녀들의 삶이 결정된다는 '수저론', 이른바 '금수저'와 '흙수지' 등의 신조어가 생겨나기도 했다. 과거에는 가난한 형편에서도 열심히 노력해서 사회적으로 성공을 이룬 사람들의 일화들이 적지 않게 소개되곤 했다. '개천에서 용이 난다'라는 속담이 바로 그것이다. 그러한 사례가 적지 않았기에, 부모들은 자식들의 교육에 힘을 기울였고, 그렇게 성장한 자식들의 성공담은 한 집안을 일으키는 원동력이 되기도 했다. 하지만 요즘은 교육을 받을 기회조차 경제력에 따라 크게 차이가 난다. 특히 초·중등 교육 현장에서 이런 차이가 확 커진 탓에, 경제적 약자들의 상대적 박탈감은 커져가기만 한다. "꾸준히 노력하면 언젠가는 성공한다."라는 신화는 더 이상 그 설득력을 잃어가고 있다.

다행인 것은 우리 사회에도 여전히 경제력이라는 현실적인 문제를 고려하지 않고, 자신만의 삶의 방식을 고집하며 살아가는 사람들이 존재한다는 점이다. 이런 부류의 사람들을 때로는 시류에 휩쓸리지 않고 진정한 가치를 추구하는 사람으로 평가하기도 한다. 간혹 다큐멘터리 프로그램에 등장하는 사람들의 삶의 모습을 보면서 대중들이 깊이 공감을 하는 것도, 어쩌면 자신에게 결핍된 삶의 가치를 그 속에서 발견할 수 있었기 때문이 아닐까. 하지만 TV를 벗어난 현실에서 그런 사람들을 만나면 우리는 너무도 쉽게 현실감이 없다고 규정한다. 더구나 주변 사람이 가족의 생계보다 자신이 좋아하는 일에만 빠져 있다면, 그것을 긍정적으로 봐줄 사람이 얼마나 되겠는가. 우리는 그런 사람들을 대개 현실감이 없는 사람이거나 경제적으로 무능력한 사람으로 간주하곤 하지 않는가.

아마도 천상병(1930~1994) 시인에 대한 생전의 평가가 여기에 해당하지 않을까. 그는 현실에 대해 지극히 무관심하면서, 시를 쓰는 일은 천직으로 생각했던 시인이었다. 특히 천상병은 '어렵고 불행한 생활로 이어지는 생애를 보내면서도, 맑은 눈과 청순한 시 정신을 잃지 않아 많은 이들에게 감동을 준 시인'으로 사람들에게 기억되고 있다. 그의 대표작으로 꼽히는 〈귀천(歸天)〉은 죽음을 '하늘로 돌아가는 것'으로 묘사한다. 현세적 삶을 '소풍'으로 표현하면서 찰나와 같은 생의 짧았던 아름다움에 대해서 노래한다. 생전에 그를 가까이서 지켜보았던 지인들은 천재적인 시적 재질은 인정하지만, 생활인으로서의 능력은 거의 없었다고 평가하기도 한다.

지금부터 살펴볼 〈나의 가난은〉이라는 작품은 천상병이 지니고 있었던 세상에 대한 낙관적 인식을 잘 보여준다. '가난은 내 직업'이라는 표현은 세상을 넉넉하고 긍정적으로 받아들이는 낙천적인 삶의 자세를 보여주지만, 치열한 생존의 현장에서 살아가는 생활인으로서는 그리 좋은 평가를 얻어내지는 못할 것이다. 그런 맥락에서 작품 속에 형상화된 화자의 모습은 단지 수사적인 표현에 그치는 것이 아니라, 일관된 그의 삶의 모습을 반영하고 있다고 보아도 무방하다.

오늘 아침을 다소 행복하다고 생각는 것은
한 잔 커피와 갑 속의 두둑한 담배,
해장을 하고도 버스값이 남았다는 것.

오늘 아침을 다소 서럽다고 생각는 것은
잔돈 몇 푼에 조금도 부족이 없어도
내일 아침 일도 걱정해야 하기 때문이다.

가난은 내 직업이지만
비쳐오는 이 햇빛에 떳떳할 수가 있는 것은
이 햇빛에도 예금통장은 없을 테니까…

나의 과거와 미래
사랑하는 내 아들딸들아,
내 무덤가 무성한 풀섶으로 때론 와서
괴로왔음 그런대로 산 인생 여기 잠들다. 라고,
씽씽 바람 불어라…

–천상병, 〈나의 가난은〉

이 시를 읽을 때마다, 작품에 형상화된 시인의 따뜻한 마음이 전달되는 듯해 항상 편안한 느낌을 받는다. 지갑이 두둑하지 않으면 마음이 불안해 여기저기 돌아다니는 것조차 제대로 할 수 없는 법이다. 꼭 필요한 돈이 아니더라도 주머니가 두둑하면 심적인 여유를 갖게 되는 것은 비단 나뿐만은 아닐 것이다. 이 시의 화자가 행복의 전제로 여기는 것은 너무도 소박하다. 단지 '한 잔 커피와 갑 속의 두둑한 담배, / 해장을 하고도 버스값이 남았다는 것'에서 '오늘 아침을 다소 행복하다고 생각'하는 넉넉한 마음을 지니고 있다. 시인이 이렇듯 심적인 여유를 부릴 수 까닭은 어쩌면 오랫동안 이어진 경제적 궁핍이 그를 단련시켰기 때문인지도 모른다. 독자들은 이 작품에 속에 형상화된 화자의 자세를 통해, 작가인 천상병의 낙관적인 삶의 태도를 엿볼 수 있다.

그렇다면 화자가 '서럽다고 생각'하는 까닭은 무엇일까? '잔돈 몇 푼에 조금도 부족이 없'다는 여유의 이면에, 뜻밖에도 화자는 '내일 아침 일도 걱정해야 하'는 상황을 드러낸다. 내일 아침에 해야만 하는 일 때문에 오늘 아침부터 서러움을 느끼게 된다면, 아마도 그 일의 성격은 화자에게는 무척이나 부담스러운 것으로 이해된다. 아마도 누군가에게 부탁을 받아 의무적으로 해야만 하는 것일 수도 있고, 아니면 생계 때문에 마지못해 할 수밖에 없는 일일지도 모른다. 진정 자신이 좋아서 하는 일이 아니라면, 어느 경우라도 화자는 그러한 일 자체를 그리 탐탁지 않게 생각했을 것이다. 자신이 원하는 것을 하면서 살고자 하는 화자에게는 아마도 생계의 문제가 가장 큰 걸림돌일 것이다. 비록 세상 사람들은 화자를 두고 무능하다고 비판할지라도, 화자는 여전히 타인의 시선에 휘둘리지 않고 자신이 추구하는 바를 실천하며 살고 싶었다. 물론 그러한 자세를 견지하며 살려면 대단한 용기가 필요하다. 이 지점에서 화자의 낙관적인 인생관과 생존을 위한 세속적인 가치가 충돌하고 있다고 하겠다.

화자는 '가난은 내 직업'임을 당당하게 내세운다. 사람들은 누구나 경제적인 풍족함과 사회적 성취를 이루며 안락한 생활을 하기를 바란다. 그런 관점에서 본다면 '가난이 직업'이라는 화자의 언명은 대단히 문제적일 수밖에 없다. 세속적 가치에 미련을 두지 않고, 자신의 삶을 체념적으로 받아들이는 지극히 수동적인 인생관으로도 해석될 수 있기 때문이다. 세속적인 성공을 이루기 위해서는 자신의 많은 부분을 희생하며 살아가야만 하는 것이 현실이다. 때로는 자신의 목표한 바를 위해 다른 사람이 소유하던 것을 빼앗아야 하기도 한다. 결국 우리는 누구에겐가 크고 적게 피해를 주면서 살 수밖에 없는 것이다.

화자가 자신이 진정 원하는 일을 하고 살면서, '비쳐오는 이 햇빛에 떳떳할 수 있는 것은' 그만큼 자신의 삶의 방식을 만족스럽게 여기고 있기 때문이다. 화자의 삶의 방식이 타인들에게 진혀 피해를 주지 않는다면, 비록 그것이 세속적인 성공과는 거리가 멀다고 하더라도 얼마든지 떳떳할 수 있는 일이다. 그런 의미에서 언제나 사람들을 따뜻하게 해주는 햇빛 역시 화자의 삶의 태도와 그 궤를 함께한다. 햇빛은 특정인의 소유가 될 수 없으며, 모든 사람이 공유할 수 있는 재산이다. 세상 사람들은 어떤 것이든지 자신의 것으로 만들기 위해 욕심을 부리곤 한다. '예금통장'이란 자신의 재산을 배타적으로 관리하는 세속적인 장치이다. 하지만 화자는 '이 햇빛에도 예금통장은 없'다고 말한다. 누구도 독점할 수 없는 자연물인 햇빛은 아무런 대가 없이 화자의 몸을 따뜻하게 해주는 존재이다. 이 구절은 화자가 추구하는 가치가 세속적인 측면과 분명히 다르다는 것을 잘 보여준다. 화자가 비록 '가난은 내 직업'이라고 했지만, 삶에 대한 만족감은 다른 어떤 이들보다 크지 않았을까.

화자는 자신이 죽어 세상을 뜬 이후에 '사랑하는 내 아들딸들'이 자신의 '무덤가 무성한 풀섶으로 때론 와서' 자신을 추억하는 것을 떠올린다. 아마도 가족들이 자신의 무덤에 와서 보는 것은 다음과 같이 새겨진 비명(碑銘)일 것이다. '괴로왔음 그런대로 산 인생 여기 잠들다. 라고'. 비명에 새겨진 이 문구는 스스로 생각하는 자신의 삶에 대한 평가가 아닐는지. 그렇게 본다면 앞부분의 '괴로왔음'은 화자의 일생을 규정하는 단어라고 할 수 있다. 생활의 조그마한 것에서도 자족할 수 있었던 화자가 왜 자신의 삶을 괴롭다고 표현한 것일까? 그것은 아마도 세속적 가치를 중시하는 사람들 속에서 외롭게 자신만의 삶을 고수했던 화자의 처지를 역설적으로 표현한 것이라고 파악된다. 하지만 세상 사람들이 비록 그러한 평가를 한다고 할지라도, 화자의 생각은 이어지는 구절의 '그런대로 산 인생'이었다는 자부심으로 이어진다. 따라서 이 비명에는 세속의 평가와 화자 스스로 내린 평가가 나란히 위치하면서, 그것을 읽는 사람들이 어떻게 판단할 것인지를 묻고 있는 셈이다. 여기에서 우리는 화자의 당당하고 낙관적인 삶의 자세를 다시 한번 확인할 수 있다.

흔히 '바람'은 현실적인 어려움을 비유하는 의미로 사용된다. 시의 마지막 행을 '씽씽 바람 불어라…'로 끝마치는 것은 상징적이다. 바람으로 상징되는 어려움이 닥치더라도 기꺼이 맞서겠다는 화자의 의지를 보여주는 표현이기 때문이다. 씽씽 부는 바람 속에 자신의 무덤이 그대로 노출되어 있듯이, 화자는 '나의 과거와 미래' 역시 온갖 어려움에 꿋꿋하게 맞서왔음을 말하고 싶은 것이다. 자신이 겪어온 시간들을 회상하면서 '그런대로 산 인생'이라고 평가를 할 수 있는 것은 바로 이러한 측면에서 가능한 것이다. 그와 더불어 먼 훗날 무덤에 찾아온 자식들이 아버지를 추억하더라도, 그의 삶에서 결코 부끄러움을 떠올리지는 않을 것이라는 자신감을 읽어낼 수 있다.

이 작품을 읽으면 '안빈낙도'라는 단어가 떠오른다. 성인이라 추앙받는 공자의 제자인 안연이 지켰던 생활 철학으로, 가난한 가운데에서도 편안한 마음을 잃지 않고 자기가 옳다고 여기는 진리(道)를 추구하며 사는 것을 의미하는 표현. 이러한 정신은 동양적 전통에서 지식인이 지녀야 할 가장 중요한 덕목으로 여겨져 왔다. 시를 쓰는 것 이외에 다른 어떤 일에도 크게 개의치 않았던 천상병은 세속적인 관점에서 본다면, 경제적으로 그리고 사회적으로 무능한 삶을 살았다고 할 수 있다. 그러나 진정 자신이 추구하고자 하는 바의 가치를 꿋꿋하게 지켜내면서, 많은 이들에게 소박하지만 중요한 삶의 진리를 느끼게 해줬다는 측면에서 '안빈낙도'를 몸소 실천한 사람으로 기억될 수 있으리라. 그를 사랑하는 독자들에게 깊은 감동을 안겨주고, 그 자신은 마치 예언을 실천이라도 하는 것처럼, 어느 날 '이 세상의 소풍 끝내고' 하늘로 돌아갔다.

26. 시와 소설의 거리

곽재구
<사평역에서>

시란 무엇이고, 또 소설이란 무엇인가? 너무도 자명한 듯 보이는 이 질문에 대답하기란 그리 쉽지만은 않다. 흔히 시는 서정 문학을 대표하는 것으로, 소설은 서사 문학의 핵심적인 갈래로 구분한다. 형식적으로도 시는 비교적 작품의 길이가 짧은 반면, 소설은 개별 작품들의 분량이 많다는 뚜렷한 표지를 지니고 있기도 하다. 그러나 형식에 있어 시가 반드시 짧은 것만은 아니고, 오히려 어지간한 단편 소설보다 길이가 긴 작품들도 엄연히 존재한다. 문학사에서는 그것을 서정시와 구별하여 서사시라는 용어로 지칭하기도 한다. 물론 여기에서 다루고 싶은 건 이와 같은 원론적인 차원의 문학에 대한 이해는 아니다.

문학을 공부하면서 다양한 작품들을 접해왔지만, 때로는 시를 읽으면서 '소설 같다'라거나 소설을 읽으면서 '시처럼 아름답다'라는 느낌을 주는 작품들을 종종 만나곤 한다. 비록 내용이나 형식에서 전형적인 서정시의 형태를 취하고 있지만, 그 짧은 내용 속에 무엇인가 많은 이야기를 담고 있다는 느낌이 드는 작품을 일컬어 '소설 같은 시'라고 표현을 하기도 한다. 우리는 한 인물의 삶을 진술하게 그려내면서, 작품 속 화자가 걸어온 삶의 역정이 그대로 전달되는 시를 읽으면 감동한다. 또한 사회와 역사에 대한 진지한 고민이 녹아들어 시를 통해서 다양한 메시지를 전달받는 경우도 마찬가지일 것이다. 반대로 등장인물과 일정한 줄거리를 갖춘 단편 소설을 읽으면서, 오히려 작품의 분위기나 문체에서 풍기는 정서가 서정적이어서 '시처럼 아름답다'라는 표현을 하기도 한다. 그런 경우, 소설을 읽고 난 후에 내용보다는 문체나 그것을 통해서 연상되는 형상이 더 뚜렷하게 각인되는 경향이 있기도 하다.

내가 '시와 소설과의 거리'를 논하면서 곽재구(1954~)의 시 〈사평역에서〉를 주목하는 이유는, 이 시와 분위기까지 흡사한 소설 작품이 존재하기 때문이다. 소설가인 임철우는 곽재구의 시를 읽고, 소설로 만들고 싶다는 생각에서 〈사평역〉이란 단편 소설을 지었다고 밝힌 바 있다. 그러니까 시인에 의해 시가 먼저 발표되고, 시를 읽고 그 내용에 공감한 다른 소설가가 이를 소설로 재창작한 것이다. 곽재구의 시 첫 구절을 인용하면서 시작하고 있는 임철우의 소설은, 작은 간이역이라는 공간에 다양한 인물들을 등장시켜 그들 각자의 사연을 풀어내고 있다. 시에서 여백으로 남아 있는 부분은 소설적 상상력을 통해 적절히 채워 넣고 있으며, 소설에서는 간이역을 즐겨 이용하는 서민들의 삶을 따뜻한 시선으로 형상화하고 있음을 확인할 수 있다.

대학 시절 선배에게서 선물로 받은 곽재구의 시집을 나는 아직도 가까이 두고 즐겨 읽는다. 그 시집에 수록된 작품들 가운데 유독 조그만 간이역의 겨울 풍경을 담아낸 〈사평역에서〉라는 제목의 시에 애착이 가서, 한때는 암송할 정도로 즐겨 읽기도 했다. 당시 혼자서 배낭을 메고 훌쩍 떠나는 여행을 좋아했던 터라, 작품 속에 등장하는 간이역의 풍경이 그리 낯설지 않았던 까닭도 한몫했을 것이다. 아마도 이 작품을 읽으면서, 그 내용을 충분히 소설로 형상화할 수 있겠다는 생각을 한 것은 비단 나뿐만이 아닐 것이다. 여기에서는 곽재구의 시를 중심으로 논하면서, 작품 속에 표현된 형상들이 소설에서는 어떻게 그려지고 있는지를 비교해 보고자 한다.

막차는 좀처럼 오지 않았다
대합실 밖에는 밤새 송이눈이 쌓이고
흰 보라 수수꽃 눈시린 유리창마다
톱밥 난로가 지펴지고 있었다
그믐처럼 몇은 졸고
몇은 감기에 쿨럭이고
그리웠던 순간들을 생각하며 나는
한 줌의 톱밥을 불빛 속에 던져 주었다
내면 깊숙이 할 말들은 가득해도
청색의 손바닥을 불빛 속에 적셔두고
모두들 아무 말도 하지 않았다
산다는 것이 때론 술에 취한 듯
한 두름의 굴비 한 광주리의 사과를
만지작거리며 귀향하는 기분으로
침묵해야 한다는 것을

모두들 알고 있었다
오래 앓은 기침 소리와
쓴 약 같은 입술담배 연기 속에서
싸륵싸륵 눈꽃은 쌓이고
그래 지금은 모두들
눈꽃의 화음에 귀를 적신다
자정 넘으면
낯설음도 뼈아픔도 다 설원인데
단풍잎 같은 몇 잎의 차창을 달고
밤 열차는 또 어디로 흘러가는지
그리웠던 순간들을 호명하며 나는
한 줌의 눈물을 불빛 속에 던져 주었다.

–곽재구, 〈사평역에서〉

임철우는 이 시를 읽은 순간부터, 이 작품을 소설로 만들고 싶다는 생각을 했다고 한다. 이 작품이 그만큼 많은 사연을 품고 있다고 느꼈기 때문이리라. 이 작품을 읽으면, 머릿속에서 조그만 간이역의 풍경이 그려진다. 간이역 대합실의 중앙에는 이제는 찾아볼 수 없는 톱밥 난로가 불꽃을 떨구며 지펴져 있다. 난로 주위의 의자에는 몇몇 사람들이 앉아 아무 말 없이 난로의 온기를 나누고 있다. 창밖에는 계속해서 눈이 내리고 있다. 누군가 이따금 지루한 듯 좀처럼 올 생각조차 하지 않는 기차를 기다리며, 수북하게 눈으로 덮인 철길과 벽에 걸린 시계를 번갈아 보고 있다. 겨울철의 매서운 날씨 탓에 감기에 걸린 듯 보이는 중년의 사내는 난로에 바짝 다가앉아 연신 기침을 쿨럭이고 있다. 또 몇은 초조함을 감추지 못하고 연신 담배를 피워 물고 있다. 어떤 이는 이미 체념한 듯 난로의 온기에 취해 졸고 있다.

이 시의 화자는 조그만 간이역의 대합실에서 벌어지고 있는 이 상황을 유심히 살펴보고 있다. 아마도 고향을 찾았다가 다시 어디론가 떠나는 듯한 화자는 기차를 기다리는 무료함을 달래기 위해서 지나온 자신의 생을 떠올린다. 난로 옆에 걸린 기나긴 쇠꼬챙이를 들고 난로를 쑤석이며, 반복적으로 톱밥을 떨궈내고 있다. 이 모든 풍경은 어쩌면 짧지 않은 시간 동안 벌어진 일일 수도 있고, 어느 한순간의 풍경을 스케치한 것일 수도 있겠다. 하지만 이곳에 존재하는 사람들은 모두 힘겹게 살아가고 있는 평범한 우리네 이웃의 모습을 하고 있다.

이제 작품으로 들어가 분석을 해보기로 하자. 이미 제시간이 지났음에도 '좀처럼' 오지 않는 기차를 기다리는 심정은 무척이나 답답하고 지루할 것이다. 아마도 '밤새 송이눈이 쌓'인 탓에 기차가 제시간에 도착하지 못하는 모양이다. 창밖을 바라보니 어둠 속에서 건물의 불빛에 비친 눈이 마치 '흰 보라 수수꽃'을 연상시킨다. 유리창에는 대합실의 풍경이 그대로 반사되어, 중앙에 놓인 톱밥 난로와 그 주위에 옹기종기 모여 앉은 사람들의 모습이 보인다. 달빛조차 없는 캄캄한 밤 풍경을 배경으로 '그믐처럼 몇은 졸고', 일상에 지쳐버린 듯 보이는 그들을 바라보는 화자는 안쓰러운 마음이 든다. 그 옆에서 허름한 옷차림의 사내와 노인들 '몇은 감기에 쿨럭이고' 있지만, 이미 익숙해진 풍경인 듯 사람들은 무심히 난로 주변에 모여 불을 쬐고 있을 뿐이다. 화자는 문득 대합실 안의 풍경이 정겹게 느껴지며, 자신이 지금까지 살아오면서 겪었던 '그리웠던 순간들을 생각하'게 된다. 추억에 빠져들며 그는 '한줌의 톱밥을 불빛 속에 던져 주었다'.

낯선 곳에서 어쩔 수 없이 함께 머물게 된 사람들은 모두 '내면 깊숙이 할 말들은 가득해도 / 청색의 손바닥을 불빛 속에 적셔두고 / 모두들 아무 말도 하지 않았다'. 누군가 먼저 말을 걸어준다면 반갑게 말을 받아줄 수 있으련만, 기차를 기다리는 사람들은 그저 자신의 상념 속으로만 깊이 침잠해 간다. 그들의 쓸쓸함을 차가운 느낌을 주는 '청색의 손바닥'으로 표현해, 톱밥 난로의 붉은 불빛과 대비시킨 시인의 시어 선택이 절묘하다. 한때는 열정을 품으며 세상을 바로잡겠다고 나서기도 했지만, 화자는 '산다는 것이 때로는 술에 취한 듯' 주위의 상황에 무관심하게 지내는 편이 자신을 해치지 않는 길이라는 걸 알게 된다. 누구나 고향을 떠나면서 금의환향을 꿈꾸지만, 변변치 않은 타향에서의 생활로 '한 두릅의 굴비 한 광주리의 사과를 / 만지작거리며 귀향하는' 기분은 정말이지 사람을 쓸쓸하게 만든다. 때로 살아가는 것도 그런 것이 아닐까? 남들에게 자랑할 수 없는 삶이라면, 그저 '침묵해야 한다는 것을 / 모두들 알고 있었다'. 그렇기에 내세울 것조차 없는 사람들이 모여 있는 대합실에는 침묵만이 흐르고 있다.

주위에서 들려오는 '오래 앓은 기침 소리와' 초조함을 견디려고 피워대는 누군가의 '쓴 약 같은 입술 담배 연기 속에서 / 싸륵싸륵 눈꽃은 쌓이고' 있다. 이제는 어느 정도 체념한 듯 사람들은 침묵 속에서 내리는 '눈꽃의 화음에 귀를 적신다'. 신기하게도 매일 반복되는 지루한 삶일지라도 새로운 하루가 시작되면 사람들은 어제의 고단함을 쉽게 잊어버리곤 한다. 새로운 날에 대한 일말의 희망이 남아 있기 때문일 것이다. '자정 넘으면 / 낯설음도 뼈아픔도 다 설원'이라는 표현은 바로 이러한 의미를 표현하고자 한 것이라고 해석된다. 이따금

간이역을 지나치는 열차는 밝게 켜져 있는 내부의 전등 불빛으로 인해, 밖에서 보면 마치 '단풍잎 같은 몇 잎의 차창을 달고' 있는 것처럼 보인다. 땅에 떨어진 낙엽이 바람에 날리듯이 '밤 열차는 또 어디로 흘러'갈 것이다. 불현듯 고향을 떠난다는 생각에 '그리웠던 순간들을 호명하며 나는 / 한 줌의 눈물을 불빛 속에 던져 주었다'. 이제 돌아올 수 없는 과거의 시간은 추억이 되어 톱밥 난로 속에서 활활 타버릴 것이다. 특히 시의 마지막 구절은 물리적으로는 같은 공간에 다른 사람들과 함께 있지만, 그 속에서도 끝내 혼자일 수밖에 없는 화자의 고독함을 적절히 표현해 주고 있다.

이 시는 조그만 간이역의 대합실에서 한 사람의 화자가 떠올리는 다채로운 상념을 언어로 형상화하고 있다. 이에 반해 소설은 역장을 포함한 대합실에 머문 사람들의 이야기를 한 사람씩 전지적 시점으로 풀어내고 있다. 그렇기에 소설은 시보다 훨씬 다양한 사람들의 이야기를 담아낼 수 있게 된다. 소설에는 모두 10명의 인물이 등장하고, 그중 6명이 소설의 전반부에 등장한다. 간이역을 지키며 열차를 이용하려는 사람들을 세심하게 배려하는 역장, 오래 앓던 병이 도져 도시의 병원에 가려는 노인과 그의 아들, 그리고 얼마 전 감옥에서 나온 후 동료 죄수의 고향 집에 들렀다가 떠나는 중년의 사내. 이들은 각자 자신들의 삶을 마치 독백하듯이 머릿속에 떠올리고, 소설은 그들의 사연을 소개하고 있다. 시에서의 화자가 그러하듯, 학생운동을 하다가 제적된 대학생인 잠바 차림의 젊은 청년은 주위의 사람들과 사물들에 대해서 유심히 관찰하고 있다. 마지막으로 대합실에서 벌어지고 있는 일에 전혀 관심을 기울이지 않고 끝까지 평온하게 잠을 자는 미친 여자가 등장한다. 소설은 역장의 행동과 시선을 묘사하는 것을 시작으로 차츰 노인과 그의 아들, 중년의 사내, 마지막으로 젊은 청년의 이야기를 전지적 시점으로 풀어낸다.

그리고 얼마 후, 급히 열차를 타기 위해 4명의 여인이 대합실에 들어서면서, 이전까지 평온함을 유지하던 대합실의 분위기가 전환된다. 값비싼 코트와 밍크 목도리를 두른 몸집이 큰 중년 여인은 자신의 식당에서 일하다 돈을 챙겨 달아난 사평댁을 찾기 위해서 이곳에 왔다가는 길이다. 짙은 화장에 코트를 입은 젊은 여자는 서울에서 접대부로 일하는 처지로, 오랜만에 고향에 들러 본명인 '옥자'로 돌아왔다가 다시 '춘심이'가 되기 위해 떠나는 참이다. 이들과 함께 투박한 복장에 짐꾸러미를 가득 안고 들어선 여인 둘은 행상으로 연명하는 사람들이다. 작품 후반부는 뒤에 합류한 인물들의 소란스러운 이야기와 행동, 그리고 그들이 떠올리는 사연으로 구성되어 있다. 그냥 지나치는 특급 열차에 대한 실망감으로 몇 차례의 실랑이를 벌이던 사람들은 2시간 남짓 연착된 끝에 도착한 열차를 타고 떠난다. 변함없이 자리를 지키는 역장과 잠에 곯아떨어진 미친 여자만을 남겨두고서.

시가 화자 한 사람의 생각을 중심에 놓고서 잔잔하게 풀어내고 있다면, 소설은 많은 이들을 등장시켜 각자 그들의 사연을 나열해 놓고 있다. 특히 소설에서 새롭게 등장하는 미친 여자의 존재가 갖는 의미는 '삶의 덧없음'을 드러내고자 하는 작가의 의도로 해석할 수 있다. 삶이란 각자 일정한 목표를 정해서 살다가 결국 또다시 어디론가로 떠나는 여정이라고 한다면, 미친 여자에게는 어딘가를 향해서 떠나는 것조차 의미가 없다고 하겠다. 역이란 공간은 새로운 곳으로 출발하기 위해 잠시 머무는 곳이지만, 그들이 최종적으로 돌아갈 곳은 결국 일상이다. 작가는 바로 이러한 의미를 나타내고자, 소설에서 미친 여자를 나머지 인물들과 의도적으로 대비시켜 놓은 것이리라.

이처럼 같은 장소를 배경으로 한 시와 소설은 유사한 형상화의 면모를 보여주기도 하지만, 소설이 상대적으로 더 다채로운 이야기를 담아낼 수 있다는 점은 분명해 보인다. 이런 비유가 적절할지는 모르겠지만, 소설이 채색된 풍경화의 형태를 취하고 있다면, 시는 여백이 풍부한 수묵화와 같은 특징을 지닌 게 아닐까.

27. 시를 버릴지라도

양성우
<청산이 소리쳐 부르거든>

문학, 아니 시(詩)의 역할이란 무엇일까? 국문학을 전공하던 대학 시절부터 수도 없이 반복하던 질문이다. 여전히 '이것이다'라는 만족스러운 답은 얻지 못한 채이다. 아마도 이 질문을 평생의 화두(話頭)로 삼아 문학에 대한 내 관점을 정리해야만 할 것이다. 1980년대 초·중반에 대학생이 되었던 나는, 군사독재 정권이 내세우던 탄압의 칼날을 직접적으로 느끼면서 생활하고 있었다. 자신이 생각하는 사회의 현실조차 제대로 말할 수 없었던 시절, 사람들이 보는 언론 매체는 온통 권력자들의 의도에 따라 통제되었다. 대학가의 시위 때마다 뿌려지던 유인물만이 그나마 진실을 전해주는 매체로 인식되었다. 정권의 검열로 금지곡이 되거나 판매가 금지된 책들에는 시대의 어둠을 담아낸 내용이 있다고 믿기도 했다. 그리하여 그런 문학 작품이나 노래를 열심히 읽고 부르던 기억이 새삼 떠오른다.

본격적으로 문학 공부를 시작하면서, 나는 차츰 문학 작품도 역사와 현실의 문제를 제대로 다루어야 한다고 믿게 되었다. 그러나 입시를 위해 배운 문학에 대한 지식은 구체적인 현실의 문제에 부딪히자, 어떠한 해답도 시원하게 제공해 주지 못했다. 문학에 대한 다양한 지식이 수많은 문학 교재들에 잘 정리되어 있건만, 내가 원하는 내용은 좀처럼 쉽게 찾을 수가 없었다. 문학 개론에 소개된 각종 이론은 오히려 추상적이고 공허하게 느껴져, 외려 생명력을 잃고 진열장에 전시된 상품처럼 느껴졌다. 교재에 수록된 작품들에는 권력의 횡포에 신음하는 사람들의 삶의 모습을 좀처럼 찾아보기 어려웠다. 그나마 일제 치하의 현실을 비판적으로 다루고 있는 작품들이 몇몇 있을 뿐이었다.

사회의 현실에 대해서 조금씩 알게 되면서, 문학이란 구체적 현실과 동떨어져 관념적인 것으로 그쳐서는 곤란하다는 생각이 들었다. 곧 강의실 밖에 존재하는 사람들과 그들이 처한 현실과 깊이 관련을 맺어야 한다는 것을 당위처럼 느끼게 되었다. 당대의 현실 속에서 살아가는 사람들의 절박한 문제를 외면하는 교과서적인 지식은 그저 지적 허영일 뿐이었다. 하여 나는 그 시절부터 지금까지 여전히 사람들의 체취가 물씬 풍기는 작품들을 즐겨 읽는다. 그런 작품들을 대하면 마치 내 주위에 사는 평범한 사람들의 삶을 접하는 것 같은 편안한 느낌이 들곤 한다. 그리고 또 한 가지로는, 역사와 현실의 문제에 대한 진지한 고민이 담긴 작품도 즐겨 읽는다. 이제는 세상사를 여러모로 따지는 속물이 다 되어버렸지만, 그 작품들을 읽는 동안만큼은 정의와 진실이라는 문제를 새삼 잊지 않기 위해서 노력하기 때문이다. 이러한 문학적 편식의 경향은 본격적인 학문의 길에 접어들 무렵까지도 상당 기간 계속되었다.

대학 신입생 시절 나는 학과의 소모임에 참여하면서, 이른바 '순수문학'과 '참여문학'의 논쟁 과정을 배우는 중에 문학의 존재와 역할에 대한 다양한 이해를 구할 수 있었다. 하지만 그것은 지적인 성취일 뿐이지, 스스로 생각해 보아도 문학의 역할에 대한 구체적인 답변을 주지는 못했다. 그러므로 문학의 역할에 대한 화두는 대학 강단에서 문학을 가르치고 있는 현재에 이르러서도 여전히 유효하며, 솔직히 말하자면 아직 이 질문에 대한 만족스러운 답을 스스로 내리지도 못했다. 하지만 그 물음에 가장 근접한 답이라 함은 바로, 문학이란 결국 인간의 진솔한 삶을 담아내야 한다는 지극히 당연하고도 기본적인 차원의 것이다. 내가 역사와 현실 속에서 살아 숨 쉬는 사람들의 체취를 담고 있는 시들을 읽을 때마다 감동하는 것은 바로 이 때문일 것이다.

내가 시인 양성우(1943~)를 처음 접한 것은 시가 아닌, 당시 대학가에서 즐겨 부르던 민중가요의 노랫말을 통해서였다. 고등학교를 갓 졸업한 대학 신입생 시절, 처음 마주친 선배들의 모습은 항상 믿음직스럽고 든든했다. 그들에게는 내가 고등학교 시절까지 접하지 못했던 다양한 경험과 지식이 갖춰져 있었다. 당시 학생회관 5층에 임시로 마련된 국문과의 학회실은 넓은 캠퍼스를 한눈에 조망할 수 있었다. 수업이 없는 시간이면 틈틈이 학회실로 올라가 교정을 내려다보면서, 선배들과 대화를 나누거나 당시에 대학가에서 불리던 노래를 배우곤 했었다. 이른바 '운동가요'가 대학의 정서를 대변하던 시절, 노래를 부르면서 인간과 문학 그리고 역사에 대한 이해를 더욱 깊게 할 수 있었다. 당시에는 누가 만든 노랫말인지도 모르고 열심히 배우면서 노래를 부르기만 했다.

처량한 곡조에 실린 〈청산이 소리쳐 부르거든〉이라는 노래가 유난히 마음에 끌려, 가사를 음미하면서 동기들과 이 노래를 부르곤 했었다. 그리고 얼마 뒤에 이 노래가 양성우의 시에 곡을 붙인 것이라는 사실을 알게 되었다. 그전까지 나는 양성우라는 시인에 대해서는 전혀 아는 바가 없었다. 그렇게 시작된 시인과의 인연은 그의 작품을 찾아 읽는 것으로 이어졌다. 그가 1970년대 박정희 정권의 현실을 '겨울 공화국'이라 비판하며 독재정권에 맞선 탓에, 여러 차례 옥고를 치루기도 했다는 사실도 알게 되었다. 당시의 암울한 현실을 노래한 시들이 수록된 시집《겨울공화국》(1977)이 판매 금지 처분을 받아, 선배들이 은밀하게 지니고 있던 그의 시집을 빌려 시를 읽는 것으로 만족해야 했다. 이 시집은 1980년대 후반에야 다른 출판사에서 재출간되어 독자들이 자유롭게 접할 수 있게 되었다.

지금까지 그를 직접 만난 적은 단 한 번도 없지만, 나는 여전히 양성우의 시를 즐겨 읽는다. 한때 정치가로 활동한 적도 있지만, 현실이라는 높은 벽에 부딪혀 문학과 정치 그 어느 것도 제대로 하지 못하던 그를 보면서 안타까운 생각을 하기도 했다. 그 이후 새로운 시집을 내면서 시인으로 활동을 재개했다는 소식을 접하고, 과거와 같이 왕성한 필력을 보여줄 것을 기대하기도 했다. 그러나 과거에 발표했던 그의 작품을 읽는 것으로 만족하기로 했다. 여기에서는 그의 시 〈청산이 소리쳐 부르거든〉을 통해서 시인이 지니고 있었던 현실 인식의 문제를 차분하게 다루고자 한다.

청산이 소리쳐 부르거든

나 이미 떠났다고 대답하라
기나긴 죽음의 시절,
꿈도 없이 누웠다가
이 새벽 안개 속에
떠났다고 대답하라
청산이 소리쳐 부르거든
나 이미 떠났다고 대답하라
흙먼지 재를 쓰고
머리 풀고 땅을 치며
나 이미 큰 강 건너
떠났다고 대답하라

–양성우, 〈청산이 소리쳐 부르거든〉

나는 이 시를 읽을 때마다 항상 처량한 곡조의 노래가 떠오른다. 한 때는 이 노래를 감정에 겨워 눈물을 흘리며 친구들과 함께 부르기도 했었다. 왜 이 노래를 부를 때마다 감정이 격해졌을까? 먼저 이 시를 읽으면서 떠오른 모습을 상상해 보았다. 나지막한 소리로 노래를 부르면서 떠올린 형상은 절규에 가까운 외침을 토해내는 한 사내의 모습이었다. 그는 누군가에게 호소하듯 애절한 목소리로 자신이 이미 어디론가 떠났음을 강조하고 있다. 자신을 부르는 소리를 듣고 있지만, 그는 결코 응답할 수가 없다. 주위의 사람들에게 자기를 대신해 대답해 달라고 부탁할 뿐이다. 그렇다면 그를 부르는 목소리의 실체는 무엇이고, 또 사내는 왜 떠나야 했는지를 따져보기로 하자. 또 그가 떠난 곳은 어디이며, 그가 말하고자 하는 것이 무엇인지도.

이 작품에서 화자를 부르는 대상은 청산(靑山), 곧 푸른 산이다. 청산은 깨끗한 자연이라는 이미지를 떠올리게 하며, 현실 세계를 벗어난 이상향을 의미하는 것으로 볼 수 있다. 나는 여기에서 문득 고려가요인 〈청산별곡〉을 떠올렸다. 시적 화자에게 현실의 고단함을 벗어나게 해줄 수 있는 이상적인 공간, 곧 속세를 벗어난 자연이 바로 청산이다. 진정 누구라도 그곳에서 삶을 영위하고 싶다는 소망을 품게 하는 공간. 우리의 전통 시가에서 흔히 볼 수 있듯이, 자연의 이미지는 곧 현실 세계와 대비되는 면모를 지니고 있다. 혼탁한 속세의 모습과 대비되는 맑고 깨끗한 공간으로서의 이상향이 곧 이 작품에 제시된 청산이라고 할 수 있다.

청산이 소리쳐 부르지만, 화자는 결코 그곳에 갈 수 없다. 자신은 이미 현실 공간에서 벗어나 어디론가 떠났기 때문이다. 화자가 몸담았던 공간은 '기나긴 죽음의 시절'로 인식되던 암울한 현실이 지배하던 곳이었다. 그곳에서 화자는 자신의 삶과 미래에 대한 아무런 '꿈도 없이 누웠다가 / 이 새벽 안개 속에 / 떠'나고 만다. 그런 까닭에 자신을 아는 사람들로 하여금 '떠났다고 대답하라'고 거듭 부탁을 하고 있다. 꿈꿀 희망마저도 없는 현실 세계에서의 삶은 화자에게 아무런 의미를 제공해 주지 않는다. 그리하여 화자는 자신이 떠나는 모습을 남들이 볼세라 '새벽 안개 속에' 훌쩍 떠나고 만다. 그만큼 현실 세계의 삶이 화자를 끊임없이 옥죄었기 때문이다.

그러나 화자가 현실 세계를 떠난 것은, 결코 자신의 선택에 의한 것이 아니라는 사실이 작품의 후반부에 제시되고 있다. 떠나던 당시, 화자의 모습은 결코 예사로운 모습은 아니다. '흙먼지 재를 쓰고 / 머리 풀고 땅을 치며' 떠나는 형상은 화자 자신의 의지로 떠나는 것이 아니라는 사실을 보여준다. 흡사 유배를 떠나는 죄인의 모습으로 그려진 화자의 형상은 무엇인가에 의해 내쫓기고 있음을 암시한다. 화자의 목적지는 '큰 강 건너'에 있다. 그렇기에 일단 떠나면 다시 돌아오기가 쉽지 않은 곳이다. 더구나 자신이 떠났음을 세 번이나 거듭 강조하고 있다는 점에서, 그러한 사실을 다른 사람들에게 분명하게 전달하고자 하는 것으로 보인다. 자신이 머물던 곳이 '죽음의 시절'로 표현될 만큼 암울한 현실에 지배당하고 있다고 말이다. 청산은 안타깝게 떠나는 화자를 '소리쳐' 부르고 있다. 아마도 화자는 이상향으로 여겨지던 청산에 살 수 있을 정도로 부끄럽지 않게 살아왔으리라.

그렇다면 시인은 이 작품을 통해서 무엇을 말하고자 한 것일까? 1982년에 발표된 이 시는 아마도 폭압적인 시대의 현실을 고발하면서, 결코 불의에 타협하지 않겠다는 시인의 의지를 표현하고자 한 것이리라. 그러므로 청산은 사람들이 자유롭게 살면서 미래의 삶을 이상적으로 투영할 수 있는 공간일 것이다. 하지만 시인이 처한 현실은 표현의 자유조차 온전히 허용되지 않던 시대. 시인은 옳지 못한 현실에 애써 눈을 감고 자신의 영위만을 추구하는 것은 결코 용납될 수 없는 일이라고 여겼을 것이다. 그리하여 불의에 분연하게 맞서, 시로써 자신의 소임을 다하고자 했으리라. 이 작품은 이처럼 자신이 처한 현실과 역사적 존재로서의 시인의 역할에 최선을 다하고자 했던 작가의 의도가 핍진하게 드러나 있다.

마지막으로 양성우가 정의롭지 못한 현실에 대해서 어떠한 생각을 품고 살아왔는지를 살펴보면서, 이 글을 정리하기로 하자. 그는 문학도 결국 자유로운 영혼의 상태에서만 가능하다고 믿었다. 동시대에 살았던 사람들의 행복과 불행을 함께 느낄 수 있어야만, 시인으로서의 진정한 역할을 다할 수 있다고 여겼다. 그의 시집《겨울공화국》의 앞부분에 수록된 '자서(自序)'를 인용하는 것으로 그가 지니고 있었던 생각의 일단을 소개하며 글을 마치려 한다.

> "이 시들을 버릴 수 있지만 나는 이 땅을 버릴 수 없다.
> 이 시들을 버릴 수 있지만 나는 이웃들과 이웃들의 살결,
> 이웃들의 언어와 사랑과 한숨, 그리고 눈물을 버릴 수 없다.
> 이 시들을 버릴지라도 우리들이 빼앗긴 자유는 되찾아야 한다.
> 목숨 따위야 잡초처럼 살아날 수 있지만 자유는 귀한 것,
> 이 시들을 버릴지라도 자유는 버릴 수 없다."

28. 더불어 사는 삶을 위하여

정호승
<슬픔이 기쁨에게>

사람들은 누구나 자기가 원하는 것을 마음껏 누리면서 살고자 한다. 안정적인 환경에서 경제적으로 남들보다 잘사는 것을 바라며, 행복한 순간이 언제까지나 계속되기를 원한다. 하지만 산이 높으면 그만큼 골이 깊다고 했던가. 행복한 순간이 있으면, 불행한 순간도 있는 법. 행복한 사람은 언제나 행복하고 불행한 사람이 늘 불행하기만 하다면, 세상을 살아가는 일이란 얼마나 단순하고 무미건조할까. 누구에게나 행복과 불행은 예기치 못한 순간에 찾아오곤 한다. 사람이 아무리 힘든 처지에 놓여 있다 할지라도, 언젠가는 그 상황을 극복하고 한때의 추억처럼 말하게 되는 때가 있을 것이다. 그것이 비록 한순간의 꿈으로 머물지라도, 희망은 때로 사람들에게 살아가는 원동력 그 자체가 되기도 한다.

안정적인 생활을 지속하다 보면, 사람들은 종종 자신의 어렵고 힘들었던 과거를 망각하곤 한다. 자신이 다시 불행한 일을 겪게 될 수도 있다는 생각을 좀처럼 하지 못한다. 지금 누리는 안정과 평온함이 영원히 계속될 것이라고 믿는다. 힘든 상황에서는 '이것도 다 지나가리라.'라는 식으로 생각하지만, 오히려 안정적인 환경에서는 그 반대의 경우를 좀처럼 상상하지 않는다. 어느 누가 자신의 미래가 불행해지기를 바라겠는가. 주변의 누군가가 곤경에 처했다는 말을 들으면 대부분 측은한 마음을 갖긴 하지만, 그러면서도 그 상황이 자신과는 전혀 관련이 없는 것이라고 생각하기 마련이다. 그런 까닭으로 우리는 어려움에 처한 이웃의 일을 자신의 일처럼 여겨 발 벗고 나서는 사람들을 향해 언제나 경이로운 시선을 보내는 것인지도 모른다.

이웃사촌이라는 말이 있듯이, 우리의 전통 사회에서는 이웃과의 관계가 마치 가족처럼 친밀했다. 기쁨은 같이 나누고 어려움은 함께 걱정하며 헤쳐나가는 공동체의 모습은 분명 우리 사회가 지닌 아름다운 풍습이었다. 그러나 산업화가 진행되면서 전통적인 공동체의 모습은 대부분 훼손되었고, 오늘날 도시에 자리 잡은 고층 아파트 단지에서는 출입문을 마주하고 사는 이웃과도 서로 모르고 지내는 경우가 많다. 사람들이 경제적으로 여유를 얻게 되면서, 이러한 경향은 더욱 가속화되고 있는 듯하다. 가족과의 관계조차 점차 파편화되어 가고 있는 현실에서 이웃과의 관계를 따진다는 일 자체가 어불성설이라면 어불성설일까.

여전히 사회의 곳곳에 자신보다 남을 위해서 살아가고 있는 이들이 적지 않지만, 여전히 많은 이들이 남을 돕는 것은 여유가 있을 때 할 수 있는 일이라 생각하는 경향이 있다. 아마도 이러한 인식이 우리 사회에서 널리 통용되는 보편적인 생각일 것이다. 남을 돕는 일뿐만이 아니다. 어떤 일을 시작하기 전, 우리는 그것이 일단 자신에게 어떤 영향을 끼치는지를 따지곤 한다. 머릿속으로는 소외된 이웃들에게 관심을 기울여야 한다는 것을 알고 있으면서도, 삶 속에 스며든 자기중심적 태도에서 자유롭기란 쉽지 않다. 그리고 그것은 아마도 공동체에 대한 의식이 희박해졌기 때문일 것이다. 하지만 우리가 사회 공동체의 구성원으로 살아야 하는 한, 주위의 사람들과 더불어 사는 법을 잊어선 안 된다.

정호승(1950~)의 작품인 〈슬픔이 기쁨에게〉는 우리가 사회 속에서 다른 사람들과 더불어 살아가야 할 이유를 진지하게 생각하도록 한다. 그의 다른 작품들에도 '슬픔'이라는 표현이 자주 등장하는데, 그것은 대부분 우리 사회의 소외된 처지에 놓인 사람들의 감정 상태를 전제로 하고 있다. 그는 사는 동안 우리가 종종 잊곤 하는 슬픔의 면모를 끊임없이 상기시키며, 기쁨은 단지 슬픔의 또 다른 한 형태일 뿐이라고 일러준다. 절절한 슬픔을 경험한 사람이야말로 기쁨의 진정한 의미를 알 수 있는 게 아닐까? 지금 당장 나에게 아주 기쁜 일이 생겼다고 해도, 그 일이 때로는 누군가를 눈물 흘리게 만들 수도 있다. 그러므로 단지 내가 기쁘고 행복하다고 해서 다행스럽게 여길 것이 아니라, 어려운 상황을 겪는 사람의 심정이 되어 울어줄 수 있는 마음이 필요한 것이다. 정호승은 우리가 잊기 쉬운 이웃과 소외된 사람들을 돌아볼 줄 알아야 한다는 사실을 상기시키고 있다.

나는 이제 너에게도 슬픔을 주겠다
사랑보다 소중한 슬픔을 주겠다
겨울밤 거리에서 귤 몇 개 놓고

살아온 추위와 떨고 있는 할머니에게
귤값을 깎으면서 기뻐하던 너를 위하여
나는 슬픔의 평등한 얼굴을 보여주겠다
내가 어둠 속에서 너를 부를 때
단 한 번도 평등하게 웃어주질 않은
가마니에 덮인 동사자가 다시 얼어 죽을 때
가마니 한 장조차 덮어주지 않은
무관심한 너의 사랑을 위해
흘릴 줄 모르는 너의 눈물을 위해
나는 이제 너에게도 기다림을 주겠다
이 세상에 내리던 함박눈을 멈추겠다
보리밭에 내리던 봄눈들을 데리고
추워 떠는 사람들의 슬픔에게 다녀와서
눈 그친 눈길을 너와 함께 걷겠다
슬픔의 힘에 대한 이야기를 하며
기다림의 슬픔까지 걸어가겠다

-정호승, 〈슬픔이 기쁨에게〉

이 작품은 제목에서 알 수 있듯이, 의인화된 존재인 '슬픔'이 '기쁨'에게 던지는 조언의 형식을 취하고 있다. 화자인 '나'와 말을 전하는 대상인 '너'는 모두 슬픔과 기쁨이라는 의인화된 인간의 감정이다. 따라서 이것은 한 사람이 느끼는 두 개의 감정일 수도 있고, 서로 다른 사람들의 감정 상태를 표현한 것일 수도 있다. 앞에서도 언급했듯이, 사람들은 슬픔의 감정을 느낄 때엔 대부분 그 상태를 극복하고자 노력한다. 그렇기에 슬픈 사람의 눈으로 세상을 보면, 자신을 제외한 모든 이들이 행복에 겨운 것처럼 보이기도 한다. 때로는 왜 행복이 자신만을 비껴갔는지를 원망하기도 한다. 다른 사람들의 처지와 현재 자신의 상황을 비교하다 보면, 슬픔의 감정은 더욱 부각되기도 한다.

인간의 감정은 그것이 어떤 종류의 것이든 대개 그 정도가 극단에 이른 뒤에는, 어느 정도 그에 대한 내성이 생기게 된다. 슬픔도 마찬가지이다. 슬픔의 극단을 맛보게 되면, 체념이라 부를 만한 다소 안정적인 심리 상태가 찾아온다. 누구나 슬픔에 겨워 한바탕 울음을 터뜨리고 난 후에 조금은 마음이 차분해지는 일을 경험해 보지 않았는가. 하지만 지금 내가 마냥 기쁜 상황을 누리고 있다면, 누구든지 그러한 상태가 계속되기를 바랄 것이다. 때론 자신이 누리는 행복이 누군가에 의해서 방해받지 않을까 걱정하면서 말이다. 그렇기에 기쁨을 누리고 있는 사람은 자신의 처지를 객관적으로 바라보기가 쉽지 않다.

이 시에서 화자인 슬픔이 기쁨에게 '슬픔을 주겠다'고 말하는 것은 이러한 상황을 염두에 둔 표현이다. 화자는 자신이 주고자 하는 슬픔을 '사랑보다 소중한' 것으로 인식하고 있다. 영원할 것 같은 기쁨은 사실 언제든지 절망으로 바뀔 수 있다. 사랑이라는 감정 역시 그 효용이 다하여 언제든지 그 대척점에 있는 감정인 증오로 변할 수 있다. 기쁨과 사랑은 감정의 변화에 따라 사람들에게 좌절을 안겨준다는 점에서 서로 통하는 면이 있다. 이에 반해 슬픔이 진행되는 가운데 극단적인 감정의 추락 상태를 벗어나면, 사람들은 대개 희미하게나마 새로운 감정으로의 전환이(그것이 긍정적인 방향이든 부정적인 방향이든) 가능하게 된다. 절망 뒤에 맛보는 희망이라는 점에서, 슬픔은 '사랑보다 소중한' 것이 아니겠는가. 진정으로 슬픔을 경험한 사람만

이 기쁨의 참다운 의미를 느끼고 찾을 수 있기 때문이다.

그렇다면 이 시에서 사람들이 느끼는 감정들은 어떻게 나타나고 있는가. 우리 사회에서 부자와 가난한 사람 사이에는 각자 느끼는 감정조차 평등한 모습으로 나타나지 않는다. '겨울밤 거리에서 귤 몇 개 놓고 / 살아온 추위에 떨고 있는 할머니'에게는 그것을 팔아서 손에 쥐는 몇 푼의 돈이 절대적인 삶의 조건일 것이다. 하지만 생존을 위해 행상에 나선 할머니에게서 '귤값을 깎으면서 기뻐하던' 사람들의 모습은 그저 한순간의 심적 만족에 불과할 따름이다. 따라서 그 속에서 교차하는 슬픔과 기쁨의 의미는 절대로 같은 비중으로 평가될 수 없다. 기쁨은 이렇듯 때로는 다른 사람들의 고통을 수반하여 찾아오는 수도 있다. 할머니의 처지를 조금이라도 생각해 보았다면, 귤 값을 깎는 행위에서 결코 기쁨을 느낄 수 없었을 것이다. 그리하여 '슬픔의 평등한 얼굴'이라는 표현은 대체로 슬픔이란 감정이 그것을 느끼는 모든 이들을 절망의 나락 속으로 끌고 간다는 의미로 이해되어야만 한다.

대체로 슬픔은 그것을 극복하기 위해서 기나긴 기다림을 필요로 하지만, 기쁨은 그 순간이 지속되기를 바란다는 점에서 분명한 차이가 난다. 보통의 경우 사람들은 자신이 행복한 처지에 있을 때, 다른 사람들로부터 그 상황을 침해받지 않기를 원한다. 혹시라도 외부의 조건으로 인해서 자신의 행복이 훼손되는 것을 두려워하기 때문이다. 그렇기에 슬픔이 존재하는 '어둠 속에서' 기쁨을 부를 때, 기쁨은 슬픔을 향해 '단 한 번도 평등하게 웃어주질 않'게 된다. 자신이 누리고 있는 행복에 부정적인 영향을 미칠까 두려워, '가마니에 덮인 동사자가 다시 얼어 죽을 때 / 가마니 한 장조차 덮어주지 않'는 것이다. 자신만을 위하는 기쁨의 태도는 '무관심한 너의 사랑'이 되고, '흘릴 줄 모르는 너의 눈물'이 되어버린다. 그리하여 슬픔은 그 순간의 행복이 영원하기를 바라는 기쁨에게 '기다림을 주겠다'라고 말한다. 슬픔은 기쁨에게 기다림을 통해 자신을 견디며, 또 다른 감정을 맛볼 수도 있다는 것을 깨우쳐 주고 싶은 것이다.

흔히 포근함의 이미지로 인식되어 사람들이 보면서 기뻐하는 '이 세상에 내리던 함박눈'조차 멈추게 하겠다는 표현은, 눈으로 표현되는 겨울이 다른 사람들에게는 추위를 안겨주기 때문이리라. '보리밭에 내리던 봄눈'은 결국 겨울철에 눈이 많이 내려야만 이듬해 보리농사가 풍년이 든다는 것을 전제로 하고 있다. 겨울의 추위가 혹독하면 할수록 보리는 이를 견디며 잘 생장할 수 있다. 그러나 눈과 함께 찾아온 추위로 인해서 '추워 떠는 사람들의 슬픔'을 보게 된다면, 겨울철의 눈은 누구에게나 환영받을 수 있는 대상이 아님을 깨닫게 될 것이다. '눈 그친 눈길을 너와 함께 걷'다 보면, 눈으로 상징되는 낭만성 뒤에 숨겨진 차디찬 현실을 비로소 발견하게 될 것이다. 화자는 누군가에게 기쁨이 되는 일이 다른 사람에게는 고통이 될 수도 있음을 드러내고자 한 것이다.

이렇게 여러 가지 상황을 통해 슬픔을 체험한 뒤라면, 기쁨은 이전의 감정과는 다른 의미로 탄생할 수 있을 것이다. 이제 기쁨은 슬픔이 말하고자 하는 '슬픔의 힘'을 깨닫게 될 것이고, 기나긴 '기다림'을 통해 얻는 행복의 새로운 의미를 느끼게 될 것이다. 슬픔이 기쁨에게 이야기하고자 했던 것도 결국 다른 사람들과 더불어 살아가는 자세라 할 수 있다. 기쁨이 사람들에게 행복감을 줄 수 있는 것은 어쩌면 그와 상반되는 슬픔이 있기 때문이다. 모든 사람이 슬픔을 느끼지 못하고 기쁨만 느끼게 된다면, 기쁨은 사람들에게 전혀 특별한 것이 아니게 될 것이다. 그러는 동시에 자신의 기쁨 뒤에서 누군가가 눈물을 흘리며 고통받고 있다면, 그 기쁨은 진정한 기쁨이 될 수 없을 것이다.

우리는 다른 사람들과 사회를 이루며 살아가야 하기에, 항상 타인들과 더불어 사는 삶이 될 수 있도록 노력해야 한다. 누구나 공동체를 떠나서는 제대로 된 생활을 영위할 수 없다. 자신의 노력으로 이룬 것(이라 보이는 것)도 다른 사람들의 직·간접적인 도움이 없었다면 불가능했을지도 모를 일이다. 우리는 저마다 인생의 출발선이 다르고, 그로 인해 삶의 모습도 달라질 수밖에 없다. 불평등한 사회 속에서 소외된 사람들에게 쏟는 관심은 그래서 더욱 가치가 있는 것이라 하겠다. 결국 슬픔이란 누구나 피하고 싶은 감정일 테지만, 그것이 존재하고 있기에 기쁨의 의미가 더 빛날 수 있다는 것을 이 작품은 말해주고 있다.

29. 현실과의 화해 혹은 불화

최승자
<삼십 세>

나이를 먹는다는 것은 어떤 의미일까? 아마도 나이에 대한 감각은 사람마다 조금씩 다를 것이다. 나이 먹는 일을 경험과 연륜을 쌓아가는 것으로 받아들이는 사람이 있는가 하면, 순수로부터 멀어져 점점 세상의 때가 묻는 것으로 여기는 사람도 있다. 또 흔히들 말하는 '자리 잡은' 상태에 가까워져 안정적인 생활이 가능하게 되리라는 기대로도, 대신 그만큼 죽음의 순간에 다가간다는 의미로도 받아들여지곤 한다. 이처럼 나이를 먹는다는 것은 항상 양면적인 속성이 있기에, 그 의미를 한 마디로 규정하기는 정말 어렵다.

어린 시절에는 성인이 되면 무엇이든지 내 마음대로 할 수 있을 것 같았다. 그래서 '빨리 어른이 되었으면.' 하고 생각한 적도 있었다. 이는 물론 단순히 나이를 빨리 먹고 싶다는 의미만이 아니었다. 우리의 어린 시절을 돌아보면 무엇이든지 허용되는 것보다 금지되는 것이 더 많았다. 집에서도 학교에서도 언제든지 어른들이 설정해 놓은 규범을 지켜야만 했다. 그들이 정해놓은 규범을 어기면 늘 그에 따른 제재나 간섭이 뒤따르기 때문이었다. 그런 까닭에 어릴 때 가졌던 '빨리 나이 먹고 싶다.'는 바람은 누구에게도 간섭받고 싶지 않다는 단순한 바람의 표출이었을 것이다. 하지만 이제는 안다. 사회에 발을 내딛는 순간 그동안 꿈꾸던 것과는 다른 냉혹한 현실을 마주해야만 한다는 것을. 실상 자유는 그에 합당한 책임을 요구하기 마련이다.

대체로 기성세대들은 10대들을 미성숙한 존재로 바라보기에, 그들을 항상 규제의 대상으로 여기곤 한다. 그러나 그들이 성인이 되고, 대학에 입학하는 순간 이전과는 전혀 다른 대접을 받게 된다. 우리 사회에서 고등학생과 대학생에게 허용되는 자유는 질적으로 매우 다르다. 단지 한두 살을 덜 먹고 더 먹었다는 것 뿐인데, 그들이 받는 사회적 대우는 하늘과 땅만큼이나 차이가 난다. 대학생이 되어 갑작스럽게 주어진 자유에, 처음에는 어리둥절하지만, 이들은 곧 자신의 사회적 위치에 대해서 책임감을 느끼게 된다. 이것은 어찌 보면 단순히 나이의 문제가 아니라, 그들을 둘러싼 사회적 환경에 기인하는 차이일 것이다.

그렇다면 대학생이 되고 난 이후는 어떤가. 어쨌든 대학생이 된 이후의 삶은 졸업과 이어지는 진로에 대한 다양한 고민이 있기는 하나, 사회적 처지와 관련해서는 크게 나아질 게 없다. 부모님이 내주신 등록금과 용돈으로(물론 그렇지 않은 청년들도 있을 것이다. 그리고 최근 들어 이 경향은 점점 더 심해지는 듯 보인다) 대학 생활을 보내다가도 사회인이 되는 순간, 그 모든 것을 스스로 해결해야 하는 상황에 놓인다. 그렇기에 우리 사회에서 대학생의 진로 선택은 그만큼 중요하다. 자신의 희망과 진로가 어느 정도 일치하면 사회인으로의 진입이 대체로 매끄럽게 이루어지지만, 그렇지 않으면 이후의 앞날은 불안하기만 하다.

경제가 오랜 불황의 그늘에 놓여 있어, 졸업생들의 취업이 쉽지 않을 때 이러한 불안은 현실로 닥치게 된다(실제로 지금 그런 상황이라 할 수 있다). 사회적으로는 당당히 성인의 대접을 받고 있건만, 경제적으로는 아직도 불완전한 위치인 20대 후반의 삶은 그래서 더욱 고단할 수밖에 없다. 당당하게 직장을 잡은 또래들과는 달리 변변한 직장조차 없이 지낼 때, 그것이 사회의 구조적인 문제임에도 당장은 심리적으로 위축될 수밖에 없다. 그러나 평생직장이라는 개념이 사라진 오늘날의 관점에서 보면, 직장에 다니는 사람들도 심리적으로 안정적이지 못하기는 마찬가지일 것이다. 직장에서 능력과 위치를 인정받으려 치열하게 노력해야 하는 것은 물론이고, 결혼 등과 같은 새로운 삶의 설계에도 신경을 써야만 한다. 이래저래 20대 후반의 인생은 삶에 대한 현실적 고민이 큰 부분을 차지한다.

그렇기에 30대가 된다는 것은 그만큼의 짐이 어깨에 더 지워진다는 의미일 것이다. 불확실한 미래와 그리 넉넉지 않은 경제적 형편 그리고 불안정한 사회적 처지 등등은 끊임없이 현실로부터의 탈출을 생각하게 한다. 그래서 누군가는 입사 초기부터 양복 안주머니에 항상 사표를 품고 다닌다고 했는지도 모른다. 이는 불합리한 현실에서 벗어나려는 자유에의 욕구이기도 하며, 자신을 둘러싼 현실적 조건에 쉽게 사표를 던질 수는 없는 타협적 산물이기도 하다. 어쩌면 현실을 만족스럽게 여기지 못하는 의식과 그러한 상황에 안주할 수밖에 없는 처지에서 발생하는 끊임없는 긴장감이 오히려 자신을 지탱하게 해주는 힘이라고 생각해 보기도 한다.

30대라는 표현에서 느껴지는 감각은 현실과 적당히 타협하는 세대라는 인상을 주기도 한다. 그 속에는 때때로 20대의 도전 정신과 열정을 포기한 채 현실 지향적인 삶을 사는 사람들의 모습이 겹쳐지기도 한다. 노랫말이나 문학 작품에서도 서른이라는 나이는 주요한 소재나 상징이 되기도 한다. 그 내용은 치열한 20대의 삶과 현실 지향의 30대의 모습을 염두에 두면서 형상화되는 것이 일반적이다. 최승자(1952~)의 시가 바로 그러하다고 할 수 있다. 그의 시 〈삼십 세〉는 냉소적인 시선으로 그 나이를 바라본 느낌을 그려내고 있다. 단순히 한 살 더 먹는다는 것을 넘어서, 20대에서 30대로 진입하는 나이가 바로 서른이다. 이 시에 형상화된 내용을 전적으로 수용할 수는 없다 할지라도, 그 시절의 삶이 주는 고민의 무게가 얼마나 커다란 것인지를 느끼게 하기에는 충분하다고 하겠다. 이제 시를 통해서 그 의미를 자세히 살펴보도록 하자.

이렇게 살 수도 없고 이렇게 죽을 수도 없을 때
서른 살은 온다.
시큰거리는 치통 같은 흰 손수건을 내저으며
놀라 부릅뜬 흰자위로 애원하며.

내 꿈은 말이야, 위장에서 암세포가 싹트고
장가가는 거야, 간장에서 독이 반짝 눈뜬다.
두 눈구멍에 죽음의 붉은 신호등이 켜지고
피는 젤리 손톱은 톱밥 머리칼은 철사
끝없는 광물질의 안개를 뚫고

몸뚱어리 없는 그림자가 나아가고
이제 새로 꿀 꿈이 없는 새들은
추억의 골고다로 날아가 뼈를 묻고
흰 손수건이 떨어뜨려지고
부릅뜬 흰자위가 감긴다.

오 행복행복행복한 항복
기쁘다우리 철판깔았네

–최승자, 〈삼십 세〉

내가 이 시를 처음 접한 것은 대학원에 다니던 무렵이었다. 당시 지도교수의 조교로 일하고 있었던 나는 연구실 벽에 걸려 있는 최승자의 이 시를 매일같이 읽곤 했다. 책을 보거나 휴식을 취할 때에도 고개를 돌리면 항상 마주치던 이 작품을 보면서, 처음에는 날카롭게만 느껴져 거북했던 시어들에 점차 감정적으로 공감하게 되었다. 20대 후반이었던 당시의 나는 불확실한 미래와 안정되지 못한 현실적 여건 때문에 고민이 많았다. 삶을 향한 넘치는 열정과 그것을 제대로 수용하지 못하는 현실과의 괴리. 시간이 흘러 더 나이를 먹으면 보다 안정적인 생활이 가능하게 될까? 안정적인 삶이란 정녕 내가 꿈꾸던 것인가? 한 해가 지날수록 이러한 고민의 무게는 내 어깨를 더욱 짓눌렀다. 그래서 더욱 공부에 매달렸던 것인지도 모른다. 그러나 여전히 나를 둘러싼 현실을 바라보면 답답한 심정을 감출 수가 없었다.

시인이 서른이 되던 해에 지은 이 시의 첫 구절은 이렇게 시작한다. '이렇게 살 수도 없고 이렇게 죽을 수도 없을 때 / 서른 살은 온다'. 시인이 느낀 서른이라는 나이에 대한 감각. 서른 살을 얼마 남기지 않은 당시의 나에게도 이 구절은 생생한 감각으로 다가오곤 했다. 좁은 공간에 갇혀 불확실한 미래와 싸우던 20대 후반의 인생은 삶에 대하여 자신감보다는 마치 흐릿한 안개에 쌓인 듯한 기분을 느끼게 했다. 우리 인생에서 서른 살의 삶이란 너무도 어중간한 지점에 놓여 있다. 그래서 이 구절이 더욱 생생하게 다가왔던 것인지도 모르겠다.

경험해 본 사람이라면, '시큰거리는 치통'이 얼마나 고통스러운 것인지를 알 것이다. 일상생활을 하기에는 그리 큰 지장을 주지는 않으면서, 수시로 찾아오는 통증 때문에 아무것도 할 수 없는 상태가 주기적으로 반복되던 경험. 병원에 가지 않으려고 애써 참아보지만, 언제 찾아올지 모르는 통증에 항상 신경을 곤두세워야만 했던 기억. 나이를 먹는 것도 마찬가지라 하겠다. 잊고 살면 아무런 느낌이 들지 않지만, 막상 나이를 의식하게 되면 한 살 더 먹는 일이 얼마나 거북하게 느껴지던가. 같은 행에 등장하는 '흰 손수건'은 흔히 항복의 의미로, 누군가에게 자신의 의도를 전달하려는 도구라 할 수 있다. '시큰거리는 치통 같은 흰 손수건을 내저으며 / 놀라 부릅뜬 흰자위로 애원하며' 찾아오는 서른 살의 삶은 누군가에게는 그만큼 갑작스럽고 고통스러운 것일지도 모르겠다. 물리적으로는 30대의 인생이 그 이전부터 꾸준히 준비된 것이겠지만, 대부분의 사람들을 그 의미를 불현듯 깨닫게 되는 것은 아닐까? 그렇기에 이 시의 첫 연은 시인이 느끼는 서른 살의 삶에 대한 감각적 반응을 형상화한 것이라고 할 수 있다.

둘째 연에서는 서른 살을 맞은 화자의 냉소적인 반응이 다양한 형상으로 표현되고 있다. 진정 '위장에서 암세포가 싹트고 / 장가가는'

꿈을 꾸는 사람은 찾아보기 힘들 것이다. 그러나 화자는 이것에 더해 '간장에서 독이 반짝 눈'뜨는 것까지 상상한다. 암세포와 독이 가득 찬 육체를 묘사하는 것은 그만큼 자신을 둘러싸고 있는 현실의 삶이 고통스럽다는 의미일 것이다. 이에 반해 '장가가는' 꿈은 누군가 자신을 위로해 줄 배우자를 찾고 싶다는 지극히 현실적인 의미를 내포하고 있다. 육체의 질병과 장가에 대한 소망은 자칫 이율배반적인 것으로 인식되기도 한다. 하지만 작품을 통해서 유추해 보건대 화자는 암울한 현실 속에서 자살을 할 수 있을 만큼의 용기는 없지만, 병에 걸려서라도 죽음을 맞고 싶다는 극단적인 언급을 마다하지 않는다. 병든 육체에는 그리하여 '두 눈구멍에 죽음의 붉은 신호등이 커'진다.

이미 일상적인 삶의 조건에서 멀어진 화자의 상상은 자신의 육체에 대한 가학적인 묘사로 이어진다. '피는 젤리 손톱은 톱밥 머리칼은 철사'로 변주되고, 일반적으로 포근하게 느껴지는 안개마저 '광물질'로 인식된다. 딱딱하거나 건조한 이미지들로 묘사되어 괴기스럽기까지 한 육체는 그리하여 '끝없는 광물질의 안개를 뚫고 / 몸뚱어리 없는 그림자로 나아가'는 것으로 형상화되기에 이른다. 그만큼 화자는 자신에게 주어진 현실을 절망적인 것으로 인식하고 있다고 하겠다. 자신뿐만 아니라 객관 대상인 새들도 '이제 새로 꿀 꿈이 없는' 존재로 그려진다. 그리하여 새들은 예수가 비극적인 최후를 맞이한 '추억의 골고다로 날아가 뼈를 묻'는다. 이처럼 죽음은 화자와 그를 둘러싼 조건의 이미지로 선명하게 드러나고 있다. 새들의 죽음으로 인해 화자가 느끼는 삶의 의미는 퇴색되고 애절한 절규도 무의미한 몸짓만을 남긴다. 끝내 화자는 '흰 손수건이 떨어뜨려지고 / 부릅뜬 흰자위가 감'기며 최후를 맞는다. 아마도 희망과 열정이 사라진 30

대의 삶은 이처럼 고통스러운 몸짓 끝에 맞이하는 죽음의 의미를 지니는 것인지도 모른다.

마지막 연에는 시종일관 냉소적인 시각으로 일관하던 시인의 인식이 역설적으로 표출된다. '오 행복행복행복한 항복'이란 구절은 '행복'과 '항복'이라는 유사한 발음을 지닌 단어를 나란히 위치시켜, 의미의 반전을 꾀하고 있다. '행복'과 '항복'이란 단어는 단지 획이 하나 차이가 날 뿐이지만, 그 의미의 간극은 엄청나다. 자신의 삶을 행복하게 꾸려나간다는 것은 때로는 무엇인가에 투항함으로써 자신의 의지와 열정을 담보로 잡히는 것인지도 모른다. 따라서 현실 속에서 행복하게 산다는 것은 결국 주체적 삶을 포기하는 것으로, 자신의 의지에 대한 항복이라는 의미를 지니게 된다. 띄어쓰기가 무시된 마지막 행의 '기쁘다우리 철판깔았네'라는 표현은, 외면적으로 비치는 삶의 모습과 자신의 내면에서 끊임없이 솟아나는 열정을 억제할 수밖에 없는 처지를 역설적으로 드러낸 것이라 파악된다. 그렇게 본다면 작품의 전편에 흐르는 죽음의 이미지는 물리적인 죽음 그 자체가 아니라, 주체적인 의지와 열정을 포기한 무기력한 삶을 지칭하는 것이리라. 시인은 희망과 열정을 상실한 30대의 삶을 이 작품에서 고통스럽게 형상화하고 있다.

나는 최승자의 시를 읽으면서 뭔가 날카로운 것에 베인 듯한 느낌을 자주 받곤 한다. 그의 시에 사용된 시어들은 일상적 언어에 다름 아니지만, 세상에 대한 비판적 인식과 강한 절망감을 확인하게 한다. 지각과 능력을 겸비한 여성조차도 사회에서 암묵적인 차별을 느껴야 하는 것이 엄연한 이 땅의 현실에 절망한 것일까. 현실과 타협함으로써 타인들에게 드러나는 모습은 행복한 삶으로 인식될지 모르겠지만, 그것은 어쩌면 주체적 인간으로서 자신의 정체성을 포기하는 아픔을 수반해야만 한다. 그러나 현실과의 타협을 완강하게 거부하는 순간, 사회와의 불화가 시작된다. 그렇기에 이 작품은 단순히 나이에 대한 느낌이 아니라, 30대의 여성이 지닐 수밖에 없는 절망적인 현실 인식의 면모로 이해되었다.

30. 방황하는 청춘의 초상화

기형도
<질투는 나의 힘>

> 청춘! 이는 듣기만 하여도 가슴이 설레는 말이다. 청춘! 너의 두 손을 대고 물방아 같은 심장의 고동을 들어보라. 청춘의 피는 끓는다. 끓는 피에 뛰노는 심장은 거선(巨船)의 기관같이 힘 있다. 이것이다. 인류의 역사를 꾸며 내려온 동력은 이것이다.
>
> -민태원, <청춘 예찬>에서

추상적인 단어에 불과하지만, '청춘'이란 표현은 항상 사람들의 마음을 설레게 한다. 사람의 일생 중에서 가장 소중하고 찬란한 시기이며, 젊음이 비로소 시작되는 나이를 일컫는 표현이기 때문이다. 위에 인용한 글처럼, 청춘은 '인류의 역사를 꾸며 내려온 동력'으로 인식되기도 했다. '청춘'은 젊음을 상징하는 표현으로 여겨졌기에, 이 단어에는 언제나 가능성과 희망을 뜻하는 수식어가 따라붙었다. 사람들은 예로부터 이 시기를 어떻게 보내느냐에 따라서, 미래의 모습이 달라질 수 있다고 생각했다. 모든 사람이 겪었을 스무 살 무렵을 인생의 봄이라는 의미로 '청춘'이라 표현하고, 나이가 들어 그 시절의 젊음과 희망을 되새겨보기도 한다. 이처럼 청춘이란 단어는 긍정적인 의미를 지니면서, 밝고 건강함을 상징하는 것으로 이해되었다.

하지만 언제부턴가 청춘의 의미가 조금씩 퇴색되고 있다고 느끼는 것은 비단 나 혼자만의 생각일까. 우선 희망의 의미가 지속될 수 있으려면, 젊은이들이 자신의 능력을 마음껏 펼칠 수 있도록 적절한 기회가 제공되어야 한다. 그러나 시간이 갈수록 우리 사회는 신자유주의 이념하에 무한 경쟁의 시대가 펼쳐지고 있을 뿐이다. 취업난이 점점 심해지고, 젊은이들이 활동할 공간은 점점 줄어들 따름인 상황. 20대의 젊은이들조차 미래에 대한 희망이 좀처럼 보이지 않는다고 토로한다. 청춘의 길목에 서 있던 고등학교 시절에는 대학 입시를 위해 하고 싶은 것을 잠시 미뤄야만 했고, 대학에 진학해서도 캠퍼스의 낭만을 만끽하기보다 도서관과 학원 등에서 취업 준비로 많은 시간을 보내야만 하는 청춘이라는 시기. 청춘은 그저 '버티는' 시간에 지나지 않을 뿐인지도 모르겠다.

이러한 힘겨운 현실을 살아가면서, 이 시대의 청춘들은 언제부턴가 연애와 결혼은 물론 출산도 포기해야만 하는 '3포 세대'라는 신조어로 칭해지기도 했다. 여기에 몇 가지 항목이 더해지면서 '5포 세대'니 '7포 세대'니 하는 표현도 등장하더니, 급기야는 더 많은 것을 포기해야만 한다는 자조적인 의미의 'N포 세대'라는 용어까지 등장했다. 물론 이러한 용어들이 요즘의 현실을 다소 과장해서 표현했다는 평가도 없지 않지만, 평범한 삶을 살아가기 힘든 최근의 사회 상황을 반영하고 있다는 것만큼은 부인할 수 없다. 오히려 이러한 신조어들이 대중에게 널리 통용되고 있는 현상에 주목할 필요가 있다.

사람들은 대체로 좋아하는 사람을 만나서 사랑을 시작하고, 마음에 맞는 상대와 결혼을 해서 행복한 삶을 누릴 수 있기를 원한다. 과거에는 젊은 나이에 이러한 과정을 거치는 것이 지극히 평범한 삶으로 받아들여졌다. 하지만 경제적 자립을 최우선 가치로 둔 요즘의 젊은 세대들에게, 결혼은 이제 취업 이후에나 생각해 볼 수 있는 선택 사항으로 여겨지고 있다. 다행히 취업한다고 해도, 독립적으로 생활해야만 하는 젊은이들은 치솟는 물가와 만만치 않은 생활비의 압박으로 여유로운 생활을 하기도 쉽지 않다. 그래서 누군가는 '아픔'이라는 단어로 그들을 위로하기도 하고, 다른 이는 진취적인 자세로 자신이 하고자 하는 분야에 도전하도록 격려하기도 한다. 그러나 현실은 이러한 위안만으로는 더 이상 그들의 마음을 어루만질 수 없는 지경에 이르렀다.

기형도(1960~1989)의 시 〈질투는 나의 힘〉은 청춘의 불안한 심리를 담아낸 작품이라고 할 수 있다. 미래의 어느 시점에서 현재의 자신을 돌아보는 화자의 독백으로 이뤄진 작품으로, 자신의 삶이 '질투'로 점철되어 있음을 고백하는 내용이다. 하지만 이 시를 처음 읽는 독자들에겐, 작품에 사용된 시어들의 의미가 쉽게 이해되지 않을 것이다. 대체로 기형도의 시에는 비유적인 표현이 많고, 그 속에 담긴 은유와 상징을 풀어내야만 제대로 접근할 수 있기 때문이다. 다른 각도에서 생각해 보면, 그의 작품에 담긴 이러한 면들이 오히려 그의 시를 읽는 재미를 더한다고 볼 수도 있겠다. 여기에서는 시인의 생애나 작품의 창작 배경 등을 전혀 고려하지 않고, 단지 독자로서 작품을 읽고 해석하는 것에 초점을 맞춰보려 한다.

아주 오랜 세월이 흐른 뒤에
힘없는 책갈피는 이 종이를 떨어뜨리리
그때 내 마음은 너무나 많은 공장을 세웠으니
어리석게도 그토록 기록할 것이 많았구나
구름 밑을 천천히 쏘다니는 개처럼
지칠 줄 모르고 공중에서 머뭇거렸구나
나 가진 것 탄식밖에 없어
저녁거리마다 물끄러미 청춘을 세워 두고
살아온 날들을 신기하게 세어보았으니
그 누구도 나를 두려워하지 않았으니
내 희망의 내용은 질투뿐이었구나
그리하여 나는 우선 여기에 짧은 글을 남겨 둔다
나의 생은 미친 듯이 사랑을 찾아 헤매었으나
단 한 번도 스스로를 사랑하지 않았노라

-기형도, 〈질투는 나의 힘〉

먼저 작품을 본격적으로 읽기 전에, 〈질투는 나의 힘〉이라는 제목의 의미부터 살펴보기로 하자. 제목으로 보건대, 이 작품의 화자는 '질투'라는 감정을 삶의 원동력 가운데 하나로 생각하고 있다. 흔히 '질투'는 다른 사람을 미워하거나 시샘하는 감정을 일컫는다. 질투라는 감정이란 대체로 자기 자신을 누군가와 비교하면서, 상대방에게 열등감을 느꼈을 때 생겨나는 법이다. 만약 자신의 현재 상황에 만족하고 있다면, 굳이 타인과 자신을 비교하며 자신의 처지를 비관하거나 상대방에게 질투의 감정을 느끼지는 않을 것이다. 청춘이란 어쩔 도리 없이 자신의 능력을 객관적으로 헤아리지 않은 채, 이루어질 수 없는 꿈을 찾아 헤매는 법이다. 그리고 그 결과는 언제나 만족감보다는 결핍을 느끼게 하는 법이다. 그렇기에 질투라는 감정에는 현재 자신의 모습에 대한 부정적 인식이 내포되어 있다고 할 수 있다.

이 작품은 '아주 오랜 세월이 흐른 뒤에' 미래의 '나'가 현재의 '나'를 바라보며 성찰하는 형식으로 진행된다. 이처럼 '현재'를 미래의 시점에서 회상하게 될 과거로 설정하는 것은, 화자의 현재 상황에 대해 객관적인 거리를 확보하기 위한 시적 장치라고 할 수 있다. 화자 역시 현재 상황에 만족하지 못하기에 미래의 시점을 빌어 현재의 모습을 평가하고자 한 것이다. '책갈피'는 흔히 종이로 만들어져, 읽던 곳을 표시하기 위하여 책 사이에 끼워 두는 쓰임을 갖는다. 책갈피를 꽂아두면 언제든지 예전에 읽던 곳을 금방 확인할 수 있다. 그렇다면 이 작품에서는 그것이 미래의 시점에 '현재의 나'를 확인하기 위한 비유이며, '힘없는 책갈피'는 현재 자신의 상황에 대한 자각이라고 해석할 수 있다. 아울러 '떨어뜨리'는 종이 역시 책갈피를 가리키는 것으로 여겨진다. 화자는 미래의 시점에서 현재의 자신을 돌아보았을 때, 책갈피가 힘없이 떨어질 것이라고 예견하고 있다. 즉 화자가 책갈피를 꽂아둔 현재의 시점은 어쩌면 미래에는 힘없이 떨어질 정도로 그다지 중요하게 생각되지 않을 수도 있음을 의미한다. 그만큼 자신의 현재 상황에 대한 무력감을 토로하고 있다고 해석할 수 있겠다.

이제 화자는 미래의 시점에서 '그때 내 마음'의 상황에 대해서 언급하고 있는데, '그때'라고 표현하고 있으나 사실은 그 시점이 현재라